U0438192

蔡宗齐文学理论研究书系

中国历代文论要略
第一册

文学论要略

蔡宗齐 ／著

上海古籍出版社

图书在版编目(CIP)数据

中国历代文论要略 / 蔡宗齐著. -- 上海 : 上海古籍出版社, 2025.8. -- ISBN 978-7-5732-1688-5
Ⅰ. I206.2
中国国家版本馆 CIP 数据核字第 2025NL6496 号

中国历代文论要略

（全三册）

蔡宗齐　著

上海古籍出版社出版发行

（上海市闵行区号景路 159 弄 1－5 号 A 座 5F　邮政编码 201101）

　（1）网址：www.guji.com.cn
　（2）E-mail：guji1@guji.com.cn
　（3）易文网网址：www.ewen.co

常熟市人民印刷有限公司印刷

开本 890×1240　1/32　印张 29.625　插页 7　字数 591,000
2025 年 8 月第 1 版　2025 年 8 月第 1 次印刷
印数：1—2,100

ISBN 978-7-5732-1688-5
I·3941　定价：140.00 元

如有质量问题，请与承印公司联系

总序:中国古代文论的内在体系

首先,我衷心感谢上海古籍出版社出版本人文学理论研究书系,其中繁体字版《中国历代文论评选》与简体字版《中国历代文论要略》两个子系列,共八册,涵盖文学论、创作论、理解论、审美论四大类型;首批推出六册,《审美论评选》和《审美论要略》两册正在撰写中,估计两三年后能完成付梓;此外中西文论比较研究的两个子系列《中西文论互鉴录》《中西文论精要评选》,亦将随后陆续出版。二十多年来,本人潜心研读中国古代文论著作,开展全面的、多阶段的归纳研究,力图揭示中国古代文论内在体系。其实,这一宏愿在20世纪80年代初就立下了。我是中山大学七七级英文专业的本科生,入学一年半后考入该系首届研究生班。虽然英美文学是自己的专业,我不仅坚持旁听中文系本科和研究生课,而且还成为古文论专家邱世友教授的私淑弟子,几乎每隔几周就会到他家里聊学术,一方面他谈自己最新词论研究的成果心得,另一方面我向他介绍相关的西方文论著作,其中他最感兴趣的是 T. S. 艾略特《圣林》(*Sacred Wood*)和刘若愚《中国文学理论》(*Chinese Theories of Literature*)两书。他对刘书酣畅的褒贬对我产生了很大的影响,让我冥冥中感觉到,刘先生未竟的事业将是我终生的学术追求,一种对理想中圣杯的追求。

一、寻求中国文学研究的圣杯

的确,在中国古代文学研究中,若有一种永远被追寻、永远难以捉摸、永远激励人心的"圣杯",那可能就是重构中国文学理论体系。对这一圣杯的追求始于近五十年前刘若愚《中国文学理论》的出版。这本影响深远的英文专著在华语世界的影响力远大于在西方汉学界。此书的出版尽占天时地利人和,恰逢"文革"结束的前一年(1975)面世,随着1980年代初学术研究逐渐恢复,此书迅速赢得了一个巨大的读者群。中国学者在此书中找到了一个令人振奋的文论研究新方向——将中国文学理论重构为一个在连贯性、说服力和复杂性上能与西方文学理论相媲美的体系。

然而,不久之后,西方汉学家和中国学者便发现刘氏体系构建中存在严重缺陷。由于不满刘氏运用西方分析框架的演绎方法,中国批评家们自此开始探索重构中国文学理论的替代方法。可是,数十年的努力并未能重构出一个令人信服的中国文学理论体系,90年代甚至还出现了"中国文论失语症"之说。现在看来,文论话语体系的重建,不仅是90年代文论界争论的热点,当今仍是中国古代文学理论研究最重要的课题之一。

在我看来,中国批评家们重构文论话语体系的努力在宏观和微观层面上都不尽如人意。如果我们把目光投向中国古代文论材料本身,就会发现所谓的"文论失语症"实则源于当代学者被西方话语牵制下的一时迷茫,没有认识到自己的话语体系就存在于极为富饶的本土材料之中。宏观上,有些学者热衷于抽象讨论话语重构问题的紧迫性和重要性,却没有开展多少实际工作;其他人则设计了各种基于个别西方或中国批评概念(如"文""意境"等)的分析框架,但发现这些框架终究无法揭示中国文学理论的内在结构和肌理。也许正因为这些挫折,认识中国文论的内在体系已演变成了一个"圣杯"追求,至今仍与过去几十年一样,吸引了众多热心追求者。

我个人坚信,中国文学理论的内在体系必须通过长期而艰苦的深度归纳研究,且从其内部发掘出来。在这一信念的指引下,我进行了二十多年的归纳研究,尽管有时断断续续,终于取得初步的成果。本人归纳研究使用的具体方法是以基本文论术语为出发点,按时序开展文本和互文的分析,首先在先秦哲学以及早期佛教著作中找到它们所表达的原始概念,接着着手探究汉代至清代文论家以及书画论家如何改造运用这些概念,要么持续单独使用,要么将数个术语组合成一个文论命题,以表述他们对文艺方方面面的真知灼见。如此抽丝剥茧,繁杂纷呈的术语、概念、命题、论说之间千丝万缕、貌似"剪不断理还乱"的关系就揭示出来了。统摄这个庞大关系网的基本原则,一旦找到,必定是纲举目张,一个横穿共时维度、纵贯历时维度、脉络清晰可见的文论体系,就自然地呈现在我们的眼前了。我沿着这一思路展开的归纳研究,经历了以下三个阶段:

1. 通读主要文论著作和哲学论著,选择约 1 000 条重要文论选段,通过在上下文里推敲和互文分析,确定选段中关键术语、概念、命题的准确意义。

2. 探究历代批评家如何把种种命题发展成连贯的论说,并根据与文学四要素的关系,从这些具体论说归纳出文学论、创作论、理解论、审美论四大类型,视之为古代文论的四大结构板块。

3. 考察这四大文论类型之间的内在联系和共鸣,力争找到统一古代文论结构、肌理、术语三个垂直层次的基本原则,从共时维度揭秘中国文论的内在体系,而同时又开展历时研究,揭示此文论体系的历史发展。

本序文是第三阶段研究的总结。古代文论内在体系的探秘工作是分四个步骤进行的。第一步是分析四大理论类型的结构关系,进而确定整体思维(holistic thinking)为统一中国文论的基本原则。第二步将关注重点移到肌理层次,检验整体思维原则是否也贯穿四大文论类型之下各种具体论说。第三步从肌理再深入到术语层次,探究整体思维原则如何影响乃至决定文论术语生成模式和演变途径。走完这三步,文论体系的共时研究大致完成。接下来的第四步从历时的维度验证这个文论体系,努力揭示四大文论类型历史发展的动力与轨迹。

二、共时研究:整体思维原则与文论之结构

现在,让我们从四大文论类型的结构关系寻找统一中国文论的基本原则。我对中国文论统一原则的探索,始于反思为何艾布拉姆斯(M. H. Abrams)成功重构了西方文学理论体系,为何刘若愚套用艾氏理论重构中国文论系统,终是方枘圆凿、格

格不入,造成诸多谬误[1]。

在经典著作《镜与灯》中,艾布拉姆斯提出了批评的四个坐标(宇宙、艺术家、作品、受众),并将它们排列在一个以"作品"为中心的三线图中。艾氏认为,这种分析框架适用于所有西方批评理论,因为"批评家倾向于从这些术语之一中提取主要类别,用于定义、分类和分析艺术作品,以及评判其价值的主要标准"[2]。在将各种批评理论置于这一框架内时,他发现它们可以归纳为四种主要的理论类型——模仿说、实用说、表现说和客观说,如下图所示。

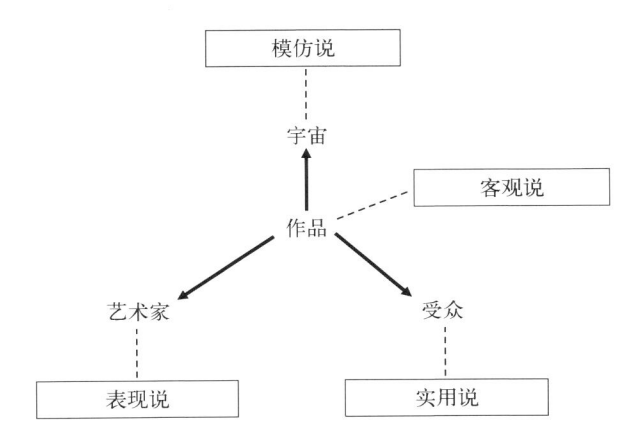

图一　艾布拉姆斯文学四要素三线图表,以及对应的文论类型

---

[1] 在改编艾布拉姆斯的分析图时,刘若愚有两个主要目标。第一个目标是超越传统的直觉批评方法,引入分析方法来研究中国文论。第二个目标是通过西方读者熟悉的批评框架,使中国诗学遗产更易被普通西方读者理解。刘若愚为实现这两个目标所做的努力值得我们由衷的敬佩,他的努力一直并将继续成为我们的灵感源泉。尽管我们承认刘若愚在中国文论研究方面的卓越成就对我们的重大影响,但我们也必须诚实面对他在改编艾布拉姆斯图表时存在的缺陷。

[2] M. H. Abrams, *The Mirror and the Lamp*: Romantic Theory and the Critical Tradition (London: Oxford University Press, 1953), p.6.

艾布拉姆斯的分析图表虽然有些过时并受到了部分批评家的挑战,但依然是我们全面研究西方文学理论最实用的工具。它揭示了西方文学理论批评重点的线性转变:从古典和新古典时期的宇宙,到贺拉斯(Horace)、西塞罗(Marcus Tullius Cicero)、菲利普·西德尼爵士(Sir Philip Sidney)和德莱顿(John Dryden)所注重的读者,再到浪漫主义时期的作者,最后到后浪漫时期的文本[1]。此外,它还揭示了西方文学理论与西方哲学思维之间的内在关系。艾布拉姆斯指出,这四个坐标中的每一个都是"或显或隐的'世界观'"的一部分,邀请我们思考更广泛思想史的发展如何催生出这四种理论类型。真理问题作为西方哲学的核心议题,从柏拉图到现代,一直主导着西方文学理论和哲学话语。文学一直被概念化为一种与特定哲学传统所定义的终极现实(真理或反真理)相关的真理或非真理的形式。受不断涌现的终极真理或反真理哲学观念的影响,西方批评家在不同时期将文学概念化为模仿真理、表现真理、本体论真理、现象学真理、解构反真理等,不一而足。所有这些文学概念为"定义、分类和分析艺术作品"提供了不断变化的标准,并引发了批评重点在四个坐标间的不断转移。

受到艾布拉姆斯在重构西方文学理论体系方面辉煌成功的启发,刘若愚尝试通过应用艾布拉姆斯的分析图表来对中国

---

[1] 实用理论关注文学对受众的实际影响。与其他三种理论不同,它们不基于一套关于文学的广泛真理主张。从理论上讲,它们可以看作是模仿理论中特别强调受众的一个变体。艾布拉姆斯在其图表中纳入受众的做法表现出了相当的远见。随后兴起的读者反应理论强有力地支持了他将受众视为西方诗学主要坐标之一的观点,尽管这些理论关注的是阅读过程而非读者或受众本身。

文学理论进行同样的重构。然而,他在将中国文学理论融入艾布拉姆斯的三线图表时遇到了困难,他发现有必要将批评的四个坐标重新组织成一个循环形式。为此重新组织进行解释时,他写道:

> 有些中国理论与西方理论相当类似,而且可以同一方式加以分类,可是其他的理论并不容易纳入艾布拉姆斯的四类中任何一类。因此,我将这四个要素重新排列如下:[1]

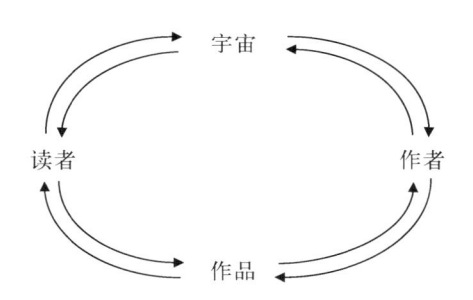

```
        宇宙
      ↗     ↘
   读者        作者
      ↖     ↙
        作品
```

图二　刘若愚重组文学批评四要素的双向循环互动图

在我看来,刘若愚将艾布拉姆斯的三角图表改编成循环图表是一个天才之举。它提炼出中国文学思维的最显著特征:将文学看成一种四阶段的互动过程。然而,遗憾的是,刘若愚未能意识到他自己发明的循环图表潜在的范式意义。相反,他一味地追随艾布拉姆斯的步伐,建立了与四个坐标相关的理论类型。他写道:

---

[1] 刘若愚著、杜国清译:《中国文学理论》,南京:江苏教育出版社,2005年,第13页。

将上述的分析图表加以应用,且将有关的问题牢记于心,我将中国传统批评分成六种文学理论,分别称为形上论、决定论、表现论、技巧论、审美论和实用论。这些类目并非由演绎建立,而是归纳发现的。[1]

与他最终声称的归纳思维相反,刘若愚在这里的观点完全不是归纳的。事实上,六种文论类型的命名也证明了他将西方概念演绎性地强加在中国传统上。在这六种理论类型中,只有"审美论"明确代表了中国文学理论的一种重要方法。其他五种类型明显都是不合适的外来概念。在中国,没有"模仿"和"表现"对立的二分法,"表现"是几乎所有文论学派都在不同程度上认可的价值。"实用"一说舶来的色彩也很浓,让人联想到美国哲学中的实用主义。"技巧"是一个用来指代形式主义方法的不当词汇:难道有关艺术形式的阐述都应该被称为"技巧"吗?与西方文学理论中对超验真理的追求不同,"形而上"学本身在中国文学理论中从来就不是研究对象。

比这六种理论类型的不恰当命名更有问题的是,刘若愚证明——或更确切地说他未能证明——这些理论类型存在的方式。在讨论每个类别时,他只是简单堆砌了一些不同的引文,仅因其与某个批评议题相关而把它们放在一起。他几乎没有努力去说明这些引文作为一个连贯理论的组成部分,彼此有何相互关联性。他将不同的批评著作强行分割,塞入不甚合适范

---

[1] 刘若愚:《中国文学理论》,第18页。

畴的做法受到了广泛批评。因此,我们应转向改造他那迄今未被注意到的循环图。

在北师大珠海校区的一场讲演中,青年教师李喆提出,刘氏循环图表若改画成立体图,视觉效果更好。我过后试着画出一张三棱锥图,竟然有让我惊喜不已的发现。除了强化视觉之外,此图竟然可以展现长年研究中所有的重要发现:

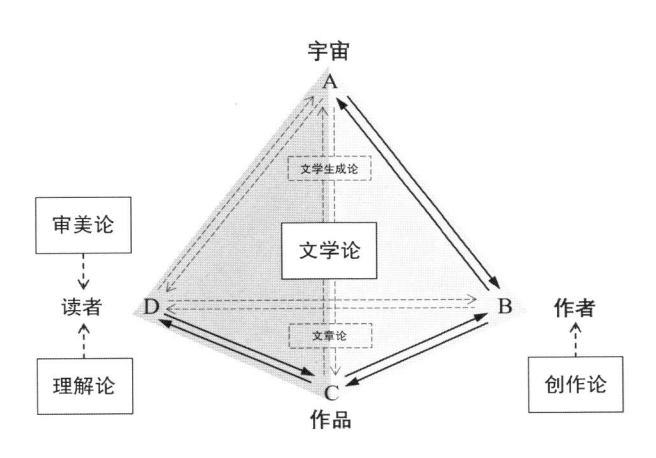

图三 文论四要素三棱锥图

在此图中,我用不同的直线来连接文学四要素(宇宙、作者、作品、读者)。实线用来指中西文论中都有讨论的文学关系,虚线则用来指各种被西方文论所忽略的、但在中国文论中广为关注的关系。实线又再分为两种,带顺时针箭头与带逆时针箭头的。前者标示文学创作和接受的不同阶段,而后者则标示批评家对四要素逆向互动的关注。下面,我接着对这些线条所标示关系的特征,逐一加以评述。

<u>ABCD 实线</u>:这条顺时针的路线在中西方文论中标示两种

本质不同的关系。在西方文论中,此线主要标示文论基本范式的历史转变,即对外部世界的模仿、主观认知和情感的表现、文本内在机制的专研、读者反应的探究。但对中国文论家而言,这条长线无涉范式变化,而是直接和感性地标示出文学起源、文学创作、作品生成、作品接受的发展全过程。这四个节点一直是中国文论家关注的重点,相关论述甚丰,自然而然地发展出连贯完整的文学论、创作论、理解论、审美论。正因如此,本人《评选》和《要略》两个系列都是按照此四分法来组织的,并在上图中标示出来了。图中"文学论"的位置较为特殊,位于"宇宙"和"作品"两大要素之间。若作更加严格的区分,我们现代人可以在"宇宙"的旁边列出"文学生成论",而"作品"旁边可以列出"文章论"。然而,在古代文论家心目中,两者是紧密相连,难以分割的。例如,刘勰论文学起源,肇始于天地五行,而最后落实到文章的风格。同样,他《俪辞》一章,又反向地把文章措辞的形式追溯到阴阳交错的宇宙过程。后来,清代桐城派论古文、阮元等人论骈文也是沿着刘勰《俪辞》的思路展开的。有鉴于此,将文学论放在"世界"和"作品"之间是顺理成章的。

<u>DCBA 实线</u>:这条逆时针的路线标示了文学要素之间的逆向互动。在西方文论中,这种逆向互动基本上是偶然产生的个别现象。例如,DC 段(读者→作品)的互动,我们能想到的大概只有 20 世纪末兴起的读者反应理论。CB 段(作品→作者)的互动,主要有艾略特论诗歌创作的文章和哈罗·布鲁姆(Harold Bloom)的"影响焦虑"(anxiety of Influence)之说。BA 段(作者→宇宙)的逆向互动,偶见于华兹华斯《抒情歌谣集序

言》以及带有唯心哲思的诗作之中。相反,在中国文论中,四个要素之间的逆向互动极为普遍,批评家们在建立四种文论类型时无不论及与其他要素的关系。更重要的是,他们所论述的逆向互动有时还涉及两个以上的要素。例如,下文要谈刘勰《知音》选段就勾勒了 DCBA 段(读者→作品、作品→作者、作者→宇宙)的三重逆向互动。

AC、CA 虚线:这两条相反的垂直虚线,所揭示的就是上面谈及"文学生成说"和"文章论"之间持续的双向互动。宇宙和作品两要素这种双向直接互动在西方文论是极少见的。结构主义者所用索绪尔语言(*langue*)与言语(*parole*)二元范式也许可以放在 AC、CA 虚线之上:*langue* 多少具有先验的本体论涵义,因而从 *langue* 到 *parole*,似乎可视为从形而上宇宙到形而下作品的过程(AC 虚线),反之亦然(CA 虚线)。除了这个颇为勉强的例子,著者再也想不出任何可与这两条虚线挂上钩的西方理论。

BD 虚线:这条虚线所标示的作者→读者关系,在中西文论都不是一个理论议题。不过,这条虚线在中国文论中依然是存在的。正如以下图九所示,明末锺惺(1574—1624)、谭元春(1586—1637)等人所提出的阅读→创造说实际上涉及了 BD 虚线,因为他们所描述的创造活动,肇始于作者进入读者的角色,通过深入阅读经典作品,将古代伟大诗人的想象思维摄为己有,从而创造出可以与古代经典媲美的作品[1]。相比之下,西

---

[1] 参见蔡宗齐、陶冉著:《中国文论特有的"阅读—创作论"》,载《中国古典学》,第六卷(古代文论专号),北京:北京大学出版社,2024 年,第 115—136 页。

方十七八世纪兴起的新古典主义模仿论更为保守,只强调最佳的文学模式和规则存在于古代经典之中,完全没有意识到,从被动阅读模仿可以转变为能动创作想象。正是通过抓住这一重大忽略,浪漫主义的表现论才能摧枯拉朽,一举荡涤新古典主义模仿论。

DB 虚线:如果说 AC、CA 垂直虚线绕过了 B(作者),那么这条横向虚线绕过了 C(作品),也就是说,读者无需经过文本,就可直接进入作者的内心。《毛诗序》作者就是用此方法来理解和阐释《诗经》三百篇的意义,俨然自己就是诗篇的作者。西方文论中无法找到类似"全知"的说诗人。

DA 虚线:这条顺时针虚线(读者→宇宙),在理解论和审美论中的指涉有所不同。在理解论的层次上,它主要指读者经受道德教化,从而对社会和国家政治产生积极的作用。虽然西方文论有些非主流的流派也强调影响和改造社会的作用,但它们往往认为这种作用是直接的,无需通过对读者为时长久的道德教化。与此相反,持儒家立场的中国文论家却特别强调道德教化的功用,而这一倾向贯穿了古代文论史。在审美论的层次,DA 线主要是指审美经验升华到超经验感悟的过程。在西方文论中,虽然康德论审美本质和特征无不基于超验认知论的框架,但文学批评家对具体作品审美效果的论述很少提升到形而上的宇宙观层次,新批评派论诗便明显具有实用的特征。与此相反,中国文论家描述审美经验时尤为热衷于褒扬超验的审美效果,"言外之意""象外之象""景外之景""意境""神韵"这类术语近乎成为论诗家的口头禅。

AD 虚线：这条逆时针虚线（宇宙→读者）的重要性大不如与之逆向的 DA 线。在西方文论中"读者"自身是四大要素中最不受重视的，而有关宇宙对读者阅读影响的论述几乎绝迹。在中国文论中，这一论题是存在的，但较之审美与感悟宇宙真宰的关系，有关的论述显然是少得多。但桐城派大师姚鼐（1732—1815）运用阴阳的宇宙原则，将历来繁冗无比的审美术语归为阴柔和阳刚两大范畴，这大概属于 AD 虚线上建树最大的例子。

以上对三棱锥图中 12 条关系线一一作了解释，并加以扼要的评论，指出其在中西文论中有无、轻重的状况。为了凸显中西文论基本结构的不同，我用虚线标示西方文论鲜有论及的关系，还用逆时针箭头的运动来强调中国文论中文学四要素之间突出的双向互动。综观图中纵横交错、沿顺逆时针而动的线条，再参照以上对中西文论差异的点评，我们不难看到，中国文论的统一原则即是整体思维原则（the principle of holistic thinking）。在三棱锥图中，四个文学要素，以及与之密切相关的四大文论类型，无不与其他三个要素有全方位、直接的关联互动。四个要素辐射出一条条关系线，极为形象地展现了整体思维原则在中国文论结构层次的运行。

三、共时研究：整体思维原则与文论之肌理

上述四种文论类型构成了中国文论的主要结构，如果将此结构比作人体的骨骼，那么四大文论类型之中各种具体的理论

可以被视为中国文学理论的肌理。为了验证整体思维原则在此肌理层次上的运作,我们可以进行一个简单的实验:将《毛诗序》之《大序》和刘勰(约465—约520或532)《文心雕龙》放入三棱锥图中,看看它们是否呈现整体思维原则的运作。在中国文学理论中,这两篇文本被认为是奠基之作,因为两者分别对诗(《诗经》和一般诗歌)和文(所有的美文写作)作出了系统的理论阐述。

《大序》是一篇篇幅适中的文章,其24个段落,我已按顺序编号,全部可以放入"附录1"中的循环图表中。如"附录1"图四所示,《大序》的无名作者着重阐述《诗经》的伦理与社会政治意义,但也追溯了整个文学活动的循环周期(参《理解论评选》§008、《文学论评选》§042)。关于第一要素"宇宙",他详细描述了社会政治条件与《诗经》创作之间的因果关系。关于第二要素"作者",他描绘了从内在情感到言语表达的过程,并通过吟诵、歌唱和舞蹈逐步放大。关于第三要素"作品",他指出了《诗经》中显著的三种体类和三种表达方式。关于第四要素"读者",他明确提到先王和史官对《诗经》的接受,同时分享了他自己的接受过程。这三方对《诗经》的接受旨在寻找两种不同的意义:对良好的国家治理和个人行为进行赞美,对不良者进行批评。他们的伦理与社会政治解释旨在通过推广这种教化用途,使从君王到普通百姓都能赞美善行,批评恶行。通过寻求伦理与社会政治的改善,《大序》的作者实际上完成了一个完整的文学循环活动,回到了第一个要素"宇宙"。

接下来,让我们看看中国第一部系统性文论专著《文心雕龙》如何全面涵盖了文学四要素。如"附录2"图五所示,三棱锥图中四要素完整地容纳了这部长达50章的巨著(自传性质的末章《序志》除外)。归入第一要素"宇宙"的有头三章——《原道》《征圣》和《宗经》。这些章节追溯了圣人如何辨识天地之理,并以越来越复杂的形式创造出人类的规范:从预测的卦象和爻象、人类制度和法规、礼仪、儒家经典、礼貌的举止和言语,最终到美文(参《文学论评选》§058—060)。第二要素"作者"是书中9章的关注重点,其中4章探讨了文学创作中四个重要的作者因素:身体条件、道德品格、个性和才华。其他5章则考察了整个创作过程,从最初的情感反应到想象力,直到最终的创作完成(参《创作论评选》§043、§045、§047、§050、§056—058)。第三要素"作品"涵盖了最多的章节,共31章。其中的22章致力于考察36种主要文体自远古以来的演变,其余9章则考察了成文的全过程,从文体之势的利用到文本结构与质感的营造,再到短语、典故、韵律和字词的使用,最后讲修辞华饰。第四要素"读者"涵盖了6章内容,其中两章论审美过程,两章专谈情感—语言的互动,将其定为审美判断的标准,其余两章则依照此审美标准建构文学史(参《理解论评选》§018、《文学论评选》§064)。

图四和图五揭示了中国文学思维的最显著特征:将文学四要素视为一体的整体性思维。《大序》的无名作者、刘勰以及其他任何中国批评家都不像西方批评家那样,将这四个要素视为相互竞争或对立的概念。相反,他们认为这四个要素标志着文学创作和接受的不同阶段,并对这些阶段之间的互动和共鸣表

现出浓厚的兴趣。我们可以发问,西方文论中鸿篇巨制的专著,如亚里士多德《诗学》等,有哪一部像《文心雕龙》那样全面关注四大要素,并做出极为深入精辟的论述?同样,在西方文论的短篇论文中,我们能找到像《大序》那样兼谈四大要素,面面俱到的例子吗?回答总体上是否定的。华兹华斯的《抒情歌谣集序言》是一个罕见的例外。这些正反对比,进一步凸显中国文论肌理层次上整体性思维的特征,以及其鲜明的民族性。

谈完了《大序》和《文心雕龙》两个宏观例证,现在让我来分析四个微观的例证。第一个是陆机(261—303)《文赋》开篇对创作过程的描述。

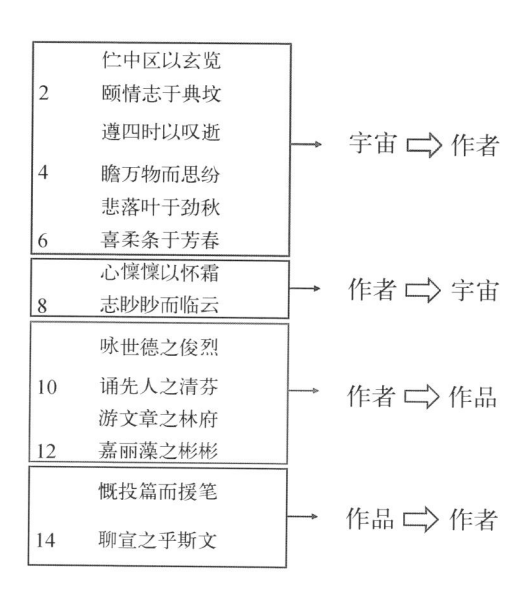

2	伫中区以玄览 颐情志于典坟 遵四时以叹逝	宇宙 ⇨ 作者
4 6	瞻万物而思纷 悲落叶于劲秋 喜柔条于芳春	
8	心懔懔以怀霜 志眇眇而临云	作者 ⇨ 宇宙
10 12	咏世德之俊烈 诵先人之清芬 游文章之林府 嘉丽藻之彬彬	作者 ⇨ 作品
14	慨投篇而援笔 聊宣之乎斯文	作品 ⇨ 作者

如我的便签所示,陆机明确地将创作过程概念化为包含两种同时进行"互给互取"的运动——首先在"宇宙"(包括宇宙整体

和具体的自然景象)和"作者"(情感)之间,然后在"作者"和"作品"(对古代经典的阅读)之间。这些互动正如三棱锥图中双向箭头所示。

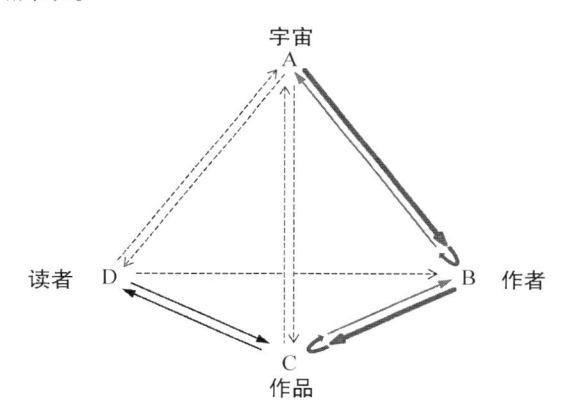

图六 陆机对文学创作初始过程的描述

第二个微观例证是刘勰对美学接受过程的描述:

> 夫缀文者情动而辞发,观文者披文以入情;沿波讨源,虽幽必显。世远莫见其面,觇文辄见其心。岂成篇之足深,患识照之自浅耳。夫志在山水,琴表其情,况形之笔端,理将焉匿。(《文心雕龙·知音》)

在这里,刘勰以一种西方读者不熟悉的方式定义"读者"的角色。对他来说,一个敏锐的读者,或"知音",不是被动地从"作品"中接受情感和思想,而是主动超越"作品",追溯作者的整个创作过程,乃至获知宇宙的隐秘原则。在三棱锥图中,这种阅读活动实际上进行了三个阶段的逆时针运动:

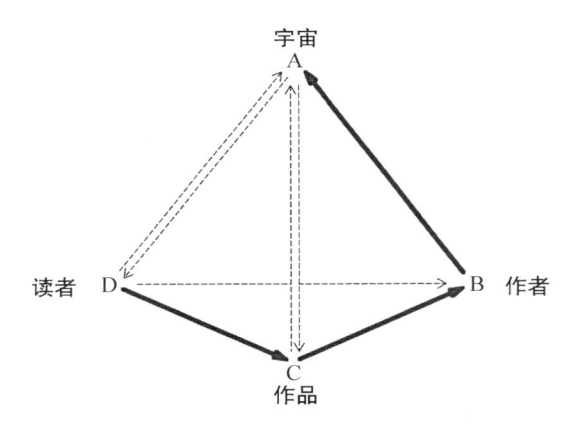

图七　刘勰对复原理解过程的描述

第三个微观例证是《大序》作者所操作的跳跃式类比理解。如下图的虚线所示,《大序》作者在解释具体诗篇时,总是绕过第三要素"作品",直接跳到第二要素"作者",以全知的角度、近乎自述的口吻来讲述作者或诗中说话人与第一要素(现实的历史事件和人物)的互动。

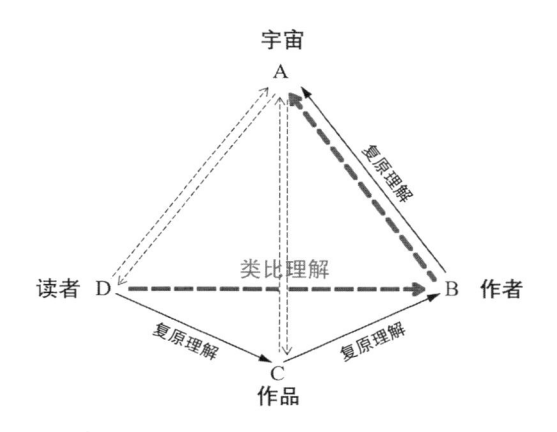

图八　《毛诗序》跳跃式类比理解过程

第四个微观例证展示一种比前三例更为大胆的跨界操作。第一例是陆机所讲作者与相邻两要素("宇宙"和"作品")的双向互动;第二例是刘勰所讲三阶段(读者→作品→作者→宇宙)逆向复原理解;第三例是《毛诗序》所实际操作的两阶段(读者→作者→宇宙)跳跃式类比理解。如下图所示,第四例则是一种奇特的、从阅读到创作的回形过程(读者→作品→作者→作品)。这种阅读和创造过程合二为一的观点,在韩愈《调张籍》一诗中已见端倪,而明确地提出和阐述则见于明末钟惺、谭元春等人的诗论之中(参《理解论评选》§ 142—161)。

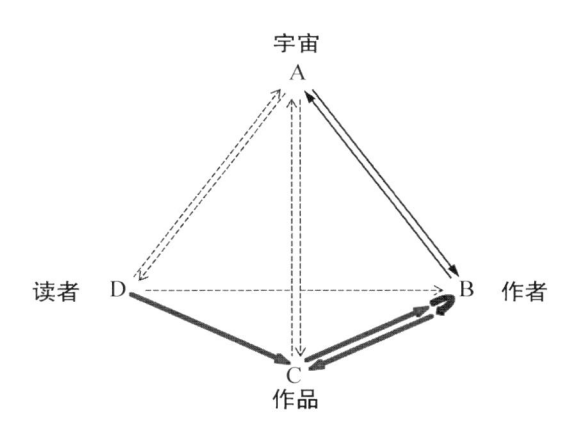

图九 从阅读到创作的回形过程

四、整体思维原则与文论之术语脉络

以人体的生理机制为比喻,四大文论类型犹如中国文论的骨骼,而四者之中的丰富多样的具体理论犹如中国文论的肌理,而多不胜数的术语则可比作中国文论的血管脉络。此脉络体系犹如一个纵横交错、相迭相续的网络,将文学四大要素的方方面面结合为一个有机的整体。在我主编的英文专集 Key Terms of Chinese Literary Theory(《中国文论关键术语》)中[1],我将文论术语依照文学四要素归为四大种类,而其中运用最为广泛、渗透四大要素方方面面的,主要是源自儒道宇宙论和佛性的术语,如"气""神""意""自然""意境"等。

鉴于篇幅所限,这里我就以"意"为例,说明在中国文论中,像"意"这样的关键术语往往与四大要素都有密切关联,同时在四大文论类型中大量使用,但其意涵多因应产生变化,而所担负的作用也迥然相异。首先,"意"与第一要素"宇宙",或更具体地说,与儒道宇宙论密切关联。在《周易·系辞》中,"意"用来指代圣人对宇宙之道的直觉领悟,为其所造的易象、卦辞所本(参《创作论评选》§ 014)。在诠释此观点时,魏晋玄学家王弼(227—249)则提出象不尽意、言不尽象之说,从而建立了"意→象→言"这一宇宙论和认识论的框架。作为新兴哲学框架的核心,"意"很自然地进入第二要素"作者"的领域。陆机和刘勰两人都巧用了此框架,沿着"意→象→言"的进路来审视整个创作过程。至唐代,王昌龄通过引入佛教唯识宗中"意"的概念,并增加"取境"阶段,巧妙地将这个三段范式改造为"意→境→象→言"四段范式(参《创作论评选》§ 068—079)。在第三要素"作品"的领域中,"意"这个词经常用于表示语义、句法

---

[1] 见 Zong-qi Cai, ed. *Key Terms of Chinese Literary Theory* (Durham, North Carolina: Duke University Press, 2021), A special issue of *Journal of Chinese Literature and Culture*.

和结构层次上的语言意义,这一点无需赘述。"意"与第四要素"读者"的关系同样紧密。历代《诗经》的诠释有两大阵营,即以毛、郑为代表的类比理解派和欧阳修、朱熹为代表的复原理解派,而这对立的两大阵营都利用"意"的多义性,对孟子"以意逆志"的命题做出有利于自己的解释,并奉之为圭臬,为自家理解论的发展鸣锣开道。有关这点下文还有更多的论述。在理解论之外,"意"在审美论中也具有范式意义。"言外之意"讲的就是超感官、终极的审美学体验和理想。"意"如此广泛的运用,充分展示了整体思维原则如何在术语层次上运作,加强了文学论、创作论、理解论、审美论彼此之间密切的联系和共鸣。

五、历时研究:文学论、创作论、理解论发展的动力与轨迹

以上展示了整体思维原则如何在结构、肌理、术语三个垂直层次上运作,将中国文论形成一个独特的有机整体,而我对中国文论体系的共时分析大致完成了。接下来让我们对此体系开展历时研究。我个人认为,这一历时研究的重点应放在找出四大文论类型历史发展的动力,以及勾勒它们各自历史发展的轨迹。

现在,我们先来考虑推动文学论发展的动力在哪里?其实,这个问题的答案并不难找到。比较图四和图五,我们就可以发现文学论历史发展的动力来自功利主义和唯美主义之间巨大的张力。图四《大序》呈现出几乎纯功利主义的倾向。吸

引我们眼球的是"理解论"下的大板块,由 14 个段落构成,与"作者"和"作品"之下两个极小的板块形成鲜明对比。在这个大板块中,14 个段落讲述了先王、史官以及作者本人如何在多个层面上解释和阐明《诗经》的伦理—社会政治意义。《大序》的目标受众显然是君王和统治者,以及为他们工作的朝廷官员。作者想传达的信息是,《诗经》过去和现在都为统治者和臣民之间提供了一个最佳的双向沟通渠道。统治者们在不损害其权威的情况下接受臣民的美刺讽谏,同时他们利用《诗经》灌输伦理价值观,纠正臣民间的社会关系和个人行为。鉴于这种对《诗经》伦理—社会政治功能的重视,《大序》忽略了所有不涉及推动伦理—社会政治议程的主题,包括作者的创作过程、文学形式和特征以及审美体验。"审美接受"一栏是完全空白的,正好体现了此文对审美毫无兴趣,评论《诗经》唯有功利的关注,即其辅助国家政治和道德教化的效果。

图五正好与图四相反。《大序》极度关注的正是《文心雕龙》完全忽略的内容。《文心雕龙》五十章中没有一章是讨论文学的伦理—社会政治功能的。相反,《大序》忽略的内容正是《文心雕龙》大力探索和阐述的内容。要认识这点,只需一看他对创作过程和审美接受的多层次、深入的理论探讨即可,更不用说还有深究文章学方方面面的 31 章。正如关注社会、政治、伦理贯穿并统一了《大序》全文,《文心雕龙》对艺术和审美的持久兴趣则贯穿其 49 章的内容。

从更广泛的历史视野来看,《大序》和《文心雕龙》形成了中国文学论书写的对立的两极——功利主义 PK 唯美主义。通读从先秦到清代的文论著作,我发现了中国文学论演变中一个显著的波浪线发展模式,这一模式是由功利主义与纯粹美学两极之间的张力,有时甚至是冲突所推动的。如果说从《大序》到《文心雕龙》的转变代表了两个极点的建立,往后我们看到的是,这两极的张力成为推动文学潮流和文学论书写的巨大动力,使之一浪接一浪地往前推进(参《文学论评选》"总述"第19页图表)。

中国文学创作理论的主要目标是寻找和讲述创作最优秀作品的诀窍。鉴于这一纯粹的艺术目标,我们不难理解文学创作几乎是审美导向学派的专属领域。文论史上第一篇文学批评论文,曹丕(187—226)的《典论·论文》,突出了对创作过程的讨论(参《文学论评选》§ 067);第二篇文学批评论文,陆机《文赋》,则完全致力于探索创作过程。陆机和刘勰不仅引入了文学创作的主题,还将玄学话语中的"意→象→言"(构思→形象→文字)范式用于探索创作过程。刘勰以更明确的方式使用这一范式,详尽地讨论了文学创作的五个具体阶段,并对除最后成文阶段之外所有阶段进行了详尽的论述(参《创作论评选》§ 042—043)。在陆机和刘勰的影响下,后来的批评家主要通过扩展或缩减创作阶段,或在陆机和刘勰未能突破的地方取得突破来做出贡献。例如,在唐代,王昌龄(698?—756?)引入了佛教"境"的概念,以"意→境→象→言"的范式扩展了陆机和刘勰的范式(参《创作论评选》§ 068—079)。在南宋,许多受禅宗启发的批评家将创作过程缩减为一个类似禅宗觉悟的瞬间。在明清时期,许多复古主义诗人在陆机和刘勰尝试但未能实现之处取得了成功:展示创作构思如何推动创作的所有阶段,并实现将心中意象转化为优秀作品的无痕转换(参《创作论评选》§ 104—125)。相比之下,功利导向的批评家通常认为文学创作只是用文字表达情感的简单过程,如《诗大序》中所示,有时他们甚至会否定对创作过程的关注。

在"读者"要素之下,我们可以归类两种不同的接受理论:理解性接受与审美接受。前者侧重于寻找作品的意义,主要偏于概念性和明确性;后者旨在探究美文难以言喻的特质,并阐明我们从中获得的无穷乐趣。在中国,这两种理论类型之间似乎有明确的主题划分。理解论主要围绕儒家六经之一的《诗经》展开,偶尔会关注一下美文。相比之下,审美论源于文人对美文的持久关注,从刘勰的《文心雕龙》和钟嵘的《诗品》延伸到唐代的诗格等专论,以及从宋代到清代的诗话。

在撰写《理解论》两部书时,我发现孟子有关正确解释《诗经》的著名四字箴言"以意逆志",实际上提供了一个广泛的概念框架,它以最有说服力的方式容纳了《理解论评选》论及的15种主要理解论(参《理解论评选》§ 004 及该书目录)。孟子这四字箴言极大的灵活性归功于其第二和第四个字的多义性和模糊性。孟子语句中的第一个字"以"和第三个字"逆"相当直接,分别意味着"用"(或"以……做某事")和"追溯到"。最后一个字"志"本身很清楚,意思是"心意",尽管由于省略了所有格代词,其所指可能模糊。然而,第二个字"意"却极其多义,因为它既具有"推测、猜测"的动词意义,也具有"意思"的名词意义。事实证明,"意"的多义性包容了《诗经》解释中的两大对立阵营。首先,"意"作为推测性思维的动词意义(臆),恰当地描述了那些没有文本依据的类比理解方法。这种理解方法起源于所谓的"赋诗"传统,即春秋时期国家使节之间的一种现场人际交流形式,两方外交人员通过表演特定的《诗经》诗篇来类比地表达各自国家的意图。从战国中期起,《诗经》开始作为书面文本进行私人阅读,而不是人际交流。其理解模式似乎从自由的类比转变为恢复书面文本的本意。这种复原性的理解模式在《孔子诗论》中得到了明确的证明(参《理解论评选》§007)。这部出土的竹简集合记载了对各种《诗经》诗篇的评论,几乎没有参引文本以外的材料。鉴于这种新的阅读实践以及孟子明确提出不可误解词句本意的建议,我们可以认为孟子著名四字名言中的"意"字至少包括了文本的意义。然而,在汉代,《诗大序》的作者和其他解《诗》家回归了先秦类比解诗的老路,习惯性地在没有文本依据的情况下,将《诗经》篇什解释为对当代或先前政治事件的赞美或批评(参《理解论评选》§009、§011—013)。直到宋代,基于文本的复原理解才成为主流的《诗经》解读方法,这要归功于欧阳修(1007—1072)、朱熹(1130—1200)等人对汉唐类比解经的大胆挑战(参《理解论评选》§030—041)。如果说类比和复原理解论分别主导了汉唐时期和宋代,那么明清时期,这两大阵营之间的争斗有所缓和,《诗经》注释与文学研究之间的互动则富有成效。

这里极为简要地勾勒了文学论、创作论、理解论历史发展的轨迹。有关这三类理论的历史发展,六部书各自的总述提供了更加详尽的描述和评论,并附有图表解释。读者如能进一步阅读书中每个章节的总结以及选文本身,对这三类理论的历史发展将会有更加清晰而牢固的认识。

六、结　语

以上展示了整体思维原则如何贯穿古代文论主要层次的运作,在共时和历时的两个维度上将繁富庞杂的文论术语、概念、命题统合为一个立体的、纵横交错的有机整体,从而彰显了古人以跨界、全方位视野论述文学四大要素的民族特征。这一归纳研究的所有发现无不让我坚信,有坚实的证据来反驳那些被广泛采用的观点,即:中国文学理论是无系统的,中国批评术语是指义模糊的、不稳定的和混乱的,因而在当今文学研究的国际交流中势必产生所谓"文论失语症",云云。其实,所谓"文论失语症"病根,不是古人使用术语、概念、命题的方式,而是我们完全被西方文论现成的思维框架所束缚,没有意识到可以用中国自己的整体思维原则来寻找古代文论术语、概念、命题、论说的内在关联。

在撰写《评选》和《要略》系列之时,与之心灵对话的读者是超越语言和文化分界的,同时面向汉语世界和英语世界。所谓"中国文论失语症",归根结底是因无法让西方读者读懂中国文论,无法让中国文论进入世界文学研究主流而产生的忧郁症。正因如此,我二十多年前就制定了同时出版中文和英文丛书的目标。值得我欣慰的是,这一目标正一步步地实现。在这两个系列陆续推出之际,与之相应的四部英文专著和一部英文导读选集也在准备之中,其中第二卷 *Chinese Theories of*

Literary Creation: A Historical and Critical Introduction(《中国文学创作论：历史与批判导论》)已由杜克大学出版社出版，其他四部将在五六年内出齐。收官之作应是我一人撰写的 *How to Read Chinese Literary Theory: A Guided Anthology*(《如何阅读中国文学理论：导读集》)，此书将收入我与袁行霈先生为哥伦比亚大学出版社主编出版的《如何阅读中国文学》(*How to Read Chinese Literature*)系列中。在孜孜不倦地笔耕的同时，我清楚地意识到，让中文文论以崭新的叙述走向世界绝非是一个人能完成的工作，必须要与中外学界同道共同努力。为此，我在过去几年中编辑出版了有关中西文论的两部英文论文集[1]，而由中美二十多名学者合写、集中研究古代文论术语的论文集 *Key Terms of Chinese Literary Theory*(《中国文论的关键术语》)也将在 2025 年上半年问世。

　　随着以上提及的中英文书籍陆续出版，相信越来越多的西方读者会走进中国文论宝库中淘宝，找到推动世界文论研究发展的灵感。例如，当阅读到明代主张复古主义批评家对创作过程中创造性想象力的探索，他们也许会反思为什么在西方文学理论中，创作的成文阶段不被视为创作过程的一部分。同样地，西方学者阅读明清文论家将审美接受转化为文学创作行为的论述时，可能会意识到现象学批评家加斯顿·巴什拉（Gaston

---

[1] 见 Zong-qi Cai, ed. *Theory and Chinese Literary Studies* (Durham, North Carolina: Duke University Press, 2020), a special issue of *Prism: Theory and Modern Chinese Literature*, and Zong-qi Cai and Stephen Roddy, ed., *Critical Theory and Premodern Chinese Literature* (Durham, North Carolina: Duke University Press, 2021), a special issue of *Journal of Chinese Literature and Culture*.

Bachelard,1884—1962)的局限,没有将读者对作者意识的被动感受转变为对作者创作思维的能动占有,从而开辟出创作伟大作品的别样路径。对术语多义性的利用富有成效,最令人惊叹的例子可能就是上文所提到的对"意"的巧妙利用。在古代文论中,"意"大概是最为多义的术语,因此在文学论、创作论、理解论、审美论中都起着显赫的作用,而其多义性妙用竟能让"以意逆志"命题成为各种不同乃至相互对立的理解论的理论纲领[1]。试问,西方学者能在他们的传统中找到类似的情况吗——一个单一批评术语将两千多年来竞相发展的批评理论凝聚到一起?沿着三棱锥图中标出的虚线,我们还可以找到许许多多类似的例子。通过这些实例,中外读者应能体验到,中国批评术语的模糊、变动和多义不仅不会令读者沮丧,实际上反而提供了一段饶有趣味,充满惊喜的探索之旅。

《评选》和《要略》系列以及我与同道合作的研究是否可信地揭示中国文学理论内在系统,是否能够以一种有说服力的形式呈现中国文学理论的丰富遗产,使中外读者都能在私人阅读和课堂学习中理解和欣赏中国文论,进而反思中西批评传统各自的独特之处,开启严肃的跨文化对话?这些是有待中外广大读者检验和回答的问题。如果他们予以我们正面的回答,那么探索中国古代文学研究圣杯之旅堪称有了里程碑式的突破,从而可以开启新的进程。

---

[1] 见 Zong-qi Cai, "The Richness of Ambiguity: A Mencian Statement and Interpretive Theory and Practice in Pre-modern China", *Journal of Chinese Literature and Culture* 1.1-2(2014):263-289. 中文版见蔡宗齐著、陈婧译:《"以意逆志"说与中国古代解释论》,《岭南学报》(2015年第1、2辑合刊),第145-167页。

附录 1：

阶段 4A：理解性接受
1 《关雎》，后妃之德也，风之始也，所以风天下而正夫妇也。
2 故用之乡人焉，用之邦国焉。
3 风，风也，教也。风以动之，教以化之。
7 故正得失，动天地，感鬼神，莫近于诗。先王以是经夫妇，成孝敬，厚人伦，美教化，移风俗。
9 上以风化下，下以风刺上。
11 言之者无罪，闻之者足以戒，故曰风。
13 国史明乎得失之迹，伤人伦之废，哀刑政之苛，吟咏情性，以风其上，达于事变，而怀其旧俗者也。
14 故变风发乎情，止乎礼义。发乎情，民之性也；止乎礼义，先王之泽也。
17 雅者，正也，言王政之所由废兴也。
19 颂者，美盛德之形容，以其成功，告于神明者也。
21 然则《关雎》《麟趾》之化，王者之风，故系之周公。
22 南，言化自北而南也。《鹊巢》《驺虞》之德，诸侯之风也。
23 先王之所以教，故系之召公。《周南》《召南》，正始之道，王化之基。
24 是以《关雎》乐得淑女以配君子，忧在进贤，不淫其色，哀窈窕，思贤才，而无伤善之心焉。是《关雎》之义也。

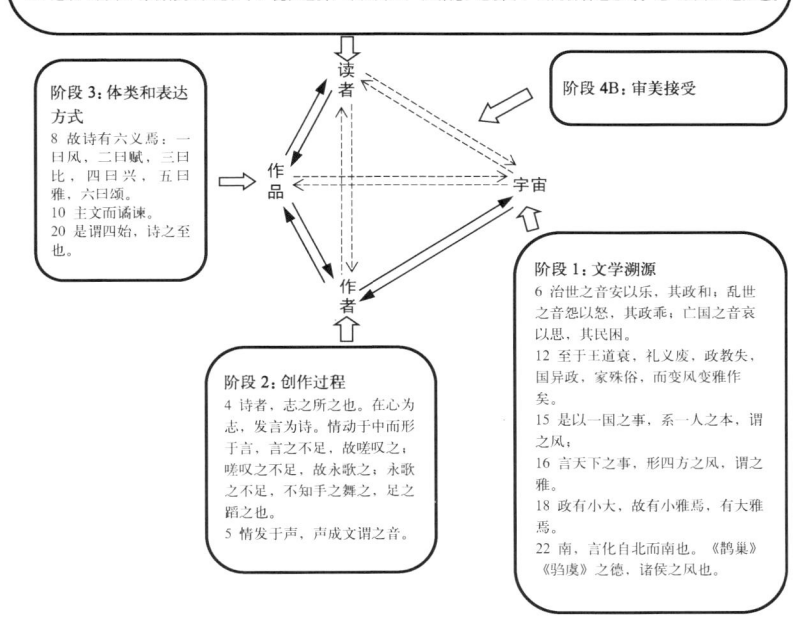

阶段 3：体类和表达方式
8 故诗有六义焉：一曰风，二曰赋，三曰比，四曰兴，五曰雅，六曰颂。
10 主文而谲谏。
20 是谓四始，诗之至也。

阶段 4B：审美接受

阶段 1：文学溯源
6 治世之音安以乐，其政和；乱世之音怨以怒，其政乖；亡国之音哀以思，其民困。
12 至于王道衰，礼义废，政教失，国异政，家殊俗，而变风变雅作矣。
15 是以一国之事，系一人之本，谓之风。
16 言天下之事，形四方之风，谓之雅。
18 政有小大，故有小雅焉，有大雅焉。
22 南，言化自北而南也。《鹊巢》《驺虞》之德，诸侯之风也。

阶段 2：创作过程
4 诗者，志之所之也。在心为志，发言为诗。情动于中而形于言，言之不足，故嗟叹之；嗟叹之不足，故永歌之；永歌之不足，不知手之舞之，足之蹈之也。
5 情发于声，声成文谓之音。

图四 《诗大序》全文与三棱锥图之对应

附录2：

阶段4A：理解性接受

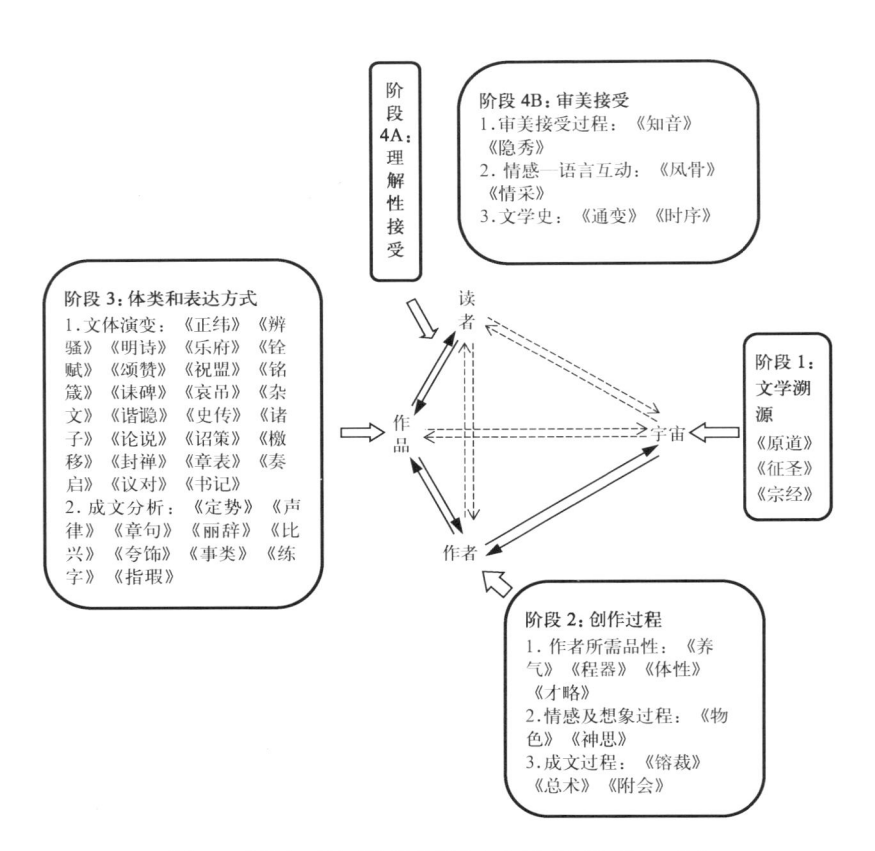

阶段4B：审美接受
1. 审美接受过程：《知音》《隐秀》
2. 情感—语言互动：《风骨》《情采》
3. 文学史：《通变》《时序》

阶段3：体类和表达方式
1. 文体演变：《正纬》《辨骚》《明诗》《乐府》《诠赋》《颂赞》《祝盟》《铭箴》《诔碑》《哀吊》《杂文》《谐隐》《史传》《诸子》《论说》《诏策》《檄移》《封禅》《章表》《奏启》《议对》《书记》
2. 成文分析：《定势》《声律》《章句》《丽辞》《比兴》《夸饰》《事类》《练字》《指瑕》

读者　作品　宇宙　作者

阶段1：文学溯源
《原道》《征圣》《宗经》

阶段2：创作过程
1. 作者所需品性：《养气》《程器》《体性》《才略》
2. 情感及想象过程：《物色》《神思》
3. 成文过程：《镕裁》《总术》《附会》

图五　根据三棱图重新编排《文心雕龙》的49个章名

总目

总序：中国古代文论的内在体系

第一册　文学论要略

第二册　创作论要略

第三册　理解论要略

文学论要略　目录

总述 …………………………………………………………… 1

第一章　远古时期的宗教文学论 ………………………… 23
第一节　远古文献中"诗言志"说与宗教舞蹈音乐的
　　　　关系 ……………………………………………… 27
第二节　从"诗""志"甲骨文字源探究远古诗与宗教
　　　　舞蹈的关系 ……………………………………… 32

第二章　春秋时期的人文主义文学论 …………………… 41
第一节　《左传》和《国语》论诗乐：加强自然和
　　　　人类和谐的作用 ………………………………… 44
第二节　《论语》：学《诗》、学文及追求文质结合 …… 50
第三节　《老子》非文的立场 ……………………………… 60

第三章　战国时期的文学论 ………………………………… 63
第一节　墨、法、道三家论文：崇质非文的共同立场 …… 66
第二节　荀子论文：修身、治国、道管、垂文 …………… 74
第三节　《系辞传》的文字本质说 ………………………… 80

第四节　儒家论音乐：人本质之"情"、情感之"情"
与化人 …………………………………………… 84

第四章　汉代文学论 ………………………………………… 95
第一节　汉儒论《诗》：《诗大序》的教谕性文学论 …… 97
第二节　汉儒论文：从文质说到文道说 ………………… 107

第五章　六朝文学论 ………………………………………… 118
第一节　论文学起源：刘勰文道说和萧统文学
进化说 …………………………………………… 120
第二节　论文学本质：刘勰情文说和钟嵘滋味说 …… 134
第三节　论文学功用：文学与作者的生命意义 ……… 140

第六章　隋唐文学论 ………………………………………… 149
第一节　诗人论诗：王通、白居易等破而不立、
破中有立的诗史建构 …………………………… 151
第二节　古文家论文：韩、柳等人的文道说和文气说
……………………………………………………… 164
第三节　日僧空海论"文"：三教一体的文学观 …… 174

第七章　宋代文学论 ………………………………………… 179
第一节　古文家"文以贯道"说：道、圣、文、辞的
贯通融合 ………………………………………… 181
第二节　理学家"文以载道"说：剔除"辞"的道、圣、
文之说 …………………………………………… 185

第八章　明代文学论 ………………………………………… 203
第一节　复古派至文说：情景融合境界的营造 ……… 205

第二节　反复古派的至文说：真事、真境、真情的
　　　　　　直接书写 ………………………………… 212
第九章　清代初、中期文学论 ……………………… 226
　　第一节　唯美至文说的理论总结：叶燮《原诗》 …… 228
　　第二节　融入诗教的至文：沈德潜格调说和常州
　　　　　　词派寄托说 ……………………………… 241
　　第三节　桐城派至文说：宇宙之道与文章结构和
　　　　　　审美原则 ………………………………… 250
　　第四节　骈文家至文说：宇宙之道与骈体至尊的
　　　　　　地位 ……………………………………… 269
第十章　晚清文学论 ………………………………… 279
　　第一节　龚自珍、鲁迅论诗：促进政治改革和造就
　　　　　　革命者之神器 …………………………… 281
　　第二节　梁启超等人论小说：开发民智、促进社会
　　　　　　进步之神功 ……………………………… 290
文学论要略引录典籍书目 …………………………… 301

总　述

本书所研究的文学论,不是文学理论的总称,而是历代有关文学起源、本质、功用的具体论说。在中国古代文论中,文学论与创作论、理解论、审美论,可谓等量齐观,共同构成四大板块,各自在《中国历代文论评选》和《中国历代文论要略》系列中独占一册。

研究中国古代文学论,首先要厘清"文学"一词在古代中国语境中的独特含义。文学,作为一种学科的研究对象,中国和西方学者予以不尽相同的定义。西方学者所研究的文学主要是诗歌、戏剧、小说、散文等以提供审美享受为主的文体,而中国学者所研究的文学范围更为宽泛。这点与中文里"文"的宽泛富赡的意涵有直接的关联。在先秦早期的文献中,"文"既指文化的总体风貌,又指政治体制、典章制度、言行仪表、道德修养、外交辞令等。到了汉代,文字典籍才逐渐从"文"的边缘走向中心,成为其核心意义。到了六朝,与西方文学定义相吻合、以诗赋为中心的狭义美文,逐渐成为书籍之文的中心,而整理美文传统,编撰选集,品评诗人成为文人趋之若鹜的时尚。美文变为"文"的核心意义的例证,最显赫的莫过于刘勰《文心雕龙》和萧统的《昭明文选》两部巨著的命名,刘、萧两人都几乎将先秦泛指政治社会、文化想象之"文"改用为狭义美文的专称。六朝的美文论说,无疑与西方"文学"的概念有明显的对应性,但还仍存有界定宽限之别。大概由于六朝美文与先前非唯美之文有着千丝万缕的联系,所以刘勰、萧统等人所论之文,多少糅入非唯美的成分。例如,刘勰《文心雕龙》第5到25章所深入讨论的36种主要文体,除了骚、诗、赋、乐府四种是唯美的,而其他全部是功利性极强的应用文体。把这些类别的文章归入"文学"范畴之中,对西方批评家近乎是不可思议的。萧统在编纂美文总集时,选文的标准也是很宽泛的,除了不收后代所说"经"、"史"(史赞除外)、子类作品之外,其他类别的文章,只要"事出于沉思,文出于翰藻",就达到被甄选入集的基本要求。有鉴于这种宽泛的文学界定,无怪乎有的学者视中国文学论为杂文论。

文的价值,是文学论中最为核心的议题。不管是先秦思想家关于文质的论辩,抑或汉儒对《诗经》进行经典化的努力,还是六朝、唐宋、明清批评家对美文的臧否,无不围绕文的起源、本质、功用三个不同方面来阐述文学的意义。

先秦两汉文学论

先秦儒、墨、道、法各派思想家几乎都是从功用的角度,通过分析"文"与"质"的关系,来确定文的价值。在他们的著述中,"质"被视为事物自身的属性,从而得到普遍的肯定,但被视为"质"的对立面的"文"所得到的评价,则有天壤之别。决定对"文"评价正面与否,关键在于如何看待它与"质"的关系。儒家认为,"文"与"质"构成相反相成、不可取舍的整体,而孔子拿虎豹的皮毛来比喻"文",讲的就是这个道理。儒家以礼乐文教治国,实际上就是儒家文质观在国家政治层次上的落实。儒家不仅全力肯定和捍卫"文"的价值,而且还孜孜不倦地追求"文"与"质"的完美结合,正如孔子"文质彬彬然后君子"一语所示。墨、法两家是在国家治理的层次上讨论"文"和"质"的。两家的文质观呈现明显的实用主义特征。墨家认为,"文"是奢靡的外饰,而儒家那种对礼乐之"文"的追求,必定导致浪费国家宝贵的有限资源,因而对"文"全盘否定,大事鞭挞。对墨家而言,文的对立面"质"代表了勤俭务实、惠及万民的务实的治国方针。法家也同样崇质贬文,但他们所说"质"更加具体,就是旨在建立霸业的农战国策,而所鞭挞的"文"也是儒家的礼乐文教。道家虽然没有拈出"文""质"二字作为纲领性的概念来讨论,但庄子呐喊"擢乱六律,铄绝竽瑟""灭文章,散五采"(《庄子·胠箧》),与墨、法家对儒家礼乐文教的声讨如出一辙。同样,老子"复归于朴"、庄子"文灭质"的观点,与墨、法崇质的立场亦无二致,只是老庄所关注的是更高哲学层次上的"质",即人自然的本性。

到了汉代,诗歌开始进入文学论的领域。"诗言志"的命题可以追溯到《尚书·尧典》所记载的上古时代,而在更为可信的先秦典籍中也屡见不鲜,但《诗》自身的意义始终没有得以系统的论述。这项重要的工作最终落在汉代整理编纂《诗》阅读文本的诸位硕儒的身上。现存《毛诗序》无疑是这项伟大文化传承工程最为灿烂的结晶。此文遵循了先秦论"文"的路径,纯粹从功用的角度展开论述。《毛诗序》关注强调《诗》的功用,有别于先秦各家论"文"的初衷,不是为倡导特定的治国路线方针提供理论根据,而是要解释《诗》如何促进国君与臣民之间的良性互动,为建立理想的儒家政治、社会、伦理秩序发挥关键的作用。《毛诗序》作者对《诗》中风、雅、颂三种诗体的定义,无不突出这一作用。风的作用定义为"上以风化下,下以风刺上",尤为侧重"刺"的作用,故特别细致地描述专事"刺"的变风、变雅产生的原因,言:"至于王道衰,礼义废,政教失,国异政,家殊俗,而变风、变雅作矣。"对"雅"和"颂"的描述,与对《国风》中《周南》《召南》具体诗篇的解读一样,主要突出《诗》"美",即赞颂先王王政美德。诗对民众施加道德影响。借助风这一道德教化工具,统治者可以向人民例示,何为善政,何为恶政,何为道德行为,何为不道德行为。鉴于《诗》从双向发力,振王道,兴礼义,正政教,《毛诗序》作者对《诗》的价值作出至高无上的判断:"故正得失,动天地,感鬼神,莫近于诗。"(见《文学论评选》§042)

六朝文学论

时至六朝(用作时间概念,指东吴222年建国到陈朝589年灭国的时期),以美文为核心的文学论横空出世,风靡天下,主要批评家无不竞相论文、论诗,发表自己独特的高见。开拓文学起源的研究,是六朝文学论的一个重大突破,而此功劳完属于刘勰。先秦论《诗》通常会从声音溯源到"志"的产生,但也是点到为止而已。如果说早期文献中对文学起源的讨论是相当边缘的,刘勰则将文学起源作为《文心雕龙》枢纽之头三章的核心,将书写文字看作文学的原质,认为文字源于自然,为道之直接呈现,同时又源于人类将内在体验转化为视觉符号的有意识活动。刘勰认为,人文从占卜卦划到后世书写文章的演变过程中,圣人起到了决定性作用,称"道沿圣以垂文,圣因文而传道"。在《原道》《征圣》《宗经》,刘勰追溯了"文"漫长的演变过程,上自《易经》,下迄当代的不同文学类型。首先,他按照从《易经》到《尚书》《诗经》《仪礼》和《春秋》的顺序建立了儒家经典大系。其次,他甄别了上述五经在观察和表达上的不同模式,以及由此形成的体裁风格上的不同特征。刘勰认为,五经的不同体裁风格成为后世不同文体的来源。通过这种方式,刘勰建立了详尽的文体系统,源于五经,而当代众多的美文类和非美文类的文章为其末端。刘勰《文心雕龙》开篇就建立了如此庞大的"文"的谱系,真正目的是借此显赫的谱系把美文提升到至高无上的地位(见《文学论评选》§058—060)。

文学属性,是六朝批评家最为热衷讨论的议题。文学属性有外部形态和内在性质的两部分,所有六朝批评家都会论及这两方面,但所论有宽窄、深浅之分。这两方面论述最为精辟透彻者,也非刘勰《文心雕龙》莫属,此书题目列出"文心"和"雕龙"的两大部分,似乎正切合文学内在性质和外部形态两方面。"雕龙"部分的涵盖范围,绝对是前所未见的,不仅追溯36种主要文体的流变,而且还深究作品形式所有方面,从设情定位、结构、章节、字句、直至音律,无一遗漏。"文心"部分有关文学内在性质的论述,不仅呈现出同样的"体大",而且更显"思精"的特征。对持唯美立场的六朝批评家而言,文学所谓的"内在性质"不外是唤发美感势能之内存。如果说"雕龙"部分对文学形式的讨论已涉及审美问题,"文心"部分则深究赋予作品审美内质的创作过程,以及释放作品审美内质的阅读接受过程。"文心"和"雕龙"部分相互交错,完美结合,造就了中外文论中"体"最大、"思"最精的文学论。相比之下,钟嵘《诗品》的格局就小很多,讨论范围限于五言诗,但此书也是紧扣每一位五言诗人作品的外部形式和内在性质来进行品评。外部形式专谈诗人语言运用的特点,而内在性质则聚焦作品的审美感召力,予以直观感性的形容,并进行风格的比较和溯源。就文学论发展而言,萧统《昭明文选·序》近乎刘勰文类说的简约综合版,而此书的意义主要在于建立文学总集编纂的体例,并依此体例编纂出第一部长篇巨制的诗文总集,上起先秦下至梁初的名作尽收其中(见《文学论评选》§061)。

刘勰对文学属性研究的最大亮点,无疑是他对文学的宏观定义和对具体文体和作品的评价。在《情采》篇中,他从先秦以来文质议题切入,将其推演为情和文的议题,写道:"故立文之道,其理有三:一曰形文,五色是也;二曰声文,五音是也;三曰情文,五性是也。"刘勰在此把情作为文学之质,并称"五情发而为辞章"为"神理之数"(见《文学论评选》§064)。刘勰对诗、赋、楚辞、哀辞、五言等诗体的总评,都基于对情、文二者是否得到完美平衡的判断。同理,对于具体作家作品的评价,刘勰也都是从情、文关系的角度进行判断,例如他称陆机诗"情繁而辞隐"(《体性》),认为先秦老子"文质附乎性情"(《情采》),庄子、韩非子"华实过乎淫侈",而范雎、李斯则是"烦情入机,动言中务"(《论说》)。这类例子在《文心雕龙》比比皆是,不胜枚举。

在评论文学功用方面,六朝文学论也有明显的转向。与先秦论文和汉代论诗论文的情况不同,六朝文论家对文学政教功用略而不谈,是六朝论文转向的一个显著特点。《文心雕龙》洋洋大观,整整五十章,竟没有一章用来讨论文学政治、社会、道德作用。虽然开篇三章《原道》《征圣》《宗经》着力建构以儒圣为核心的"文"之谱系,其中也找不到谈论文学政教作用的例子,其他的篇章就更不在话下了。翻阅钟嵘《诗品》、萧统《昭明文选》,我们同样难以找到对文学政治、社会、道德作用的真正关注。就文学功用而言,六朝文论家唯一有兴趣谈论的是美文的审美效果。刘勰在《物色》篇讲到作品要让人体验到"味飘飘而轻举,情晔晔而更新"。值得注意的是,钟嵘《诗品序》称"动天地,感鬼神,莫近于诗",是因为诗歌摇荡性情这种效应,与该说法源出《毛诗序》的政教关怀毫无关系。钟嵘已将《毛诗序》中"正得失","经夫妇,成孝敬,厚人伦,美教化,移风易俗"这些道德教化的功能都舍去了,他对诗歌功效的判断完全是从审美的角度出发得来(见《文学论评选》§069)。钟嵘《诗品序》还从审美的层面评价五言诗,认为五言"居文词之要,是众作之有滋味者",是"指事造形,穷情写物,最为详切者"(见《文学论评选》§066)。这种对情文审美功效的论述同样出现于其后萧绎(508—555)的《金楼子·立言》:"至如文者,惟须绮縠纷披,宫徵靡曼,唇吻遒会,情灵摇荡。"(见《文学论评选》§073)

唐代文学论

刘勰将"道"引入文学论,具有极为深远的历史意义。从此之后,文道说便取代先秦文质说,成为讨论文学起源、本质、功用的最重要理论框架。如果说刘勰建立文道说旨在将文学提高到至高无上的地位,六朝以后发展出各种文道说,几乎都是为某种新文学功用观提供理论支撑。随着文学功用观不断翻新,"道"涵义及其与文学的关系亦随之被重新阐述。总体而言,唐宋时期见证了文学功用观的重大转向,入隋之后,风靡六朝文坛的纯唯美主义迅速沦落为朝廷内外群起而攻之的对象,隋王通和李谔、初唐复古运动领袖陈子昂、唐诗选集编纂者元结和殷璠无不无情地鞭挞六朝奢靡浮华的文风,认为文学必须为国家社会政治服务(见《文学论评选》§074—078)。在文学史上,他们的功绩总体而言是"破"大于"立",没有从理论的高度来阐述儒家文学功用观。

这一重要的理论建树还得等到中唐白居易在《与元九书》中来完成。在此文中,白居易鲜明地提出"文章合为时而著,歌诗合为事而作"的主张。但是,白居易所强调的"情事",与《毛诗序》大有不同。《毛诗》的情事说实际上基于经学家对《诗经》创作和流传传统的想象,虽然我们也能看到古人采风作诗讽谏君王的历史记载,但并不能从中找到具体某个独立诗人怎样用诗歌进行美刺的参照。这种情况至白居易就有了根本的变化,他的诗歌理论和创作都基于作为谏官的个人经历,身为谏官的他理应以讽上为职责。白居易自述曰:"身是谏官,月请谏纸。启奏之外,有可以救济人病,裨补时阙,而难于指言者,辄咏歌之。"将裨补时阙之意咏之于歌,可谓将《毛诗序》中"下以风刺上,主文而谲谏"这种对历史的想象变为一种现实的行为。这可以称为白居易在文论史上一个很重要的创举。可能过去也有人这样做过,但却没有谁像白居易那样做出这种实际明确的阐述,直言"复吾平生之志"。这里白居易的"平生之志"便与《毛诗序》中的"诗言志"产生理念与现实的呼应。如果我们只从传统的言志说去理解白居易宣导的"文章合为时而著,歌诗合为事而作",再结合他自己所述的平生之志,会很自然地以为他在用"志"来定义诗歌的作用。但实则不然。《与元九书》中有这样一段话:

> 夫文,尚矣!三才各有文。天之文三光首之,地之文五材首之,人之文《六经》首之。就《六经》言,《诗》又首之。何者?圣人感人心而天下和平。感人心者,莫先乎情,莫始乎言,莫切乎声,莫深乎义。(见《文学论评选》§079)

为什么白居易用"情"而不用"志"来定义人文的实质?这或许与"情""志"两种概念外延的广狭有关。如果用"志"来包举一切诗歌类型,那么他自己诗歌分类中的闲适等类属,就不能包括在内。相反的是,"情"可以包含"志",而"志"无法涵盖"情"。正因如此,白居易选择用"情"来勾联天地人文的关系。另外,这种选择还与"情"的历史原义有关,情在指涉人的情感的同时,其最原始的意义是天地万物的本质,所以使用"情"的概念便能将人的情感与万物之情彼此贯通。

这段话在文论史和唐代诗歌发展史的讨论中都没引起过足够的注意,但笔者认为这段话极为重要。我们比较《文心雕龙·原道》篇中的表述,就会发现这段话总结出的三才情文说,较刘勰的三才文道说而言,发生了巨大转变。第一,白居易在此已经把情文提高到不能再高的地位,成为人文的核心。虽然刘勰花了许多笔墨在《情采》篇专门讨论情文,但也只是讨论情与文辞的关系,将"雕琢情性"与"组织辞令"并举。在他眼中,情文与原道毫无关系,他不可能把情文提到这么高的位置。第二,"感人心者,莫先乎情,莫始乎言,莫切乎声",这意味着发自情的声音取代了书写视觉符号,成为人文之精髓。此前刘勰《原道》篇将人文的起源归于《易》象,并钩沉出"庖牺画其始,仲尼翼其终",乃至河图、洛书、八卦等意象的系统。但白居易不认为这些书写的符号能代表人文的根本,他主张发自情的声音才能承载人文精神。在此基础上,他将"文章"与"歌诗"对举,便顺势提高了民间口头文学的地位。第三,在论述圣人连通三才的作用上,《原道》篇归之于"幽赞神明",圣人创制一系列文字符号来演绎、贯通天、地、人。而白居易则认为圣人之所以能通三才,是因为圣人能感天下人之心,"圣人感人心而天下和平",而"感人心者,莫先乎情",从而再次彰显情文的重要性,也令这段话成为有关文学意义的关键陈述。

与同代人白居易一样,韩愈和柳宗元等古文家也在自己的作品中针砭时弊、臧否人物,为推动良政善治而不懈地努力。然而,当在书信中与亲友学生讨论"文"的意义之时,他们所关注的不是"文"影响政治社会的外向作用,而是"文"陶冶学文者心灵的内向作用。他们所谈的"文"既指狭义的"古文",也可视为广义之文,涵盖一切含有审美成分的书写文章。较之白居易,他们更加明确地将"文"与天地古圣之道联系在一起,提出与刘勰文道说颇为吻合的观点。和刘勰一样,他们坚信,当代好的文学作品正如古代的儒家经典,同样能揭示甚至体现宇宙之道。这种对文学强有力的肯定,在柳宗元《答韦中立论师道书》中得到了雄辩的表达:

> 始吾幼且少,为文章以辞为工。及长,乃知文者以明道,是固不苟为炳炳烺烺,务采色、夸声音而以为能也。凡吾所陈,皆自谓近道,而不知道之果近乎远乎?吾子好道而可吾文,或者其于道不远矣。(见《文学论评选》§087)

"文者以明道",文学创作与学道过程相通,就能"于道不远",从而能做到"羽翼夫道也"。在这种对文学的积极态度的指导下,他们对六朝唯美传统的批判相对温和,虽然抨击六朝对精致格律和华美对仗的追求,却根本无意于抛弃审美的追求。事实上,将文学的艺术形式和高尚的道德目标("明道")结合起来,即所谓"文以贯道",正是他们努力要实现的目标,为此他们发动了著名的古文运动,努力通过新颖的文辞和强有力的音节顿挫来重振古文写作。

宋代文学论

到了宋代,韩、柳为代表的"贯道"派虽然不乏后继之人,仍有三苏等古文大家砥柱中流,但他们的古文创作和"文以贯道"说却日益成为宋代道学家的攻击对象。宋儒无不致力于重新定义文道关系,但所采取的策略有所不同。第一种策略是重拾先秦时期不包括文字美文的"文"的观念,把"文"纯粹定义为儒家的道德、社会、政治秩序,譬如,石介(1005—1045)雄心勃勃地想要将文的所有主要方面都整合到儒家的道德、社会、政治的纲目之中:

> 故两仪,文之体也;三纲,文之象也;五常,文之质也;九畴,文之数也;道德,文之本也;礼乐,文之饰也;孝悌,文之美也;功业,文之容也;教化,文之明也;刑政,文之纲也;号令,文之声也;圣人,职文者也。(见《文学论评选》§092)

这个长长的列表看似全面,但明显地将优美的文辞排除在外,自曹丕(187—226)以来的主要批评著作中,文辞一直被当作文的最重要特质,而石介就将它彻底放逐于"文"之外。

另一种策略则恰恰相反,将文定义为华丽的文辞,认为它与儒家的道德、社会、政治秩序无涉。这样的文不可能传道贯道,充其量也仅具一种可有可无的辅助功用,正如周敦颐所言:"文所以载道也。轮辕饰而人弗庸,徒饰也。况虚车乎!""文辞,艺也;道德,实也。"(见《文学论评选》§094)周氏用"载道"一语巧妙地与"贯道"的观念区别开来。"贯道"之"贯"意思是"沟通并连接"。这样,"文以贯道"字面上的意思即通过文来贯穿并传递道。在这样的语境中,文肯定不是外在于道的;事实上,当文贯穿道时,它就成了道不可分割的一部分,甚至可以是道的体现。相反,"载道"之"载"的意思只是"装载",载物之"虚车"与所载之"实"之间自然谈不上内在的关联。因此,"载道"表达的文道关系和"贯道"显示的截然不同。实际上,通过将文比作一辆"虚车",周敦颐强调文是外在于道的,因此文本身是非本质和无意义的。在这种对文道关系之新思考的指引下,载道论者不遗余力地贬低文学追求。他们有时借用空车、鱼筌、抵岸之筏等源于道书和佛经的比喻,强调文学修辞只是一次性的消耗品;有时又将儒家典籍中的文学特征解释为圣人光辉的自然呈现,而非自觉致力于文学创作的结果。有的载道论者甚至更加激烈,毫不掩饰地诋毁文学修辞,例如程颐竟然说文学修辞是有害道学的轻浮追求,宣称:"'玩物丧志',为文亦玩物也。"(见《文学论评选》§097)

明代文学论

到了明代,文学论关注的重点又产生了变化,似乎又回到美文创作,这又不是简单地回归到六朝文学论传统。六朝文学家喜爱在理论层面上论述文学本质,而明人则更多在诗文评的语境中讨论什么是"至文"。

不过讨论"至文"并非明人之首创。明代之前的一些宋人也论及"至文",视之为反映了文与万物、与道最佳结合的呈现。如苏洵云:"物之相使而文出于其间也,故曰:此天下之至文也。"(见《文学论评选》§090)然而,如果说宋人心目中的"至文"典范是圣贤之文,明人则开始将注意力从儒家道统移至文学传统之上,沿着严羽(南宋末年,生卒年不详)《沧浪诗话》所勾勒的诗歌史大纲,在盛唐诗中寻找"至文"。前、后七子所代表的明代主流批评家遵循的就是这条进路,标举盛唐诗为"至文"的典范,并发展出各种各样模仿唐诗的写作方法,为此而赢得"复古派"之名(见《文学论评选》§106—108)。

到了明代晚期,"复古派"长期统治文坛的弊端尽出,一味机械模仿、压抑性灵的诗法,终于成为群起攻之的对象,并使得反对者汇合成"反复古派"之大军,包括李贽(1527—1602)、徐渭(1521—1593)、公安三兄弟、汤显祖(1550—1616)等人。有趣的是,反复古派也是以"至文"为最高的典范,但他们所推崇的至文是对复古派的至文的彻底否定,认为"至文"不是存在于某个时代,而存在于今时,存在于自我之中,因此不需学习古人,自我情感的自然抒发,便是至文。因此,至文不仅见于诗文,小说、戏剧等新兴的文体也是至文的产生地。

复古派和反复古派文学论竞相发展,相互撞击,在文论史上的意义大概莫大于激发了对"情"的崭新阐述。和陆机、刘勰等人相似,前后七子所说的"情",指的是经过艺术加工之"情",他们既不讨论情产生的历史背景,也不论情的社会功用,认为情与景的互动是创作成功的关键。然而,他们讨论"情"的切入点又不同于六朝人。刘勰《物色》篇和陆机《文赋》主要描述创作启动时情和物的互动,而明人论述"情"则试图从情和景互动的角度来破解盛唐诗"玲珑透彻"境界产生的奥秘。

反复古派则强调,至文之情绝非经过艺术加工之"情",而是自我感情的自然流露。他们提倡的抒情方法与六朝批评家和明复古派所主张的截然不同。如李贽主张情感之自然迸发,认为将迸发的情感付诸文字便是"至文"。正因如此,李贽无畏地赞同挑战儒家圣人的权威,而《牡丹亭》作者汤显祖则赞扬"情不知所起,一往而深,生者可以死,死可以生"。反复古派对自发情感的赞扬在中国文论史上是前所未有的。(见《文学论评选》§110—115)

清代文学论

入清以后,复古与反复古、模拟与反模拟的论争慢慢消退了,但是关于"至文"的论辩仍然在延续,许多清代批评家仍然在过去的历史中寻找"至文"的典范,但他们多已超越明人"文必秦汉、诗必盛唐"的樊篱,转向更早的《诗经》传统。在阐发自己对"至文"的见解时,他们都力图作出更富有理论性的阐述。在清代文学论中,最有原创性的突破,应是运用宇宙运作规则来解释"至文"的特征。

在《原诗》中,清初叶燮对文和宇宙之道之间的互动进行了细致的分析研究,但并不明确地谈论道。这一点似乎是叶氏的自觉选择,其目的可能在于划清自己和道学之间的界限。确实,在整部《原诗》中,叶氏从未讨论任何教化问题,也从未使用任何让我们联想起唐宋儒家的文道说。不过,他与刘勰也有不同,并没有为证实文学的神圣起源而考察宇宙过程。他主要的目标在于探讨文学创作的机制,即探究"至文"是怎样产生于作者与宇宙过程的交往互动。

为了揭开至文产生的奥秘,叶氏运用了传统文论中少见的分析方法。他把所有事物的发展分成三个阶段:理、事、情。理,决定事物发生的内在原理;事,自然和人世中的实际存在;情,事物外在形式的体现。叶氏认为,理、事、情三阶段的依次发展依赖于宇宙的气。如果气充满并鼓荡着理、事、情,则三者都将得到充分发展。对叶燮来说,正是这一神奇的自然发展过程产生了天地之"至文"。叶燮认为,要在文学作品中创造"至文",作者必须在其想象世界中揣摩理、事、情三者的动态关系,能否成功则取决于他如何运用四种内在因素,即才、胆、识、力。如果作者能够有效地运用才、胆、识、力来呈现外在的理、事、情,他就能创造出和天地之至文相匹敌的文学"至文"来。叶氏所提供的证据则是文学"至文"无与伦比的审美效果:"诗之至处,妙在含蓄无垠,思致微渺,其寄托在可言不可言之间,其指归在可解不可解之会,言在此而意在彼,泯端倪而离形象,绝议论而穷思维,引人于冥漠恍惚之境,所以为至也。"(见《文学论评选》§133)

清代中叶,桐城派古文大师姚鼐建立了一个崭新的文道说,将文学的起源和审美本质与宇宙之道联系在一起。他写道:"鼐闻天地之道,阴阳刚柔而已。文者,天地之精英,而阴阳刚柔之发也。惟圣人之言,统二气之会而弗偏,然而《易》《诗》《书》《论语》所载,亦间有可以刚柔分矣。"(见《文学论评选》§143)姚氏将文追溯到道,想要实现的却是和刘勰、萧统及叶燮完全不同的目标。如果说刘勰的目的在于证明文的神圣起源,那么姚鼐则致力于建立以道为基础的两大审美类型。他认为脱胎于道的文的所有形式,无论是古老的儒家典籍还是后代的纯文学作品,都具有阳刚之美和阴柔之美。唐代以来,审美经验的分类愈来愈琐碎繁杂,姚氏以简驭繁,划分出阳刚美和阴柔美两大类型,有效地解决了美感分类的问题。文的表现和特质缤纷多彩,但都可以纳入这两个宽泛的审美类型。将两大分类建立于道的基础上,姚鼐由此树立了一套新的美学判断的重要法则。因为"一阴一阳之谓道",他推论好的文学作品必然包含着这两方面的因素。正如阴阳交互影响,一个类型的成分也可以超过另一个,但绝不可能"一有一绝无"。他认为,如果一部文学作品中刚柔的相互作用几乎和道中阴阳的互动一样神奇,那么该作品就是"通乎神明"的至文。

清代中叶,还见证了一种为恢复骈文往昔显赫地位而建立的唯美文道论。中唐古文运动兴起以降,骈文一直是被批判攻击的目标,是属于弱势的散文流派。虽然骈文写作从未停止,唐宋时期还发展出独特的体式和风格,但在文论领域却没有人大胆地站出来为骈文鸣冤叫屈,讲述它存在的价值和意义,更莫说要打擂台,与古文争高低。但到了清代,袁枚(1716—1798)、阮元(1764—1849)等文坛领袖开始为骈文的复兴大声疾呼,纷纷撰写专文和骈文集序,大讲特讲骈文无上荣光的渊源。为此,他们从刘勰《文心雕龙》找到了两个极佳的策略,一是以《文心雕龙·宗经》模式,重构骈文的谱系,一直溯源到孔圣编撰的《易传·文言》,从而破击所有对骈文思想内容的攻击;二是模仿《文心雕龙·俪辞》的作法,将骈文结构原则与天地自然现象、宇宙最高原则的"道"挂钩,从而彻底推翻认为骈文矫揉造作的观点,为骈文的艺术形式正名(见《文学论评选》§147—151)。

进入晚清以后,文学论的发展出现了重大转向。文学的政教功用又再次成为文学论的核心议题。在复古和反复古派有关"至文"的论辩中,文学政教作用的议题被束之高阁了。虽然,清初黄宗羲、沈德潜等人重新提倡"温柔敦厚"之诗教,但带有明显唯美倾向的至文追求仍代表了文坛的主流。自从鸦片战争以后,国运急转直下,内忧外患接踵而来,将中华民族推到灾难深渊的边缘,对民族生存的焦虑犹如无法拨开的愁云,笼罩在每一位有血气、忧国忧民的文人心头。在这种充满悲情的语境之下,往昔唯美至文的追求自然要退出文坛的中心,而文学的政教功用自然又再次成为文学论的中心议题。然而,这并不是简单的历史轮回。其间,用于探究文学政教功用的理论框架不断被革新,先是龚自珍(1792—1841)等人基于儒家今文派经世致用思想的情感论,随后又有梁启超(1873—1929)等改良主义者所追求的"政"和"教"。他们的"政教"与儒家所说的政教是截然不同的。在他们心目中,"政"是民主开明的政治社会,而"教"是开发民智,为此政治社会培养合格的公民。鲁迅(1881—1936)崇尚拜伦的唯意志革命论,希冀西方魔罗诗力来击破所有阻碍中国政治社会进步的绊脚石。

中国文学论发展的独特轨迹

古今批评家都认为"一代有一代之文学",而古代文学论的嬗变也是如此。以上对历代文学论的回顾和总结,展现出一条波浪曲线型的发展轨迹,如下图所示:

非唯美文学论

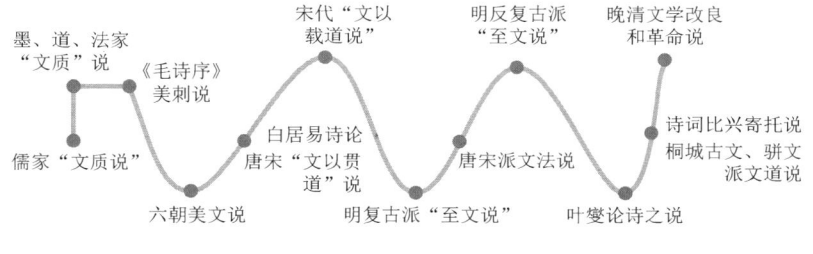

墨、道、法家"文质"说　《毛诗序》美刺说　宋代"文以载道说"　明反复古派"至文说"　晚清文学改良和革命说

儒家"文质说"　　白居易诗论 唐宋"文以贯道"说　　唐宋派文法说　　叶燮论诗之说　　诗词比兴寄托说 桐城古文、骈文派文道说

六朝美文说　　明复古派"至文说"

唯美文学论

在上图中,上下两端分别是非唯美文学论和唯美文学论。中国文学论肇始于先秦非唯美的"文"说。先秦典籍中的"文"主要是对上古政治、社会、文化总体和不同层次形态的描述,而文字典籍在其中处于边缘的地位,自然没有唯美文学论产生的空间。先秦各哲学流派可分为崇质贬文和文质兼重两大阵营。有趣的是,两者立场可以用"非唯美"一词的两读来区分。此词作1+2读,"非"作动词"反对"或"否定"解,极为精确地点明墨、法、道家抵制谴责所有形式"美文"的立场。此词若作2+1解,"非唯"作连词解,意思是"不仅是",正好表达孔子对美文肯定的前提,即它们不仅是带来愉悦,而且与实用的"质"形成相

辅相成的关系。上表"非唯美文学论"的陈述,取"非"的动词义,即指"反唯美文学论"。因此,儒家文质说定位在曲线的中端。汉代《毛诗序》专注于诗的美刺作用,对纯美的追求也是同样忽略的,故属于非唯美文学论之列。六朝文学论无疑是对先秦文学论的反动,主要倾向冲破政教、礼仪、道德的束缚,全面肯定和赞扬美文自身的价值。

接着,唐宋文学论的主流又构成六朝唯美文学论的反动,又重新强调文学的社会政治功用,但又不是先秦非唯美文学论的简单回归。白居易独创具有强烈刺世教谕作用的新乐府,同时又书写怡情审美为主的闲适诗。同样,韩愈、柳宗元等古文家将文学创作与学习圣人的过程等同起来,因而他们"文以贯道"之说兼有非唯美和唯美诉求,故应定位于波浪曲线的中端。然而,北宋石介和南宋"文以载道"派极力贬低甚至否定美文,其论说自然是属于非唯美文学论。

到了明代,文学论关注的重点又产生了变化。文学论的中心似乎又回到美文创作,这又不是简单地回归到六朝文学论传统。六朝文学家喜爱在理论层面上论述文学本质,而明复古派则更多在诗文评的语境中讨论什么是"至文"。如果说刘勰"情文说"主要用于评价作品中情与文辞结合的状况,徐祯卿、谢榛等人则独辟蹊径,致力从创作过程的角度来探究盛唐诗人创造"至文"的奥秘,将他们实现情景完美结合的绝法呈现于世。毋庸置疑,反复古派所倡导的是非唯美文学论。

到了清代中期,清初叶燮虽然以批判复古说为己任,但仍步复古派的后尘,将情景结合作为写诗和评诗的圭臬,而且把客观的"景"三分为理、事、情（物之情貌），主观的"情"四分为才、胆、识、力，并深入地分析了这七大要素如何纵横交错，彼此作用，创造出无与伦比的"至文"。毫无疑问，叶燮的诗论代表明代以来唯美"至文"说的巅峰。物极必反，叶燮之后，在诗歌的领域，"至文"说又开始了对儒家诗教传统的回归。沈德潜的格调说、常州词派认为，《诗经》简朴的比兴寄托，而并非唐人自铸的伟词，才是情景融合的最高境界，才是真正的至文。有鉴于此，这些诗学、词学中的诗教派被定位在上图曲线的中端。

历代文学论发展曲线图的终点，是以梁启超和鲁迅为代表的晚清非唯美文学论。说来有趣，梁、鲁两人对传统小说、诗歌的鞭挞，与曲线图起端法家对"文"的谴责，似乎并无二致，都是因为他们将所批判的对象视为毒害心灵的精神鸦片。法家认为，"文"会使人抛弃农战强国的大业，误入追逐个人名利的歧途。梁启超对传统小说的判决几乎相同，认为它大肆宣扬帝王将相、才子佳人的价值观，从根本上破坏培养现代国民意识、建立新中国的伟业。鲁迅对传统诗歌诗学的抨击就更加尖刻不留情，认为其两千多年来一直宣扬"撄宁"理想，造成中国人丧失了进行政治和社会革命的愿望和勇气。但与法家对"文"一概否定的作法不同，梁、鲁两人是破此文（中国传统小说、诗歌）而立彼文，即西方政治小说和以英国浪漫主义诗人拜伦为代表的魔罗诗学。

中国文学论波浪曲线型的发展轨迹，与西方文学论乃至整个文论传统直线发展的轨迹迥然相异。艾布拉姆斯（M. H. Abrams）教授的名著《镜与灯：浪漫主义文论及批评传统》（*The*

Mirror and the Lamp: Romantic Theory and the Critical Tradition）勾勒了西方文学理论发展的线性轨迹，从古典和新古典时期盛行"模仿论"和"实用论"，到风靡浪漫主义时期的"表现论"，再到后浪漫主义时期的"客观论"。如果说"模仿论"和"实用论"明显带有政治、社会等非唯美的成分，"表现论"和"客观论"则近乎纯唯美的，社会、伦理、功利的因素全被排除在外。浪漫主义唯美文学论的产生，既是18世纪德意志美学影响的结果，同时又大大巩固了以排除功利因素为前提的康德美学的统治地位。从那时直到20世纪末，非唯美的文学思想始终没有进入西方文论的主流。

显然，中国文学论和西方文学论遵循了两条截然不同的发展线路：一条是始终由非唯美和唯美之间强烈张力所推进的波浪曲线，另一条是一物取代一物演变的直线。

第一章 远古时期的宗教文学论

先秦两汉文献对上古的描述中所呈现的世界观,是以超自然的鬼神为中心的。与西方许多超自然的存在相似,这些鬼神是有意识的宇宙主宰。与西方不同的是,这些鬼神与自然和人世的发展过程密不可分。其中一些是部落祖先神,他们已经离开了人世,但仍继续对社会和政治发展过程产生决定性影响;另一些是自然神,是自然力量和过程的内在主宰。

鬼神与发展中的自然、人类相融合的过程,充分反映在各种文献对"鬼""神"的解释中。郑玄(127—200)把"天神"简单定义为"五帝与日月星辰"的结合[1]。在解释司马迁(前145或前135—?)《史记·五帝本纪》中的"鬼神"时,张守节写道:"鬼之灵者曰神也。鬼神谓山川之神也。能兴云致雨,润养万物也。"[2] 在另一段中,他用同样的方式解释这两个字:"天神曰神,人神曰鬼。又云圣人之精气谓之神,贤人之精气谓之鬼。"[3]

有意识的神与自然和人类社会的融合,预示着一种宗教世

---

[1] 《周礼注疏》卷二十二,《十三经注疏》第1册,第788页。"五帝",上古传说中的五位帝王,具体说法不一;或指古代所谓苍、赤、黄、白、黑五方天帝。
[2] 参看[汉]司马迁《史记》卷一,第1册,第12页,北京:中华书局,1982年。
[3] 参看[汉]司马迁《史记》卷一,第1册,第14页。

界观的出现,其特征是在超验世界和现象世界、自然和人世之间没有绝对界限。在它的引导下,初民敬奉控制所有自然过程和人类活动的鬼神,围绕着奉献给鬼神的各种献祭仪式来安排他们生活的方方面面。这种强烈的宗教追求也反映在上古时对占卜的普遍使用上。孔颖达(574—648)《礼记正义》记载了远古初民是怎样在蓍茎和龟壳的帮助下为所有大小的人类行为请求神谕的:

> 昔三代明王皆事天地之神明,无非卜筮之用,不敢以其私亵事上帝。是故不犯日月,不违卜筮。卜筮不相袭也。大事有时日,小事无时日,有筮。外事用刚日,内事用柔日。不违龟筮。[1](*LJZY*, *juan* 55, p.1644)

我们在《五帝本纪》中也可以清楚地看到,宗教仪式在初民的生活中居于核心地位。我们读到的几乎全是对五帝如何通过举行祭祀鬼神的仪式来将自然和人类的所有过程带入和谐状态的描写。"三礼"是其描写的宗教仪式之一,马融(79—166)解释为"天神、地祇、人鬼之礼"[2]。既然这种三位一体的鬼神既是自然的过程,又是有意识的存在,对仪式的表演者来说,用两种相应的方式与之沟通和互动是很自然的。他们将鬼神视为有意识的存在,与之单独沟通并直接交谈,向它们报告人类的种

---

1 《礼记正义》卷五十五,《十三经注疏》第 2 册,第 1644 页。
2 参看[汉]司马迁《史记》卷一,第 1 册,第 12 页。

种行为,并热切地祈求其福佑[1]。同时,鬼神作为自然过程,这些表演者又可通过各种肢体运动来寻求与之互动,并在仪式或图腾的舞蹈中达到高潮。这种对于肢体运动强度的追求,一般被认为是宗教表演的显著特征,旨在控制自然和人事中随处可感受的神秘力量。这种宗教舞蹈和神秘的自然过程之间相互关联的古老信仰,在《系辞传》中留有明显的痕迹:

鼓之舞之以尽神。[2]

在这段文字中,因鼓、舞而充分发生作用的神已经不再是《尧典》中被祈求的神灵,而是"道"的神秘力量。与之相似的是,鼓和舞本身不再是实际的献祭舞蹈及舞蹈的主要乐器,而是一种借喻,意思是竭尽全力让道的神秘力量全部发挥出来。尽管如此,这里所说的"鼓""舞""神"仍让我们想起《尧典》用"鼓""舞"来感动鬼神的情形。上古先民如此使用鼓和舞,说明他们笃信强烈的表演节奏可以通神,即与作为自然过程之鬼神进行互动,使之造福于人类。根据一些学者的研究,巫觋的舞蹈在原始宗教仪式里的中心地位甚至深植于字源中:舞和巫这两个汉字读音近同,而"巫"就是通过舞蹈、音乐和颂歌来和神

---

[1] 《文心雕龙》中,刘勰用第十章《祝盟》前半部分来考察祝文发展为一种文学类型的过程。他给出的最早祝文的例子是舜和其他传说时代的君王祈祷丰收的简略文字。根据刘勰的考察,直到周代颂词才被加入到祝文中去。的确,我们能在《诗经·周颂》中发现甚多的颂词。

[2] 《系辞传》指《易传·系辞传》,在《周易》经文之外阐述全书原理。"系",孔颖达疏为"系属"之义。

灵沟通的巫师。从很早的时候开始,这两个字已经被认为是相互紧密联系的,如果不是完全同源的话[1]。其中的一个往往被另一个定义。例如,在《说文解字》中,许慎(约58—约147)解释小篆的"巫"字如下:"巫,祝也。女能事无形,以舞降神者也。象人两褎舞形。"(SWJZZ, p.357)许慎所分析的"巫"是小篆,这是一种秦代才出现的字体,因此他对"巫"的解释对现代学者来说肯定有商榷的余地。但是,现代学者徐中舒把注意力转向现存最古老的文字形式——甲骨文,发现甲骨文的"舞"字正好为许氏提供了图证:,即一个正在通过舞蹈来祈雨的巫师的体形[2]。

许慎和徐中舒的释字可能带有某种程度的推测,但似乎验证了许多著名学者的看法:在早期的原始传统中,舞蹈具有巫术和宗教的功效,而诗只是其附庸而已。在《楚辞·九歌序》中,王逸(约89—158)写道:"昔楚国南郢之邑,沅湘之间,其俗信鬼而好祠。其祠,必作歌舞以乐诸神。"[3] 后来,阮元(1764—1849)在解释"颂"——它可能是《诗经》里最古老的部分——的含义时写道:"颂者,容也","三颂各章皆是舞容,故称为颂。若元以后戏曲,歌者舞者与乐器全动作也。"[4] 由此阮元试图强调,在远古的宗教颂诗中,诗和舞是完全融合的,或者可以说,诗只是整个乐舞表演中的构成部分。近两百年来,许多学者都接受并进一步发展了阮元对颂和舞关系的见解。

---

1 巫觋,音 wū xí,男女巫师的合称,女巫师称作"巫",男巫师称为"觋"。
2 徐中舒著:《甲骨文字典》,成都:四川辞书出版社,1990年,第630—631页。
3 [汉]王逸注:《楚辞补注》,《四部备要》版,卷二,第1—2页。
4 [清]阮元著:《释颂》,《揅经室一集》,《四部丛刊》版,卷二,第13页。

对上古舞蹈的巫术和宗教作用的记载,《尧典》一章是现存最早的文献之一。其中"诗言志"段落描述的诗歌吟诵、音乐演奏和舞蹈实际上是在舜的指令下表演的"三礼"的一部分[1]。在评论这一献祭表演时,舜和夔都没提到过有韵的祷词,而是专注于吟诵诗歌的行为是如何引出强有力的舞蹈,从而使神和人达到和谐一致。他们对表演行为强度的强调揭示出一个敏锐的认知,即作为自然过程的鬼神,对宗教仪式表演中强有力的节奏最为敏感。换句话说,他们似乎相信,在吟诗、奏乐和舞蹈中不断增强的肢体力量能对天神、地神和人鬼产生神奇的影响。考虑到舞蹈能够触动神灵这一无上的力量,他们很自然地将它看作是仪式表演的高潮。由此可见,"诗言志"段落显然明确地表达了一种深植于以鬼神为中心的世界观的宗教文学论。

第一节 远古文献中"诗言志"说与宗教舞蹈音乐的关系

"诗言志"是现在已知的有关文学的最早命题。按照传统的说法,它是传说时代的帝王虞舜在与其乐官夔谈话时提出的,记录于《尚书·尧典》。尽管很少有人相信这一论述真的出于传说中的舜帝之口,但绝大多数学者都认为它传达了最早的文学观念。

根据文献和甲骨文的证据以及"诗言志"提出的上下文,我

---

[1] 三礼,指祭天之天礼、祭地之地礼及祭祀宗庙之人礼。

们可以认为《尚书》"诗言志"说的确代表了一种独特的宗教文学论。在这种文学论中,诗处于从属乐和舞的地位,在唤醒神灵时起到辅助作用;而它最关注的是神人以和。尽管以舞蹈为中心的宗教表演后来丧失了其重要性,"诗言志"说却保留下来,成为朱自清(1898—1948)所说的中国文学批评的"开山纲领"[1],对传统中国文学批评的发展产生了深远影响。究其原因,乃是因为"诗言志"说提出了文学是过程这一核心思想,即文学源于内心对外部世界的感应,之后以不同的艺术形式呈现这一过程,转而使天、地、人三界的各种过程达到和谐。这一核心思想为几千年来人们理解文学提供了基本的观念模式。

《尚书·尧典》的"诗言志"命题已揭示出远古社会的诗、乐、舞一体形态:

> 帝曰:夔,命汝典乐,教胄子:直而温,宽而栗,刚而无虐,简而无傲。诗言志,歌永言,声依永,律和声,八音克谐,无相夺伦,神人以和。
>
> 夔曰:于!予击石拊石,百兽率舞。(*SSZY, juan* 3, p.131)

这段话虽然简略,却涵盖了文学活动的全过程:它起源于人类心灵,形于言语,伴以咏诵和舞蹈,从而影响外部世界。这里所描述的是宗教意味浓厚的表演,而诗则是其肇始。表演者

---

[1] 朱自清:《诗言志辨》,北京:古籍出版社,1956年,第4页。

通过言诗、咏诗、唱诗、奏乐和舞蹈来传达"志",即心灵的活动,希望取得内心的平衡。这种表演被认为有益于王族青年的道德教化。通过参与或观看这种表演过程,年轻一代能够获得稳定、平和的品质。而表演更重要的目的在于实现人与神的和谐。更具体地说,表演者不断加快其活动节奏,直至在"百兽率舞"的舞动中达到高潮,从而取悦神灵,实现"神人以和"。一般认为,夔所指挥的"百兽率舞"是人类身着兽皮表演的一种图腾舞蹈[1]。但是,孔颖达等人宁愿将"百兽率舞"视为真实的描写。动物也有所感动而共同舞蹈,可见神人相和有着不可思议的影响力。他说:"人神易感,鸟兽难感。百兽相率而舞,则神人和可知也。"[2] 这种舞蹈,无论是否为图腾舞蹈,都是整个表演的中心,是实现"神人以和"的关键。

郑玄(127—200)《诗谱序》则谈及诗歌的起源:

> 诗之兴也,谅不于上皇之世。大庭轩辕逮于高辛,其时有亡,载籍亦蔑云焉。《虞书》曰:"诗言志,歌永言,声依永,律和声。"然则《诗》之道放于此乎?（*MSZY*, p.262）

郑玄此处所说的《虞书》即后世所言的《尧典》。由此可见,早在汉代,人们已经将《尧典》中"诗言志"（见《文学论评选》§001）那段话视为诗歌起源的最早记载,并推断诗歌产生于尧

---

[1] ［清］孙星衍注:《尚书今古文注疏》（十三经清人注疏本）,北京:中华书局,1986年,第71页。
[2] ［唐］孔颖达注见于《尚书正义》,《十三经注疏》第1册,第132页。

舜时代。至唐代,孔颖达(574—648)则在《诗谱序正义》论及诗和乐产生先后之争:

> 原夫乐之所起,发于人之性情,性情之生,斯乃自然而有,故婴儿孩子则怀嬉戏抃跃之心,玄鹤苍鸾亦合歌舞节奏之应,岂由有诗而乃成乐,乐作而必由诗? 然则上古之时,徒有讴歌吟呼,纵令土鼓、苇籥,必无文字雅颂之声。故伏牺作瑟,女娲笙簧,及蕢桴、土鼓,必不因诗咏。如此则时虽有乐,容或无诗。郑疑大庭有诗者,正据后世渐文,故疑有尔,未必以土鼓、苇籥遂为有诗。若然,《诗序》云情动于中而形于言,言之不足,乃永歌嗟叹。声成文谓之音。是由诗乃为乐者。此据后代之诗,因诗为乐,其上古之乐必不如此。(MSZY, p.262)

这段列出了关于诗歌起源的第一种观点,即认为乐产生于诗之前。人之音与自然、动物、婴孩等音节奏均一致,因此必先有音乐再有诗歌。这一观点当今较不常见。孔颖达还称:

> 郑说既疑大庭有诗,则书契之前已有诗矣。而《六艺论·论诗》云:"诗者,弦歌讽喻之声也。自书契之兴,朴略尚质,面称不为谄,目谏不为谤,君臣之接如朋友然,在于恳诚而已。斯道稍衰,奸伪以生,上下相犯。及其制礼,尊君卑臣,君道刚严,臣道柔顺,于是箴谏者希,情志不通,故作诗者以诵其美而讥其过。"彼书契之兴,既未有诗,制礼

之后始有诗者,《艺论》所云今诗所用诵美讥过,故以制礼为限。此言有诗之渐,述情歌咏,未有箴谏,故疑大庭以还,由主意有异,故所称不同。礼之初与天地并矣,而《艺论·论礼》云:"礼其初起,盖与诗同时。"亦谓今时所用之礼,不言礼起之初也。(MSZY, p.262)

这段描述关于诗歌起源的第二种观点,即认为诗歌是讽喻之声,若无讽喻的政治需要便无诗歌。据这一观点,古人谈话较为质朴,"君臣之接如朋友然,在于恳诚而已",不需用诗歌;后来上下"情志不通",所以只能用诗歌"诵其美而讥其过",这时诗歌才应运而生。将诗歌起源归结为讽谕需要,无疑是汉人解诗道德化的产物。当今学者很少提及这种观点。

此外,《正义》还描述了关于诗歌起源的第三种观点:

> 彼《舜典》命乐,已道歌诗,经典言诗,无先此者,故言诗之道也。"放于此乎",犹言适于此也。言放于此者,谓今诵美讥过之诗,其道始于此,非初作讴歌始于此也。(MSZY, p.262)

这段描述了关于诗歌起源的第三种观点,即认为诗歌在尧舜之前就已出现,而只是到了尧舜时期才有以诗讽喻的"诗道"。

在《尚书·尧典》之后,后世围绕上古诗、乐、舞一体的社会艺术形态产生一系列阐发。例如其中的颂与舞蹈之关系,至清代仍受到关注，阮元(1764—1849)《释颂》云：

> 《诗》分“风”“雅”“颂”，“颂”之训为美盛德者余义也。“颂”之训为“形容”者，本义也，且“颂”字即“容”字也。故《说文》：“颂，皃也。从页，公声。籀文作額。”是“容”即“颂”。……风、雅但弦歌笙间，宾主及歌者皆不必因此而为舞容，惟三颂各章皆是舞容，故称为“颂”。若元以后戏曲，歌者舞者与乐器全动作也，风、雅则但若南宋人之歌词弹词而已，不必鼓舞以应铿锵之节也。……《周礼·钟师》于二南之诗亦称奏者，彼以弓矢为舞容，故有金奏，非舞不称奏也。钟、磬分笙钟、笙磬、颂钟、颂磬者，笙在东方，专应风、雅之歌，颂在西方，专应夏、颂之舞也。此乃古人未发之义，因释之如此。(*YJSQJ*, pp.12－14)

阮元将“颂”训为“容”、“舞容”，认为诗和舞是完全融合的，或者可以说，诗是从属于舞的。近两百年来，许多学者都接受并进一步发展了阮元对颂和舞关系的见解。

第二节　从“诗”“志”甲骨文字源探究远古诗与宗教舞蹈的关系

为了确认远古“诗言志”说的意义，闻一多、陈世骧、周策纵先后超越现有的历史和礼仪文献的范围，转而利用20世纪初才被发现的甲骨文。他们对甲骨文字元、以及这后来合成的㞢，各自作了不同的、但都极为原创的推论。如果说闻氏看到了远古诗歌记诵的作用，陈、周两人则发现了宗教舞蹈的蛛丝马迹。当然，对甲骨文的读解带有一定程度的猜测性，因此人们大概总可找出理由来反驳这些学者的观点。不过，他们认为宗教舞蹈在早期诗歌中占有首要地位，这个基本论点还是相当有说服力的。例如闻一多（1899—1946）《歌与诗》便从文字学的层面窥见"诗言志"古字与远古诗的记诵作用，他先是指出"诗"字最初在古人观念中的意义与今相差已远，从汉人训"诗"为"志"来看，二者实为一个字：

> 至于"诗"字最初在古人的观念中，却离现在的意义太远了。汉朝人每训诗为志："诗之为言志也。"（《诗谱序》疏引《春秋说题辞》。）"诗之言志也。"（《洪范·五行传》郑《注》。）"诗志也。"（《吕氏春秋·慎大览》高《注》，《楚辞·悲回风》王《注》，《说文》。）从下文种种方面，我们可以证明志与诗原来是一个字。志有三个意义：一记忆，二记录，三怀抱，这三个意义正代表诗的发展途径上三个主要阶段。志字从㞢。卜辞㞢作㞢，从㞢下一，象人足停止在地上，所以止本训停止。卜辞"其雨庚㞢"犹言"将雨，至庚日而止"。志从㞢从心，本义是停止在心上。停在心上亦可说是藏在心里，故《荀子·解蔽篇》曰"志也者臧（藏）也"，《注》曰"在心为志"，正谓藏在心，《诗序》疏曰"蕴藏在心谓之为志"，最为确诂。藏在心即记忆，故志又训记。《礼记·哀公问篇》"子志之心也"，犹言记在心上，《国

语·楚语》上"闻一二之言,必诵志而纳之,以训导我",谓背诵之记忆之以纳于我也。《楚语》以"诵志"二字连言尤可注意,因为诗字训志最初正指记诵而言。诗之产生本在有文字以前,当时专凭记忆以口耳相传。诗之有韵及整齐的句法,不都是为着便于记诵吗?所以诗有时又称诵。这样说来,最古的诗实相当于后世的歌诀,如《百家姓》《四言杂字》之类。就《三百篇》论,《七月》(一篇韵语的《夏小正》或《月令》)大致还可以代表这阶段,虽则它的产生决不能早到一个太辽远的时期。(*WYDQJ*, pp.184－185)

闻一多将汉字"志"中的 ⊥ 追溯到 ⊥("止"),并视 ψ 为心,即人所有内部活动的寓所。以 ⊥ 和 ψ 这种结合为基础,他主张诗歌所表达的"志"或心意就是"停止在心上",或更确切地说,是"记忆""记录""怀抱"之物。陈世骧(1912—1971)《中国诗字之原始观念论》又接着闻一多,从甲骨文"诗"字中窥见原始舞蹈的因素,对此提出进一步的看法:

> 感谢中国字体的保存性,⊥ 字原为 ⊥,象足着地的意象,是明明可见的。这足着地的意象,也有人特别指出,用以释"志"字,但只谓 ⊥ 为停止,而说志是"本义停止在心上"。但我们觉得这太有点是片面的解释了。⊥ 象足着地,足着于地就必是"停止"么?而且 ⊥ 字又有 ⋎ 形,那么不着地便是甚么呢?加之于"志","志"字的意思只是静止在心上的观念么?不也有"向往"之意么?而且 ⊥ 作为字

根又是"止"又是"之"呢?

在对闻一多等人的观点提出质疑后,陈世骧主张采用章太炎的"古字相反为义说",以为ㄓ字原始舞蹈说的立论根据,他发现"有字根含相反之意而又相成,以升腾出高级观念范畴的字,复带相反相成多而机动之意",并以此作为考证"志""诗"的"拟定原理":

> 用之释"志"字,则可见ㄓ的"止""之"二意俱在,因而"志"为意念之停蓄又为向往。再同理以释"诗"字,我们看出ㄓ的原始意象实在更为明了。ㄓ的象足,不但是足之停,而又是足之往,之动。足之动又停,停又动,正是原始构成节奏之最自然的行为。所以先秦人存留的远古传说,"昔葛天氏之乐,三人操牛尾投足以歌八阕",犹特言"投足",自明是"蹈之"以击节。节奏为一切艺术的,尤其明显的为原始舞蹈、歌唱、诗章的基本原素。我们曾推原到诗的独立得名以前那一长期的舞蹈、歌唱、诗章的综合艺术的极古阶段。ㄓ为足之动与停,在此为这一综合艺术基本因素的节奏之原始意象,当可无疑。后来的演进,诗和舞蹈的观念自较易分为两事两说,再进一步便是诗中的辞义与歌唱的音乐,也别为独立的观念,像在我们所举《诗经》的三首《雅》内"诗"字重在言语之特定的用意渐为形成。这一段发展路程是从舞蹈、歌咏、诗辞之混合,渐到诗为言

辞之独立观念。(*CSXWC*, pp.58-59)

陈世骧比闻一多再进一步,将包含在汉字"诗"中的字元 ᛃ 同时追溯到 ᚐ ("行"之足)和 ᚐ ("止"之足),认为"诗"字不仅如闻一多所释,是"停止在心上"的记诵,它还指向具体的"行止",即伴随着内心活动的有节奏的舞步。

周策纵(1916—2007)在《诗字古义考》中也就"诗"的字源提出看法,认为甲骨文"诗"字含有舞蹈的宗教意义:

> 作为一个暂时的结论,我们也许可以提出,汉字"诗"是从基本符号 ᚐ 发展到 ᛃ 再发展到 ᛆ (寺), ᛆ 有祭祀中伴着某种动作、音乐、歌诗和舞蹈的一种特定行为的意义。后来,当强调音乐、歌诗和字词等方面时,就造出了"时",而后者终于变成了"诗"。

在此基础上,周策纵还对这种诗、乐、舞艺术形态做出想象:

> 诗歌也许起源于人类发自本能的感情抒发。原始人强烈的感情和愿望通过巫术活动和祭祀仪式得到了表达。当它们围绕篝火,跳起奇形怪样的有韵律的舞蹈,用高度喊叫和低声咕哝打着节拍,他们就是在念符咒,希望他们的祷告,他们模仿动物的动作或模仿自然的声音以及姿势,会给他们以战胜野兽或自然的力量,从而实现他们的

愿望。这一种巫术活动或模仿狩猎的行为在许多现代作家看来就是艺术,例如音乐、诗歌、绘画和戏剧等的起源。因此,中国古代人采用一个与祭祀或宗教仪式上的一种行动有关的词来代表"诗歌",这是非常顺理成章的。(*GDWXYJb*, pp.328 - 329)

周策纵进一步研究了 ᗊ 和相关字元,认为"诗"的字源确实包含宗教舞蹈的意味。此后,他继续从"文"的字形,对中国古代的文、道观念的生衍脉络及其关系做出具体阐述:

> 根据"文"的原形,它的早期含义大约既是自然界基本现象的象征又是人们了解自然的关键。因此古代中国人认为"文"可以使人"得到"天下。构成"文"的概念的基础可能主要是"象""数"。虽然"文学"可以包括在"文"的含义之中,"文"却往往被用来表达"教化""文化"之类较广泛的含义,而不表示文学。当"道德"被用来表示物质力量(军事、农业力量)时,"文"(文化)就被看作加强这种力量的手段。而另一方面,从公元前十二世纪起,"文"作为自然物体外部形貌的象征,往往被用来与"理""质""实"之类词语形成对照。公元前十二世纪到前九世纪之间,当"道"的含义逐渐由"引导""主导"发展为"主要原则"以后,它开始和"文"联系起来,同时,文也被赋予了"文饰"的内容。大约从前六世纪开始,文道关系成为中国思想家与作家主要关心的问题,与此同时,"文"生出了"著作"的

含义,大约在前五世纪,至迟在前四世纪,"文"就被用来表达"美文"或"文学"的含义,十分接近于今天"文学"一词的内容。这个演变过程似乎说明了:"文"的概念范围是被逐步缩小而最终集中在"文学"的焦点上的。(*GDWXYJa*, pp.260 - 261)

为了确认"诗言志"说中宗教舞蹈的首要位置,闻一多、陈世骧和周策纵都已超越现有的历史和礼仪文献的范围,转而利用20世纪初才被发现的甲骨文。他们在甲骨文字符 ᗡ 和 ᗂ 中发现了宗教舞蹈的蛛丝马迹。这两个图形后来合成的 ᗡ 同时出现在"诗"字和"志"字中。第一个符号 ᗡ 释为"行",画的是一只踏向地面的足,由此表达出"行"的概念[1]。周策纵认为,这个"行"的概念是公元前3世纪的隶书 ᗡ 字的中心含义,而 ᗡ 就是现代"之"的直接前身。第二个符号 ᗂ 释为"止",它仅仅画出一个足形,足下没画地面(用一横线表示)。足下无可行之地,这恰当地传达了"止"的概念[2]。这两个符号后来合并成 ᗡ,分别出现在 ᗡᗡ ("诗"的古老的简体)和 ᗡ ("志"的小篆体)当中。闻一多将汉字"志"中的 ᗡ 追溯到 ᗡ ("止"),并视 ᗡ 为心,即人所有内部活动的寓所。以 ᗡ 和 ᗡ 这种结合为基础,他主张诗歌所表达的"志"或心意就是"停止在心上",或更确切地说,是"记忆""记录""怀抱"之物。陈世骧更进一步,将包含在汉字"诗"中的字符 ᗡ 同时追溯到 ᗡ ("行"之足)和 ᗂ ("止"之

---

[1] 见徐中舒:《甲骨文字典》,成都:四川辞书出版社,1990年,第678页。
[2] 见徐中舒:《甲骨文字典》,第125页。

足），认为"诗"字不仅如闻一多所释，是"停止在心上"，它还指向具体的"行止"，即伴随着内心活动的有节奏的舞步[1]。随后，周策纵进一步研究了 ᒍ 和相关字符，认为"诗"的字源确实包含宗教舞蹈的意味。他认为："诗歌可能源于人类自发的情感表达。原始人的强烈情感和意愿是通过巫术和创造仪式来表达的。当他们围着营火顿足而舞，又哭又号以为节拍，他们正在制造一种咒语，希望通过这种祈祷以及对动物或自然的声音和姿态的模仿，赋予他们超越动物和自然的力量，并得以实现其愿望。"[2] 当然，对甲骨文的读解带有一定程度的猜测性，因此人们总可找出理由来反驳这些学者的观点。不过，他们认为宗教舞蹈在早期诗歌中占有首要地位，这个基本论点还是相当有说服力的。

【第一章参考书目】

闻一多著：《歌与诗》，载《闻一多全集》，北京：三联书店，1988年，第8—15页。

朱光潜著：《诗论》，上海：上海古籍出版社，2005年，第一章《诗的起源》，第1—18页。

赤塚忠著：《古代に于ける歌舞の诗の系谱》，原载于《日本中国学会报》第三集，1951年3月，见《赤塚忠著作集》第五卷《诗经研究》，东京：研文社，1986年。

---

[1] 陈世骧：《中国诗字之原始观念论》，载《陈世骧文存》，沈阳：辽宁教育出版社，1998年，第18—19页。
[2] Chow Tse-tsung, "Early History of The Chinese Word Shih (Poetry) ," p.207.（中文翻译可参：周策纵撰，程章灿译：《诗字古义考》，收于南京大学古典文献研究所编：《古典文献研究：1991—1992》，南京：南京大学出版社，1994年，第329页。）

Chen, Shih-hsiang(陈世骧). "Early Chinese Concepts of Poetry." *Transactions of the International Conference of Orientalists in Japan* 11 (1966): 63-68.

Chow, Tse-tsung(周策纵). "The Early History of the Chinese Word Shih (Poetry)." In *Wen-lin: Studies in the Chinese Humanities*, vol.1, edidted by Chow Tse-tsung, 151-210. Madison, Wisconsin: the University of Wisconsin Press, 1968. 中译本：周策纵撰，程章灿译：《诗字古义考》，收于南京大学古典文献研究所编：《古典文献研究：1991—1992》，南京：南京大学出版社，1994年，第293—356页。

Chow, Tse-tsung. "Ancient Chinese Views on Literature, the Tao, and Their Relationship." *Chinese Literature: Essays, Articles, and Reviews* 1.1 (1979): 3-29. 中译本：周策纵撰，钱南秀译：《文道探源（中国古代对于文、道及其关系的看法）》，《古典文献研究：1988》，南京：南京大学出版社，1989年，第233—271页。

Granet, Marcel(葛兰言). *Fêtes et chansons anciennes de la Chine*(古代中国的祭日与歌谣). Paris: Albin Miche, 2016.

Schaberg, David(史嘉柏). "Song and the Historical Imagination in Early China."（歌与早期中国的历史想象）*Harvard Journal of Asiatic Studies* 59.2 (1999): 305-361.

第二章　春秋时期的人文主义文学论

《礼记》准确扼要地描述了从商代尊鬼神到周代崇尚礼节人文的重大转变：

> 殷人尊神，率民以事神，先鬼而后礼，先罚而后赏，尊而不亲……周人尊礼尚施意谓周人遵循礼法，崇尚恩惠，事鬼敬神而远之，近人而忠焉。其赏罚用爵列"用爵列"，以尊卑等级为区分，亲而不尊。[1]

这段话告诉我们，该历史转变并不意味着以鬼神为中心的一套价值、信仰和实践，陡然被另一套以人礼为中心的价值、信仰和实践所取代。"尊神率民以事神，先鬼而后礼"，表明商代的人虽然痴迷于鬼神，但这并不妨碍他们发展和遵守掌管人事的礼仪。"周人尊礼尚施，事鬼敬神而远之"，说明尽管周人投身于人事，但显然继续虔敬鬼神。由此可见，从商到周世界观的转变是两种共存的价值、信仰和实践彼消此长的演变结果。

---

[1] 《礼记正义》，卷五十四，《十三经注疏》第 2 册，第 1642 页。

文学论也经历了一个相应的"世俗化"过程。鬼和神不再是注意的中心。即使"神"字仍然被提到,也往往代表着自然的权威,而不是直接掌控所有自然和人类过程的有意识的生命实体。以鬼神为中心的仪式表演不再是讨论诗乐的语境。随着鬼神的引退,巫术宗教舞蹈也丧失了原有的统治地位,乃至变得无关紧要,最终从诗和乐的讨论中消失了。随着关注的重心转向对世俗人际关系和自然过程的规范,乐的地位得以提升,并占据了朝廷典礼的中心位置,而诗则成为其有用的辅助。

值得注意的是,《左传》《国语》《论语》等春秋时期典籍中所论及的诗,通常是反映周代世俗社会各阶层生活的《诗经》或是《诗》。这些典籍对《诗》不同使用的记载和论述,加上关于"文"的讨论,共同形成了一种崭新的人文主义文学论。

《左传》《国语》《论语》记载了当时用《诗》的两种不同的方法。第一种是类比使用。首先是赋诗,即把《诗经》作为类比的材料,当时国与国的政治关系则是类比的对象。各国的使者通过挑选《诗经》的篇章,付诸音乐表演,得以委婉地表达对国与国关系的看法和诉求。《左传》对这种赋诗活动有较为详细的记载。另外是引诗,即说话人摘取《诗经》具体的诗句,比喻自己想说明的道德观念或行为原则。《论语》中就有不少这样引诗的例子。赋诗和引诗使用同样的材料,然而类比的对象却不一样,一是国与国的政治,一是人与人的道德伦理和行为原则。

第二种可称为等同使用,即观察者把诗乐的表演跟外部现实等同起来,不作出明显的类比努力。比如,季札从《诗》不同作品的演奏听出各个国家的政治状况。他的聆乐不是类比活动,而是直观的洞察(见《文学论评选》§010)。《国语》则更关注诗乐表演与自然过程和力量的互通,强调中正的诗乐必定会带来人与自然的最佳和谐(见《文学论评选》§011、§012)。

在这两种用《诗》方法中,类比法使用更为广泛,影响也更为深远。《论语》对之作了较为深入的论述。孔子明确地指出当时赋诗传统的重要性,称"诵《诗》三百,授之以政,不达;使于四方,不能专对",又称"不学《诗》无以言"(见《文学论评选》§014)。"不能专对""无以言"者,就是说不懂得灵活恰当地使用类比来表达国家和自己之志。孔子还从赋诗的实践中总结出兴观群怨这四种观念:"诗,可以兴,可以观,可以群,可以怨;迩之事父,远之事君;多识于鸟兽草木之名。"(见《文学论评选》§014)这四种观念都和赋诗类比的方法有着密切的关系,"兴"即连类引譬,感发志意;"观"是通过类比来观察政治形势和社会现象,赋诗本身也就是观诗的过程(郑玄注"观":"观风俗之盛衰";朱熹[1130—1200]注:"考见得失");"怨"是要通过含蓄委婉的类比来批评君主,即后来《毛诗序》所说的"主文而谲谏",以求"言之者无罪,闻之者足以戒"的效果。"群"和类比也有一定关系,但关联程度没有兴、观、怨那么紧密。随后的"迩之事父,远之事君"一句中,"远之事君"可以看作是对风人赋诗目的之阐述,而"迩之事父"似乎是孔子的崭新阐发,即如何通过《诗》来调剂人伦关系。由此可见,对孔子来说,《诗》已经不仅是公众场合中应对交流的手段了,亦是个人道德修养的必要工具,正如以下《论语》引诗选例所示。

关于"文"的讨论主要见于《论语》。《论语》中的"文"主要指典章制度和整个文化之风貌,尽管辞令使用之"言"也是其中的一部分。严格地说,《论语》中所说的"文"和"文学"并非现在所说的文学。但是,其中阐发的思想,比如"文"与"质"、"文"与"辞"的关系等,都是后世文学论重要的观点来源。的确,后代评论家往往借用孔子关于"文"的观点来讨论后来所说的以美文为主的"文学"。除了广义的"文",孔子还对狭义的"文"(即"言"和"辞")的功用作了精辟的论述。

不同于孔子的观念,《老子》所代表的道家思想传统则对所有人为的藻饰、规范,或是感官性的刺激享受,做出绝对化的否定,以至于语言的美感与内容的真实性被认为不可并存,种种外在声色都会妨害真心,而当时统治者所建立的一套仁义礼法规范,在道家看来更具有拘束人心,泯灭天性的危害。在这种观念背景下,老子对艺术化加工的美文都持以批判的态度。

第一节 《左传》和《国语》论诗乐:加强自然和人类和谐的作用

"诗言志"一语多次出现于关于春秋时期的两部最重要的历史文献——《左传》和《国语》。不过,两书的"诗言志"说所表达的却是与《尧典》截然不同的文学论。首先,有关"志"的陈述很少提到舞蹈,重心放在探索志的性质上。"志"的主要表现形式是什么呢？对《左传》和《国语》的作者来说，它是包含歌和诗的乐。例如在《左传·襄公二十五年》中"言志"已被赋予新义：

> 仲尼曰："志有之：'言以足志，文以足言。'不言，谁知其志？言之无文，行而不远。"(CQZZZY, juan 36, p.1985)

《左传·文公十三年》：郑穆公宴鲁文公时子家和季文子赋诗之事，正为我们保留一则发生于公元前614年赋诗活动的记载：

> 冬，公如晋，朝，且寻盟。卫侯会公于沓，请平于晋。公还，郑伯会公于棐，亦请平于晋。公皆成之。郑伯与公宴于棐，子家赋《鸿雁》，季文子曰："寡君未免于此。"文子赋《四月》，子家赋《载驰》之四章，文子赋《采薇》之四章，郑伯拜，公答拜。(CQZZZY, juan 19, p.1853)

以上所赋之诗来自《诗经》，由诸侯王或地方官员在外交场合即席选出，或配乐演出，藉以表达他们自己及所属诸侯国之志。而《左传·襄公二十九年》所记载的季札观乐，更揭示出各国诗乐所言之志与政治风俗的关联：

> 请观于周乐。使工为之歌《周南》《召南》。曰："美哉！始基之矣，犹未也，然勤而不怨矣。"……为之歌《郑》，

曰:"美哉！其细已甚,民弗堪也。是其先亡乎!"……为之歌《小雅》,曰:"美哉！思而不贰,怨而不言,其周德之衰乎？犹有先王之遗民焉。"为之歌《大雅》,曰:"广哉,熙熙乎！曲而有直体,其文王之德乎!"为之歌《颂》,曰:"至矣哉！直而不倨,曲而不屈,迩而不逼,远而不携,迁而不淫,复而不厌,哀而不愁,乐而不荒,用而不匮,广而不宣,施而不费,取而不贪,处而不底,行而不流。"(CQZZZY, *juan* 39, pp.2006 – 2007)

襄公二十九年即公元前544年。季札将《诗经》中不同地域音乐的审美品质与当地的政象及民风联系起来。对季札而言,诗乐之淫滥,就像《郑风》"其细已甚",标识着道德沦丧和社会政治失序;相反,诗乐如具有中庸的特征,则表明民淳俗厚,统治者治国有方。即使是美好的德行也不过度,总是恰到好处:"忧而不困""思而不惧""直而不倨"等等,这是中庸的最佳体现。他认为《周颂》体现了中庸原则所能达到的理想状态,赞美这些颂诗恰当地体现了十三种制中的美德。他还注意到乐("五声")和道德及社会政治现实("八风")之间的内在联系。在他看来,正是有了这些内在联系,乐和诗才能起到揭示各诸侯国民风和统治状况的作用。

相比之下,《国语》的传世记载则颇为强调音乐和人与自然的和谐,如《国语·晋语八》所云:

平公说新声,师旷曰:"公室其将卑乎！君之萌兆衰矣。

夫乐以开山川之风,以耀德于广远也。风德以广之,风山川以远之,风物以听之,修诗以咏之,修礼以节之。夫德广远而有时节,是以远服而迩不迁。"(*GYJJ*, pp.426 – 427)

对春秋时人而言,人与自然过程及自然力之间的和谐对人类的生存和福祉起决定性影响,而诗乐具有创造这种和谐的神秘力量。相同的取向还见于《国语·周语下》:

夫政象乐,乐从和,和从平。声以和乐,律以平声……于是乎气无滞阴,亦无散阳。阴阳序次,风雨时至,嘉生繁祉,人民龢利。物备而乐成,上下不罢,故曰乐正……于是乎道之以中德,咏之以中音,德音不愆,以合神人,神是以宁,民是以听。(*GYJJ*, pp.111 – 112)

这段话是艺人州鸠所论,对乐、歌、诗如何实现人与自然的和谐作出了精当解释。为了打消景王(544—520年间在位)逾制制造乐器的念头,他阐述了音乐和自然过程的内在联系。他一开始提出和谐与和平的原则,再次肯定了一国之政和音乐之间的联系:"夫政象乐,乐从和,和从平。"为了证实音乐和自然过程之间的关联,他描述了和谐的音乐是怎样调控"八风"(即自然过程和力量),从而使得"阴阳序次,风雨时至,嘉生繁祉,人民和利"。他还相信,通过和谐之乐,人不但能实现与自然过程的和谐,而且能实现与神灵的和谐。

与赋诗言志相并存的还有远古献诗的传说,如《国语·晋语六》所载：

> 赵文子冠……见范文子,文子曰:"而今可以戒矣。夫贤者宠至而益戒,不足者为宠骄。故兴王赏谏臣,逸王罚之。吾闻古之言王者,政德既成,又听于民。于是乎使工诵谏于朝,在列者献诗,使勿兆,风听胪言于市,辨袄祥于谣,考百事于朝,问谤誉于路,有邪而正之,尽戒之术也。先王疾是骄也。"（*GYJJ*, pp.387 – 388）

这里所描述的可能是一个与赋诗相平行的诗歌接受传统。赋诗之诗是主事外交的卿相大夫从《诗经》选择出来的诗篇,而献诗之诗则是朝廷官员刚从民间采集来的歌谣。赋诗者同时又是观诗人,而献诗传统中的观诗人是力图观察政情的君王。赋诗活动有大量史料记载和描述,而献诗只见于有关远古的传说。至于君王使用什么方法来观诗,我们不得而知,但想必多半使用与赋诗相似的率意类比法。

在以上的选段中,音乐取代了舞蹈,成为宫廷外交仪式的中心。如朱自清所言,当时的人"乐以言志,歌以言志,诗以言志……以乐歌相语,该是初民的生活方式之一"[1]。考虑到乐的这种支配地位,"乐语"会成为最主要的教育科目就不足为奇了。对《周礼》中提到的六种类型的乐语（兴、道、讽、诵、言、语）[2],朱自清解释道:"兴、道（导）似乎是合奏,讽、诵似乎是独

---

1 朱自清:《诗言志辨》,第8页。
2 郑玄:《周礼注疏》,《十三经注疏》第1册,第787页。

奏,言、语是将歌辞应用在日常生活里。"[1]

【第二章第一节参考书目】

朱自清:《诗言志辨》,北京:古籍出版社,1956年,第1—48页。

钱钟书著:《管锥编》第1册,北京:中华书局,1979年,《毛诗正义》六〇则,第57—62页。

刘丽文著:《春秋时期赋诗言志的礼学渊源及形成的机制原理》,《文学遗产》2004年第1期,第33—43页。

刘茜著:《先秦礼乐文化与〈诗大序〉"诗言志"再阐释》,《文艺研究》2021年第11期,第44—53页。

DeWoskin, Kenneth J. *A Song for One or Two: Music and the Concept of Art in Early China*. Ann Arbor: Center for Chinese Studies, University of Michigan, 1982.

Haun, Saussy(苏源熙). "'Ritual Separates, Music Unites': Why Musical Hermeneutics Matters." In *Recarving the Dragon: Understanding Chinese Poetics*, edited by Olga Lomová, 9 – 26. Prague: Charles University in Prague, Karolinum Press, 2003. 中译本:《"礼"异"乐"同——为什么对"乐"的阐释如此重要》,《中国学术》2003年第4辑(总第16辑)。

Holzman, Donald(侯思孟). "Confucius and Ancient Chinese Literary Criticism." In *Chinese Approaches to Literature from Confucius to Liang ch'i-chao*, edited by Adele Austin Rickett, 221 – 41. Princeton: Princeton University Press, 1978, pp.22 – 23 & 28 – 29.

Owen, Stephen. *Readings in Chinese Literary Thought*. Chapter 1 & 2. Cambridge: Harvard University Press, 1992, Chapters 1 and 2 "Texts from the Early Period" and "The 'Great Preface'," pp.19 – 56.

---

[1] 朱自清:《诗言志辨》,第6页。

第二节 《论语》：学《诗》、学文及追求文质结合

孔子（前551—前479）在《论语》中曾十九次提到《诗经》，其中十七次是诗、乐分开讨论的，只有两次例外[1]。他不但认识到诗相对于乐具有独立性，并从诗自身的角度来论诗，而且赋予诗与乐同等重要的地位。他宣称："兴于《诗》，立于礼，成于乐。"（见《文学论评选》§014）关于《诗》的特质与功用，孔子做出一系列说明：

> 子曰："《诗》三百，一言以蔽之，曰：'思无邪。'"（《论语·为政》。LYYZ, 2.2, p.11）
>
> 子曰："诵《诗》三百，授之以政，不达；使于四方，不能专对；虽多，亦奚以为？"（《论语·子路》。LYYZ, 13.5, p.135）

孔子将注意力集中在人和人的关系上，这种转变还是相当显著的。他专门探究《诗经》的道德、社会和政治功能，只字不提它对自然力的影响。例如，在有关《诗经》的总结中，孔子解释了《诗经》是如何通过中庸之道来说明规范人与人之间的关系，提供朋友、父子、君臣之间相互交流的规范的：

---

[1] 参看董治安著：《先秦文献与先秦文学》，济南：齐鲁书社，1994年，第64—65页的相关表格。

子曰:"小子何莫学夫《诗》?《诗》可以兴,可以观,可以群,可以怨;迩之事父,远之事君;多识于鸟兽草木之名。"(《论语·阳货》。LYYZ, 17.9, p.185)

孔子认为《诗》是有助于年轻人培养内在和外在和谐的工具,好诗能教年轻人调节其内在情感,让年轻人和他人保持和谐的关系。这段话论述了诗的三个功用,最后一个"多识于鸟兽草木之名"是最不重要的。另外两个在讨论中都指向增强内在的和外在的和谐:孔子不但阐明了诗对规范父子、君臣关系所起到的作用,而且还提出了诗有效巩固人际关系的四种重要方式:兴、观、群、怨。尽管没人能说他知道这四个概念的确切含义,但其基本意义还是清楚的。而两千年来注家和评论家提供了无数注解和评论。在对其中有影响力的注解和评论予以考察后,我们发现兴、观、群、怨无一不和实现内在和外在的和谐相关。

兴,汉代孔安国释为"兴,引譬连类",朱熹注为"感发志意"[1]。这两种注释说的是诗对读者产生的两种有利影响:激发读者的道德志意,帮助读者利用诗的隐喻来正确表达自我。值得注意的是,在孔子看来,诗在读者身上激发的与其说是自然的情感,不如说是道德志意。举例说来,当子夏把妇女的美貌和礼的兴起联系起来时,孔子称赞了他从伦理角度作诠释的尝试,并把他看作是可与之论诗的弟子。显然,孔子重视对道

---

[1] [宋]朱熹:《论语集注》卷九,《四书章句集注》,北京:中华书局,1983年,第178页。

德志意的启蒙,因为他相信这个过程能将个人情感纳入道德情操的轨道,从而达到内在情感和思想的和谐。

观,郑玄(127—200)注为"观风俗之盛衰"[1],朱熹注为"考见(政绩)得失"[2]。皇侃(488—545)在疏郑玄注时指出:"《诗》有诸国之风俗盛衰,可以观览而知之也。"[3]按照郑玄和朱熹的注解,一般认为孔子将《诗经》作为一面镜子,读者从中能看到善政之邦社会的和谐,以及恶政之邦政治的混乱。正如王夫之所指出的,孔子相信,通过观察诗中对善政和恶政的描述,个人可以学会运用褒扬和讥讽来设定区分正误的准则,即"褒刺以立义"[4]。

群,孔安国注为"群居相切磋"[5],朱熹注为"和而不流"[6]。毫无疑问,诸家在注解"群"的含义时,都想到了孔子的这段话:"群居终日,言不及义,好行小慧,难矣哉。"[7]注家认为,对孔子来说,"群"不但意味着拒绝与坏人为友,而且还意味着通过诗中例示的道德正义来与好人为朋。

怨,孔安国注为"怨刺上政",朱熹注为"怨而不怒"。从字面上看,这个词仅有"抱怨"之意,并且这种字面的解释会让人

---

[1] [南朝]皇侃义疏,[三国魏]何晏集解:《论语集解义疏》,北京:中华书局,1985年,第245页。
[2] [宋]朱熹:《论语集注》卷九,《四书章句集注》,北京:中华书局,1983年,第178页。
[3] [南朝]皇侃义疏,[三国魏]何晏集解:《论语集解义疏》,北京:中华书局,1985年,第246页。
[4] [清]王夫之:《四书训义》卷二十一,《船山全书》第七册,长沙:岳麓书社,1996年,第915页。
[5] [南朝]皇侃义疏,[三国魏]何晏集解:《论语集解义疏》,北京:中华书局,1985年,第245页。
[6] [宋]朱熹:《论语集注》卷九,《四书章句集注》,北京:中华书局,1983年,第178页。
[7] *LYYZ*, 13.5, p.165.

误以为孔子鼓励大家通过诗歌来发泄怨恨。显然,这和孔子对礼仪和情感节制的主张相违背[1]。为了不陷入这种误解,孔安国、朱熹等注家认为应该把"怨"解释为在诗中为了向统治者表达怨恨而采用的委婉的方式。例如,张居正认为诗"发舒悲怨于责望之下,犹存乎忠厚之情,学之则可以处怨"[2]。

通过前人对兴、观、群、怨的注解,可见孔子鼓励学《诗》,因其总体上有助于道德和谐的培养。孔子把学《诗》看作是培养道德和谐的初始阶段。孔子说:"兴于《诗》,立于礼,成于乐。"[3] 按照包咸(前6—65)的解释,"兴于诗"是指道德培养始于读诗,"立于礼"是指在坚实的道德基础上树立自我。"成于乐",刘宝楠(1791—1855)解释为通过乐来升华并完善道德品质[4]。总而言之,孔子强调在礼的辅助下道德教育的重要性,在他看来,诗只是培养道德、陶冶情操的一种手段。

相类似的诗歌观念还见于以下选段:

> 子谓伯鱼曰:"女为《周南》《召南》矣乎?人而不为《周南》《召南》,其犹正墙面而立也与?"(《论语·阳货》。LYYZ, 17.10, p.185)
>
> 子曰:"兴于诗,立于礼,成于乐。"(《论语·泰伯》。LYYZ, 8.8, p.81)

---

[1] 孔子提醒大家不要怨天尤人,也不要抱怨家人或朋友。参看《论语》:"子曰:不怨天,不尤人;下学而上达。知我者其天乎。" LYYZ, 14.35, p.156.
[2] [明]张居正:《四书直解》第7册,卷十二,日本京都龙谷大学藏明天启元年刊本。
[3] LYYZ, 8.8, p.81.
[4] 参看[清]刘宝楠撰,高流水点校:《论语正义》,北京:中华书局,1990年,第298页。

> 陈亢问于伯鱼曰:"子亦有异闻乎?"对曰:"未也。尝独立,鲤趋而过庭。曰:'学诗乎?'对曰:'未也。''不学诗,无以言。'鲤退而学诗。他日又独立,鲤趋而过庭。曰:'学礼乎?'对曰:'未也。''不学礼,无以立。'鲤退而学礼。闻斯二者。"陈亢退而喜曰:"问一得三,闻诗,闻礼,又闻君子之远其子也。"(《论语·季氏》。LYYZ, 16.13, p.178)

以上三段中《诗》已经不光是公众场合中应对交流的工具了,而是个人道德修养的必要条件。如第一段没有考虑"授之以政"的功用,而是以《诗》来强调一般人的道德修养。第二段"兴于诗,立于礼,成于乐"已然阐述了孔子对《诗》与教育之关系的讨论。而最后一段讲的是当有人问孔子之子伯鱼是否孔子对他有教育上的特别关照时,伯鱼讲到了孔子两次问他的经历,一次问他是否学诗,一次问他是否学礼,除此之外便没有其他特别关照,将诗与礼并置,明显体现出孔子认为《诗经》和纯粹道德情操培养之间的关系。

赋诗言志作为一种模拟模式下的用诗方法,因其使用场合等条件要求,而与国家政治直接关联,同时,《论语》中还记录了另一种同为模拟用诗的引诗情形,如下文所列:

> 子贡曰:"贫而无谄,富而无骄,何如?"子曰:"可也。未若贫而乐[1],富而好礼者也。"子贡曰:"《诗》云:'如切如

---

[1] 黄侃本有"道"字,作"未若贫而乐道"。

磋,如琢如磨。'其斯之谓与?"子曰:"赐也,始可与言诗已矣,告诸往而知来者。"(《论语·学而》。LYYZ, 1.15)

"唐棣之华,偏其反而。岂不尔思? 室是远而。"子曰:"未之思也,夫何远之有?"(《论语·子罕》。LYYZ, 9.31, p.96)

子夏问曰:"'巧笑倩兮,美目盼兮,素以为绚兮',何谓也?"子曰:"绘事后素。"曰:"礼后乎?"子曰:"起予者商也! 始可与言《诗》已矣。"(《论语·八佾》。LYYZ, 3.8, p.25)

与赋诗言志相比,《论语》引诗的情境虽共享一套诗歌语料,却与个人之间的道德伦理、行为规范更为密切。

子曰:"周监于二代,郁郁乎文哉! 吾从周。"(《论语·八佾》。LYYZ, 3.14, p.28)

子曰:"大哉尧之为君也! 巍巍乎! 唯天为大,唯尧则之。荡荡乎! 民无能名焉。巍巍乎其有成功也,焕乎其有文章!"(《论语·泰伯》。LYYZ, 8.19, p.83)

以上两段可以看作是孔子对整个文化传统的视觉想象。这两段均体现出孔子对过去时代风貌的想象,而这一想象则带出了孔子对"文"的美感评价,即"焕乎其有文章"。"文章"在这里指代的不是后来所说的文章,而是绚丽的时代风貌。

针对"文"的学习,孔子也有不同层面的标准与要求:

子曰:"弟子入则孝,出则悌,谨而信,泛爱众而亲仁。行有余力,则以学文。"(《论语·学而》。LYYZ, 1.6, pp.4-5)

子曰:"君子博学于文,约之以礼,亦可以弗畔矣夫!"(《论语·雍也》。LYYZ, 6.27, pp.63-64)

子以四教:文,行,忠,信。(《论语·述而》。LYYZ, 7.25, p.73)

颜渊喟然曰:"仰之弥高,钻之弥坚。瞻之在前,忽焉在后。夫子循循然善诱人,博我以文,约我以礼,欲罢不能。既竭吾才,如有所立卓尔。虽欲从之,末由也已。"(《论语·子罕》。LYYZ, 9.11, p.90)

以上四段体现出孔子将"文"作为教育和学习的内容,然而此处"文"的具体所指较为模糊,我们只能将"文"与《论语》中所并举的其他内容放在一起加以比较分析。"文"与"行""忠""信"都不同,后三者包含明显的道德伦理内容和实践,"博学于文,约之以礼"则表明"文"并非"礼"。因此,"文"既非"礼"也非"德"。第一段中则列举了孝、悌、信、仁,并认为若"行有余力,则以学文",因此用排除的方法我们可以得出"文"和道德教育并没有明显关系。但是"文"同时又是文化的重要部分,因此有些学者认为"文"指代的是广泛意义上的历史文献。

对于作为古典文学经典议题的"文""质"关系,《论语》也已有申述:

子曰:"质胜文则野,文胜质则史。文质彬彬,然后君子。"(《论语·雍也》。*LYYZ*, 6.18, p.61)

此段讨论了文化修养之"文"与自身道德情性之"质"的关系:"质胜文则野,文胜质则史。"孔子认为,文与质两者要达到恰如其分的平衡,才能成为"文质彬彬"的君子。据《礼记·表记》,孔子还用其文质观来描述夏周两代文化之差异:"子曰:'虞夏之质,殷周之文,至矣。虞夏之文不胜其质;殷周之质不胜其文。'"

棘子成曰:"君子质而已矣,何以文为?"子贡曰:"惜乎夫子之说君子也。驷不及舌。文犹质也,质犹文也。虎豹之鞹犹犬羊之鞹。"(《论语·颜渊》。*LYYZ*, 12.8, p.126)

此段进一步讨论了文与质的融合互通。这里以"鞹"作比,"文犹质也,质犹文也",即文的变化也会导致质的变化,反之亦然。若没有其文,"虎豹之鞹"也不过成了"犬羊之鞹"。由此可见,"文""质"两者缺一不可,互相依存。这句话虽然出自子贡之口,但依然反映出孔子的思想。

在文质并重的观念基础上,孔子围绕文学创作的重要媒介——语言,也有系列论述:

子路曰:"卫君待子而为政,子将奚先?"子曰:"必也正名乎!"子路曰:"有是哉,子之迂也! 奚其正?"子曰:"野哉,由也!君子于其所不知,盖阙如也。名不正,则言不顺;言不顺,则事不成;事不成,则礼乐不兴;礼乐不兴,则刑罚不中;刑罚不中,则民无所错手足。故君子名之必可言也,言之必可行也。君子于其言,无所苟而已矣。"(《论语·子路》。LYYZ, 13.3, pp.133-134)

子曰:"为命,裨谌草创之,世叔讨论之,行人子羽修饰之,东里子产润色之。"(《论语·宪问》。LYYZ, 14.8, p.147)

子曰:"予欲无言。"子贡曰:"子如不言,则小子何述焉?"子曰:"天何言哉?四时行焉,百物生焉。天何言哉?"(《论语·阳货》。LYYZ, 17.19, pp.187-188)

子曰:"有德者必有言,有言者不必有德。仁者必有勇,勇者不必有仁。"(《论语·宪问》。LYYZ, 14.4, p.146)

子曰:"辞达而已矣。"(《论语·卫灵公》。LYYZ, 15.41, p.170)

子曰:"巧言令色,鲜矣仁。"(《论语·阳货》。LYYZ, 17.17, p.187)

"言"到了汉代成为"文"的核心内容,因此孔子关于"言"的讨论也应放在"文"的框架中加以考虑。孔子对言的讨论有两个方面:一是强调言的重要性,如上面所引的《论语·宪问》一段,说的是一国拟定政令之时,需要有人起草、斟酌、修饰以及润色。因此修辞,亦即"文",对文字的功效有极为重大的影响,如《左传·襄公二十五年》也记载了孔子的观点:"言之无文,行而不远"。

然而,更多的情况下,言是德的表现,《论语·阳货》这段则认为纯粹的言与道德不可分开,孔子对脱离了道德的纯粹之言持批判态度,指出德和言并非平行对等:"有德者必有言,有言者不必有德。"另外一个场合中,孔子告诫大家不能追求纯粹的"言",因"言以足志,文以足言",所以没有"志"的"言"容易成为"巧言令色","巧言令色"是缺少道德意义的,因此"鲜矣仁"。又由于强调不能单纯追求"言",所以"辞"做到达意即可,即"辞达而已"。另外,言与外在现实紧密相连,语言并非单独存在,因"名不正,则言不顺;言不顺,则事不成"。《论语》中的这些段落出自不同语境,都是孔子与弟子在不同情况下讨论时出现的种种论断。总而言之,孔子在"言"的方面,更为担忧的是对辞藻华丽的追求会造成道德意义的丧失。

在《论语》中,"文"的内涵很丰富,从言辞使用、典籍的学习、道德和文化修养,直至整个时代的文化风貌,无不包含其中。孔子对文与质关系的论述,对后代产生极为深远的影响,首先是引发了战国时期墨、法、道、儒四家有关"文"的论辩,随后又为六朝唐宋各种文学论的发展提供了理论支撑,其中包括刘勰的原道说、唐宋古文家的"文以贯道"说、宋代理学家的"文以载道"说等等。

【第二章第二节参考书目】

朱自清著:《诗言志辨》,北京:古籍出版社,1956年,第20—29页。

郭绍虞著：《中国文学批评史》，天津：百花文艺出版社，1999年，第二篇《周秦》，第14—222页。

董治安著：《先秦文献与先秦文学》，济南：齐鲁书社，1994年。

Huang, Siu-chi(黄秀玑). "Musical Art in Early Confucian Philosophy." *Philosophy East & West* 13 (1963): 49-60.

Shih, Vincent Y. C (施友忠). "Literature and Art in the *Analects*." *Renditions* 8 (1977): 5-38.

Holzman, Donald(侯思孟). "Confucius and Ancient Chinese Literary Criticism." In *Chinese Approaches to Literature from Confucius to Liang ch'i-chao*, edited by Adele Austin Rickett, 221-241. Princeton: Princeton University Press, 1978. 中译版：《孔子与中国古代文学批评》，刘法公编译，王守元、黄清源编《海外学者评中国古典文学》，济南：济南出版社，1991年，第10—14页。

Chen, Shih-hsiang(陈世骧). "The Cultural Essence of Chinese Literature." In *Interrelations of Culture: Their Contributions to International Understanding*, 43-85, Paris: UNESCO, 1953.

第三节 《老子》非文的立场

与儒家文质并重的文学观相区别的是，老子的道家思想对文的价值抱以明确的否定。一方面，他从辩证的角度将事物的外在形色（即文）与内在本质进行对立，所谓"信言不美，美言不信。善者不辩，辩者不善"，这意味着凡属于真实、纯善等具有正面意义的内涵，其外在表现绝不会与外表藻饰有牵连。因为在老子看来，"美言""辩言"意味着对言语的华饰加工，无法避免与朴质原义产生隔膜，乃至出现伪饰或夸张。就这一层面而言,老子的去伪存真主张,必然会对文学性的美言、美文做出否定和批判。另一方面,在直寻本质,反对藻饰的思想下,一切引发感官欲望的外在物质和人类社会价值建构也一并被放在"道"的对立面,其中既包括五色、五音、五味等外在声色,也包括儒家社会树立、推广的道德仁义,后者因为已近于分化阶层的繁文缛节,与发自本心的道德相去甚远,故而同样被老子所摒弃。

  章八十一:信言不美,美言不信。善者不辩,辩者不善。(*LZYZ*, p.307)

"信言不美"即真实可信之言与美的形式辞藻无关。反之,华美藻饰之语也不可能具有真实性,不能显现真理。"信"即"真",其对立面是"伪",如此一来,"美言"也就近同于"伪言"。同理,巧辩便也近同于不善。

  章十二:五色令人目盲;五音令人耳聋;五味令人口爽;驰骋畋猎,令人心发狂;难得之货,令人行妨。是以圣人之治也,为腹不为目,故去彼取此。(*LZYZ*, p.46)
  章三十八:故失道而后德,失德而后仁,失仁而后义,失义而后礼。夫礼者,忠信之薄,而乱之首;前识者,道之华,而愚之始。是以大丈夫处其厚,不居其薄;处其实,不居其华。故去彼取此。(*LZYZ*, pp.90-91)

这两章中,五色、五音、五味等等属于社会的物质生活条件,驰骋畋猎与难得之货,都能触发多种感官享乐。而道德、仁义则属于社会的精神价值建构,对社会各层的行为处世产生规范。老子对物质与精神层面的这两种条件都予以批判,并直指声色享乐对人心的妨害,而所谓的仁义道德及其所形成的礼仪规范,实为统治者设定的框条缛节,只会拘束人心。

【第二章第三节参考书目】

陈鼓应著:《老子注译及评介》,北京:中华书局,1984年,第106—108、212—217、361—364页。

刘笑敢著:《老子古今:五种对勘与析评引论(上、下)》,北京:中国社会科学出版社,2006年,第十二章、第三十八章、第八十一章。

冯友兰著:《中国哲学简史》,北京:新世界出版社,2004年,第87—90页。

李贵生著:《"文质"的系谱:一个文学批评观念的诞生》,《中国文学学报》第八期(2017年12月),第203—238页。

Yip, Wai-lim(叶维廉). "The Daoist Theory of Knowledge." In *Poetics East and West*, edited by Milena Doleželová-Velingerová, 55–92. Toronto: Toronto Semiotic Circle, Victoria College in the University of Toronto, 1989. 中译版:《言无言:道家知识论》,《中国诗学》,北京:三联书店,1992年,第37—64页。

第三章　战国时期的文学论

在战国时期，与文学论相关的文献比春秋时期更多。春秋时期，与后世文学论相关的材料多为关于"诗"的讨论。在现存战国时期的典籍中，有关"诗"的讨论较少，21世纪初发现的《孔子诗论》可能是一个例外。此书一般被认为是战国早期或是战国中期的作品，而其中有关"诗"的定义以及评论，与后世的文学论似乎有一定的关系。然而，关于"文"的文献则甚多，记载了儒、墨、法、道四家围绕"文"展开的论辩。

四家论文之说可以放在文质关系的框架中加以比较分析。所谓"质"，主要是指自然而然的、没有经过人工改造的状态；而"文"的内涵恰恰与"质"相反，指的是通过人为的、自我能动的改进而产生的结果。儒、墨、法、道四家对"质"都加以肯定，没有太多异议，只不过儒家认为"质"仍需要改进。但论"文"则有截然不同的两大派：墨、法、道三家对"文"群起而攻之。儒家对"文"持鲜明的肯定态度，尽管对过度文饰也有所批评。

墨、法、道三家声讨"文"有一个共同特征，即视之为颠覆"质"的罪魁祸首。对墨家而言，"质"意味着实实在在，而非浮而无用。墨家的核心追求是"为民""利民"，所做之事要有实际的功效。如果说农耕和工匠活是最有实际意义和功效的事情，那么以礼乐为中心的"文"虽能够给人带来愉悦，但却会造成社会财富的巨大浪费，最终会使得国家与百姓走向贫困。正因如此，墨家坚定不移地反对"文"。法家也是从实用效果的角度来对"文"进行批判。法家的治国方针是发展农业和军事，以求征服列国，一统天下。他们认为如果人们都追求浮华的"文"，必定没人去征战，去牺牲自我，有志之士所求的奖赏也并非军功爵位，而是与音乐、文学等有关的浮名虚职，这必然导致国家的衰亡，所以法家视"文"为国蠹。

以庄子（约前369—约前286）为代表的道家则多从更高的哲学层次来鞭挞"文"，认为人真正的本质是自然，所有人为的东西都会影响人真正的自我，所有伦理道德都偏离了人的本性。只有当人类堕落到一定程度才会出现道德伦理，道德伦理会再进一步堕落沦陷，从道德的角度判断"文"的有害之处，就是"文灭质"。

儒家的文质观是由孔子本人建立的。孔子认为"文"和"质"是相辅相成、互相依赖的："质胜文则野，文胜质则史。""质"是与生俱来，没有经过改造的特质；"质胜文则野"是指人没有任何文化熏陶与修养就会显得鲁莽；"文胜质则史"是说人为的自我修养过度则会显得虚伪，失去了淳朴自然的本质，所以说文质彬彬，即达到文质的最佳平衡，才是君子。另外，孔子还举例"虎豹之鞟，犹犬羊之鞟"来说明"文"与"质"的关系，"文"并不是纯粹的修饰，"文"和"质"是一种互相依赖的关系，两者无法独立存在。孔子关于"文"的论述在当时并没有受到挑战,老子《道德经》第十九章云:"绝圣弃智,民利百倍;绝仁弃义,民复孝慈;绝巧弃利,盗贼无有。此三者以为文不足,故令有所属。"其中"文"的意义是中性的,"文不足"是指制度不全。但到了战国,儒家的"文"观就成为墨、法、道三家共同攻击的对象。因此,荀子不得不展开对"文"的捍卫战。

为了驳斥文浮华无用、类同"骈拇枝指"之说,荀子(前313—前238)使用严密的论证方式,全面系统地论述"文"的实质作用,从个人修养到治国施政,乃至宇宙观无不涉及。荀子对"文"实质化的努力还见于他《正名》篇中对语言本质和作用的解释。不过,《系辞传》对"文"本质化的倾向则愈加明显,儒圣所创造的卦画和文字被视为天道、地道、人道的直接呈现。另外,音乐是儒家文治的核心内容,因而也成为备受墨、法、道三家攻击的靶子。《荀子·乐论》正是为批驳《墨子·非乐》而写的专论,而新近出土的郭店楚简《性自命出》和传世的《礼记·乐记》则从正面阐述音乐的起源、本质及作用。这三部专论都聚焦音乐与人本质之"情"、喜怒哀乐之"情"的关系以及音乐的作用,但作出了具有实质差异的论述,分别成为后世几种不同文学论的重要源头。

战国时期有关文的论辩对后世文学论的发展产生了极为深远的影响。相对而言,墨、法、道家的"以文害道""文灭质"等论述对后世的影响范围有限,主要见于唐人对齐梁浮华绮靡文风的声讨,以及南宋理学家对唐宋古文家文学思想的批判。相反,儒家《系辞传》《性自命出》《荀子·乐论》《礼记·乐记》四篇专论,无论就形式还是内容而言,在文论史中具有承上启下之功,为汉魏六朝文学理论的兴起开辟道路。《礼记·乐记》和《荀子·乐论》对以《毛诗序》为代表的儒家教谕式文学论产生巨大影响,相较之下,《性自命出》中非儒家正统的情性说则似乎揭示了六朝"缘情"论的一个源头,而且这一点尚未被前人意识到。同样,《系辞传》是揭示天地宇宙秘密的宏篇大论,其中有关道、圣、文的讨论也很富有系统性,实为刘勰"原道"论以及唐宋"文以贯道"说所本。

另外,这四篇专论对后世文论写作方式的影响也很大,如汉代的《诗大序》就同样采用了论说文的形式,不单单对《诗经》的使用加以描述,而且分析了《诗经》产生的原因和必然性,以及其影响深远的政治和社会功用。随后,六朝的主要文论著作,如曹丕《典论·论文》、陆机《文赋》、刘勰《文心雕龙》,无一不是以论说文的形式写成的。

第一节　墨、法、道三家论文:崇质非文的共同立场

墨子(前476—前381)出生于孔子逝后第三年,他所创立的墨家是当时儒家学派的主要竞争者。墨子对"文"的分析纯粹从百姓的利弊角度出发,他承认"乐"可带来感官的愉悦,但不符合万民实在的需要,而且有害于国家发展。

《墨子·非乐》:

> 是故子墨子之所以非乐者,非以大钟、鸣鼓、琴瑟、竽笙之声,以为不乐也;非以刻镂华文章之色,以为不美也;

非以犓豢煎炙之味,以为不甘也;非以高台厚榭邃野之居,以为不安也。虽身知其安也,口知其甘也,目知其美也,耳知其乐也,然上考之,不中圣王之事,下度之,不中万民之利。是故子墨子曰:"为乐非也。"(MZXG, p.160)

这段话中,墨子首先承认了音乐、文章、美味、华殿所带来的感官享受,但是在墨家政治观念中,这些充满美感的感官享受并非圣王所应推重之事,也不会为百姓谋得实际福利,故而理应"非之"。

相较而言,墨家对文的批判没有法家那么严厉,只是认为览其文而忘有用是主次颠倒的行为,而君王如若追求文,定会将国计民生抛到九霄云外。法家商鞅(约前390—前338)认为,追求文学会令百姓抛弃农战,因此提倡通过奖赏与重罚令人民追求农耕。

《商君书·外内》:

> 民之外事,莫难于战,故轻法不可以使之。奚谓轻法?其赏少而威薄,淫道不塞之谓也。奚谓淫道?为辩知者贵,游宦者任,文学私名显之谓也。三者不塞,则民不战而事失矣。故其赏少,则听者无利也;威薄,则犯者无害也。故开淫道以诱之。而以轻法战之,是谓设鼠而饵以狸也,亦不几乎! 故欲战其民者,必以重法;赏则必多,威则必严;淫道必塞;为辩知者不贵,游宦者不任,文学私名不显。赏多威严,民见战赏之多则忘死,见不战之辱则苦生。赏

使之忘死,而威使之苦生,而淫道又塞,以此遇敌,是以百石之弩射飘叶也,何不陷之有哉?(*SJS*, p.37)

该段将善于游说论辩的文学私客与从军征战者分立为二,并将前者贬低为淫逸之道,主张对其轻赏薄禄,削弱权限,减少对万民的吸引力。而对于征战的军事力量,法家将其视为国家对外政策的重中之重,为了能驱使、调动万民从军参战,便更须轻赏"淫道",重赏从军者。

《商君书·君臣》:

> 臣闻道民之门,在上所先。故民可令农战,可令游宦,可令学问,在上所与。上以功劳与则民战;上以诗书与则民学问。民之于利也,若水于下也,四旁无择也。民徒可以得利而为之者,上与之也。嗔目扼腕而语勇者得,垂衣裳而谈说者得,迟日旷久、积劳私门者得,尊向三者,无功而皆可以得。民去农战而为之,或谈议而索之,或事便辟而请之,或以勇争之。故农战之民日寡,而游食者愈众,则国乱而地削,兵弱而主卑。此其所以然者,释法制而任名誉也。(*SJS*, pp.38–39)

农与战分别是法家政治理念中的对内、对外的两大核心。这段文字再次强调了作为一国君主,在选择治国政策时,如果令其国民讲习诗书、四处游宦,便会滋长其博求虚名、好逸恶劳等恶习,国之农耕与征战则会缺乏人力,最终令国力衰败。

韩非子(约前280—前233)的观点与商鞅没有很大差异,但吸收融合了墨、道二家的观点。他赞同墨家,认为以文治国是本末颠倒,并且用买椟还珠的例子说明喧宾夺主的危害:

《韩非子·问辩》:

> 今听言观行,不以功用为之的彀,言虽至察,行虽至坚,则妄发之说也。是以乱世之听言也,以难知为察,以博文为辩;其观行也,以离群为贤,以犯上为抗。人主者说辩察之言,尊贤抗之行,故夫作法术之人,立取舍之行,别辞争之论,而莫为之正。是以儒服带剑者众,而耕战之士寡;坚白无厚之词章,而宪令之法息。故曰:"上不明,则辩生焉。"(*HFZXJZ*, pp.950-951)

这里批判当时的儒家和名家之士,言论虽明察,行为虽刚正,然而只是长于博文擅辩,其言行实为无实际功用的犯上妄言。人主却以此才能者为贤德之人,如此一来只会催生更多诡辩胡言,以下犯上之辈,非但不能产生实用,还会扰乱法令。

《韩非子·说林上》:

> 楚王谓田鸠曰:"墨子者,显学也。其身体则可,其言多而不辩,何也?"曰:"昔秦伯嫁其女于晋公子,令晋为之饰装,从衣文之媵七十人。至晋,晋人爱其妾而贱公女。此可谓善嫁妾而未可谓善嫁女也。楚人有卖其珠于郑者,为木兰之柜,薰以桂椒,缀以珠玉,饰以玫瑰,辑以翡翠。

> 郑人买其椟而还其珠,此可谓善卖椟矣,未可谓善鬻珠也。今世之谈也,皆道辩说文辞之言,人主览其文而忘有用。墨子之说,传先王之道,论圣人之言以宣告人。若辩其辞,则恐人怀其文忘其直,以文害用也。此与楚人鬻珠、秦伯嫁女同类,故其言多不辩。"(*HFZXJZ*, p.668)

这段文字举出买椟还珠的寓言,再次批评当世的辩说文辞炫人耳目而无实用,并对同样持此看法的墨家表示认同。

《韩非子·五蠹》:

> 儒以文乱法,侠以武犯禁,而人主兼礼之,此所以乱也。夫离法者罪,而诸先生以文学取;犯禁者诛,而群侠以私剑养。故法之所非,君之所取;吏之所诛,上之所养也。法趣上下,四相反也,而无所定,虽有十黄帝不能治也。故行仁义者非所誉,誉之则害功;文学者非所用,用之则乱法。……然则为匹夫计者,莫如修行义而习文学。行义修则见信,见信则受事;文学习则为明师,为明师则显荣;此匹夫之美也。然则无功而受事,无爵而显荣,为有政如此,则国必乱,主必危矣。(*HFZXJZ*, pp.1104−1105)

这里再次指出当时儒者以文章学问扰乱法纪,反而受君主重用,游侠武士违反禁令,却能得到贵族重视而被豢养,这两类人明明违背吏法,非但不受惩罚,反而都被统治者看重,由此吸引更多国民从事文章学术之事,如此便会令法纪威严受损,乃至危害国家与君主。

《韩非子·解老》则表示对道家反文立场的认同:

> 礼为情貌者也,文为质饰者也。夫君子取情而去貌,好质而恶饰。夫恃貌而论情者,其情恶也;须饰而论质者,其质衰也。何以论之？和氏之璧,不饰以五采,隋侯之珠,不饰以银黄,其质至美,物不足以饰之。夫物之待饰而后行者,其质不美也。是以父子之间,其礼朴而不明,故曰:"礼薄也。"凡物不并盛,阴阳是也。理相夺予,威德是也。实厚者貌薄,父子之礼是也。由是观之,礼繁者实心衰也。然则为礼者,事通人之朴心者也。众人之为礼也,人应则轻欢,不应则责怨。今为礼者事通人之朴心,而资之以相责之分,能毋争乎？有争则乱,故曰:"夫礼者,忠信之薄也,而乱之首乎。"(HFZXJZ, pp.379-380)

道家认为"礼"对"情"而言只是外貌,"文"对"质"也只是装饰,因而主张"取情而去貌,好质而恶饰"。韩非子对此表示认同,并进一步认为对繁缛之礼非但不会助于社会秩序与人际关系的维护,反而易引发人事纷争,早已违背行礼原本的朴实初心。

相较于墨家和法家,道家则从哲学角度批判儒家崇文的立场。庄子(约前369—约前286)认为,人的本质是自然,任何伦理道德都意味着人离开了自身本质,当人堕落到一定程度才会出现道德伦理,再进一步才会出现礼乐,因此得出了"以文害道"的结论。

《庄子·缮性》：

> 古之人,在混芒之中,与一世而得澹漠焉。当是时也,阴阳和静,鬼神不扰,四时得节,万物不伤,群生不夭,人虽有知,无所用之,此之谓至一。当是时也,莫之为而常自然。逮德下衰,及燧人伏羲始为天下,是故顺而不一。德又下衰,及神农黄帝始为天下,是故安而不顺。德又下衰,及唐虞始为天下,兴治化之流,澆淳散朴,离道以为,险德以行,然后去性而从于心。心与心识知,而不足以定天下,然后附之以文,益之以博。文灭质,博溺心,然后民始惑乱,无以反其性情而复其初。(ZZJZJY, pp.404-405)

这段话描绘了上古早期社会意识形态从自然和静到德化渐衰的演进趋势,至春秋战国时更附以浮华文饰和所谓的各家学说,最终湮灭原初的质朴本心,令百姓迷惑纷乱。

《庄子·骈拇》：

> 是故骈于明者,乱五色,淫文章,青黄黼黻之煌煌非乎?而离朱是已。多于聪者,乱五声,淫六律,金石丝竹黄钟大吕之声非乎?而师旷是已。枝于仁者,擢德塞性以收名声,使天下簧鼓以奉不及之法非乎?而曾史是已。骈于辩者,累瓦结绳窜句棰辞,游心于坚白同异之间,而敝跬誉无用之言非乎?而杨墨是已。故此皆多骈旁枝之道,非天

下之至正也。(ZZJZJY, pp.231-232)

多余或过度的视力、听力,乃至仁德、辩才,不仅不会有所助益,反而会炫人耳目,流于浮名,陷于诡辩,由此推导,《庄子》认为,"文"之于社会,也如这些骈拇旁枝一样,是超出本体、溢出本性的多余之物,不可能合乎天下正道。

《庄子·胠箧》:

> 故绝圣弃知,大盗乃止;擿玉毁珠,小盗不起;焚符破玺,而民朴鄙;掊斗折衡,而民不争;殚残天下之圣法,而民始可与论议。擢乱六律,铄绝竽瑟,塞师旷之耳,而天下始人含其聪矣;灭文章,散五采,胶离朱之目,而天下始人含其明矣;毁绝钩绳而弃规矩,攦工倕之指,而天下始人含其巧矣。削曾史之行,钳杨墨之口,攘弃仁义,而天下之德始玄同矣。彼人含其明,则天下不铄矣;人含其聪,则天下不累矣;人含其知,则天下不惑矣;人含其德,则天下不僻矣。彼曾、史、杨、墨、师旷、工倕、离朱,皆外立其德而以爚乱天下者也,法之所无用也。(ZZJZJY, pp.259-260)

这段言论可谓将对智巧的反对推向极致,乃至于要将所谓的"圣法"、"智慧"、所有耳目声色之娱、统治者建立的社会礼法道德规范都统统打破摈弃,这样才能实现道家所尊崇的原初本性。而同样被认为会迷乱世众、虚伪粉饰的"文",也在被反对的对象里。

【第三章第一节参考书目】

冯友兰著:《中国哲学简史》,北京:新世界出版社,2004年,第47—48、130—132、140—141页。

钱穆著:《国学概论》,北京:九州出版社,2011年,第41—61页。

钱穆著:《墨子 惠施公孙龙》,北京:九州出版社,2011年,第29—32页。

张少康著:《先秦诸子的文艺观》,第1版,上海:上海文艺出版社,1981年。参"四 墨子从狭隘功利观点出发的反文艺思想",第58—71页;"六 崇尚自然、神化的庄子文艺思想",第93—127页;"八 韩非子'以功用为之的彀'的文艺思想",第151—167页。

Denecke, Wiebke(魏朴和). *The Dynamics of Masters Literature: Early Chinese Thought from Confucius to Han Feizi*. Cambridge, Mass.: Harvard University Asia Center for the Harvard-Yenching Institute, 2010.

Goldin, Paul R., ed. *Dao Companion to the Philosophy of Han Fei*. Dordrecht, Netherlands: Springer, 2013.

Graham, A. C., trans. *Chuang-tzu: The Inner Chapters*. London: Mandala, 1991.

Pines, Yuri. *Envisioning the Eternal Empire: Chinese Political Thought of Warring States Era*. Honolulu: University of Hawai'i Press, 2009.

第二节　荀子论文:修身、治国、道管、垂文

在战国儒家思想家中,"文"的最坚定捍卫者非荀子莫属。他将礼义、典籍、音乐视为"文"的核心内容,并在个人修身、国家治理、天下之道三个层次阐述"文"至高无上的价值和作用。他认为,"被文学,服礼义"是培养"天下列士"的唯一途径,而经

过"文"陶冶的人必定是温良恭俭让的君子,可望成为天下之"至文"。就治国而言,"不美不饰之不足以一民",也就是说,国君若不将"文"推至天下生民,国家就不可能走向富强。古圣以文治天下,故为"道之管",即道之枢纽,同时道又通过传达古圣之志、记载古圣言行的五经垂文天下。

荀子如此打通天下之道、圣人、五经,系为汉代王充(27—约97)讨论文道关系张本,更为梁刘勰(约465—约520或532)《文心雕龙》的原道论提供了"道—圣—文"架构的雏形。另外,将五经与天下之道视为一体,这观点无疑是《荀子·正名》所阐述的言语实有论之回响。

《荀子·大略》:

> 人之于文学也,犹玉之于琢磨也。《诗》曰:"如切如磋,如琢如磨。"谓学问也。和之璧,井里之厥也,玉人琢之,为天子宝。子赣、季路,故鄙人也,被文学,服礼义,为天下列士。(XZJJ, juan 19, p.508)

荀子在此用琢磨宝玉类比于文学对人的助益,子贡等孔门弟子,原为乡野鄙人,但在文学礼义的熏养教化下,蜕变为有声望的国士,由此可见其对文学价值的推重。

《荀子·不苟》:

> 君子宽而不僈,廉而不刿,辩而不争,察而不激,寡立而不胜,坚强而不暴,柔从而不流,恭敬谨慎而容。夫是之

谓至文。《诗》曰:"温温恭人,惟德之基。"此之谓矣。
(XZJJ, juan 2, pp.40-41)

对于儒家修身楷模的"君子",荀子描绘出其具体品格特质,而这些"恭敬谨慎而容"的中庸德行,被称为"至文",可见"文"在荀子这里已不仅是一种外在的修饰,更是内在品性的综合体现。

荀况《荀子·富国》:

> 故先王圣人为之不然。知夫为人主上者不美不饰之不足以一民也,不富不厚之不足以管下也,不威不强之不足以禁暴胜悍也。故必将撞大钟、击鸣鼓、吹笙竽、弹琴瑟以塞其耳,必将锢琢、刻镂、黼黻、文章以塞其目,必将刍豢稻粱、五味芬芳以塞其口。然后众人徒、备官职、渐庆赏、严刑罚以戒其心。使天下生民之属皆知己之所愿欲之举在是于也,故其赏行;皆知己之所畏恐之举在是于也,故其罚威。赏行罚威,则贤者可得而进也,不肖者可得而退也,能不能可得而官也。若是,则万物得宜,事变得应,上得天时,下得地利,中得人和,则财货浑浑如泉源,汸汸如河海,暴暴如丘山,不时焚烧,无所臧之,夫天下何患乎不足也?故儒术诚行,则天下大而富,使而功,撞钟击鼓而和。《诗》曰:"钟鼓喤喤,管磬玱玱,降福穰穰,降福简简,威仪反反。既醉既饱,福禄来反。"此之谓也。故墨术诚行则天下尚俭而弥贫,非斗而日争,劳苦顿萃而愈无功,愀然忧戚非乐而

日不和。《诗》曰:"天方荐瘥,丧乱弘多,民言无嘉,憯莫惩嗟。"此之谓也。(XZJJ, juan 6, pp.186-188)

针对墨家的尚简观念及其对儒家礼义文饰的批判,荀子坚持强调外在物质声色等美饰对国家统治的重要性,并逐一举出音乐、藻饰、美味等条件的优渥能激发百姓的向往进取之心,从而促使天下皆富。这也说明荀子眼中"文"的作用不限于对个人修养的完善,其正面效应还可推及整个社会。

《荀子·儒效》:

> 道者,非天之道,非地之道,人之所以道也,君子之所道也。(XZJJ, p.122)
>
> 圣人也者,道之管也。天下之道管是矣,百王之道一是矣,故《诗》《书》《礼》《乐》之归是矣。《诗》言是,其志也;《书》言是,其事也;《礼》言是,其行也;《乐》言是,其和也;《春秋》言是,其微也。故《风》之所以为不逐者,取是以节之也;《小雅》之所以为《小雅》者,取是而文之也;《大雅》之所以为《大雅》者,取是而光之也;《颂》之所以为至者,取是而通之也:天下之道毕是矣。乡是者臧,倍是者亡。乡是如不臧,倍是如不亡者,自古及今,未尝有也。(XZJJ, juan 4, pp.133-134)

这两段可看作是刘勰原道思想之滥觞,这里有几个方面值得注意:第一,荀子强调的是"人道",而非"天道"或"地道",《文心雕龙》则将三者加以结合考虑,并认为"人道"胜于"天道"和"地道"。第二,荀子认为五经是圣人所作,因此认为"圣人也者,道之管也"。第三,荀子这里对《诗经》的评语值得注意。他认为"《风》之所以为不逐者,取是以节之也",有的解释认为《风》本身有节奏控制,也有人解释为《风》可以有助于节制性情,达到引导性情表达,是性情表达的楷模之意。因此这里的"节之"从内容上说,可以解为"乐而不淫,哀而不伤"之意,从艺术表现上也可以解释为其有助于节奏的艺术表现。这两种解释似乎都可。首先,后面荀子认为"《大雅》之所以为《大雅》者,取是而光之也",主要是从内容上评价《大雅》可以广大道德,可见荀子对《诗经》的评价不出"乐而不淫哀而不伤"。而从语言和表达形式上解释也可,因为荀子对《小雅》的评价则是"《小雅》之所以为小者,取是而文之也",主要着眼于语言表达、文采修饰,因此也可理解为荀子主要认为,《诗经》的特殊性和其主要的艺术手法有密切关系,由此可以推言带有文学性的作品也可成为天下之道的表达。这样理解,可以为后代刘勰《文心雕龙》提供思想资源。

荀况《荀子·正名》:

> 名无固宜,约之以命。约定俗成谓之宜,异于约则谓之不宜。名无固实,约之以命实,约定俗成谓之实名。名有固善,径易而不拂,谓之善名。(*XZJJ*, *juan* 16, p.420)
>
> 名闻而实喻,名之用也。累而成文,名之丽也。用、丽俱得,谓之知名。名也者,所以期累实也。辞也者,兼异实

之名以论一意也。辨说也者,不异实名以喻动静之道也。期命也者,辨说之用也。辨说也者,心之象道也。心也者,道之工宰也。道也者,治之经理也。心合于道,说合于心,辞合于说,正名而期,质请而喻。辨异而不过,推类而不悖,听则合文,辨则尽故。以正道而辨奸,犹引绳以持曲直。(XZJJ, juan 16, pp.422-423)

荀子在这里从名与实的约定俗成关系入手,当名有了实有的指向,所称之实就能得以彰显,名称连缀一体便能形成文章。以语言为媒介的名称、言语,乃至辩说,足以勾联各类事物,阐明各种实有概念,并且使名实对应有序而不相乱,由此一来,正名即可辨明曲直奸邪。

【第三章第二节参考书目】

季镇淮著:《来之文录》,第 1 版,北京:北京大学出版社,1992 年,《"文"义探源》,第 19—36 页。

胡适著:《先秦名学史》,第四编《进化和逻辑》,《胡适文集》第 6 册,北京:北京大学出版社,1998 年,第 129—136 页。

郭绍虞著:《中国文学批评史》,第 1 版,北京:中华书局,1999 年,第 26—28 页。

王运熙、顾易生主编:《中国文学批评通史·先秦两汉卷》,上海:上海古籍出版社,2011 年,122—151 页。

Fung, Yu-lan. *A History of Chinese Philosophy*. Vol. 1, The Period of the Philosophers. Translated by Derk Bodde. Princeton, NJ: Princeton University Press, 1952.

Graham, Angus C. *Disputers of the Tao: Philosophical Argument in Ancient China*. La Salle, IL: Open Court, 1989.

Knoblock, John. *Xunzi: A Translation and Study of the Complete Works*. 3 vols. Stanford, CA: Stanford University Press, 1988, 1990, and 1994.

Schwartz, Benjamin I. *The World of Thought in Ancient China*. Cambridge, MA: Harvard University Press, 1985.

第三节 《系辞传》的文字本质说

语言之文——儒家关于"文"的讨论是十分全面且较为深入的。与文学论有关且最值得注意的内容,是关于语言文字的讨论。反对"文"的墨、法、道家对文字自然是没有详尽的论述。所以,儒家关于文字、语言的讨论难得的详尽全面。其中最值得关注的是《荀子·正名篇》的论述和《系辞传》关于文学起源的讨论。正如上节所示,荀子的讨论是从语言词汇应用的角度来分析,文字依赖于约定俗成的语言习惯,一旦这种约定俗成的语言使用习惯形成,语言就有了准确反映事物的能力,最终,语言能够拥有准确论辩乃至揭示事物发展内在规律的能力。《系辞传》在讨论《周易》的意义时,讲述了圣人如何创造八卦,以及圣人创造八卦时和宇宙的关系。这种揭示宇宙秘密的《易经》,可以在语言文字中揭示出"道"。

《系辞传》的文学意义则在于提供更加明晰的"道—圣—文"的理论框架。此篇巧妙地运用河图洛书、伏羲造八卦等传说,对书写符号加以神秘化和本质化,从而把早期儒家所持的名实相通的观点提升为文字本质论。

《周易·系辞》：

> 《易》与天地准，故能弥纶天地之道。仰以观于天文，俯以察于地理，是故知幽明之故；原始反终，故知死生之说；精气为物，游魂为变，是故知鬼神之情状。与天地相似，故不违；知周乎万物而道济天下，故不过；旁行而不流，乐天知命，故不忧；安土敦乎仁，故能爱。范围天地之化而不过，曲成万物而不遗，通乎昼夜之道而知，故神无方而《易》无体。（ZYZY, *juan* 7, p.77）

这段认为《易》是比拟天地之道而创作出来的，《易》之无体即比拟天地间神之无方。

> 是故《易》有太极，是生两仪。两仪生四象。四象生八卦。八卦定吉凶，吉凶生大业。是故法象莫大乎天地；变通莫大乎四时；县象著明莫大乎日月；崇高莫大乎富贵；备物致用，立成器以为天下利，莫大乎圣人。探赜索隐，钩深致远，以定天下之吉凶，成天下之亹亹者，莫大乎蓍龟。（ZYZY, *juan* 7, p.82）

这里认为《易》是天地之道的直接呈现，因此《易》中有太极，可生两仪、四象、八卦。而这段也描绘了圣人制《易》的过程，强调《易》之所以为神物，是因为来自于天地之道。上段认为《易》等同于天地之道，这里解释了《易》等同于天地之道的几个方面：

《易》来自产生于自然的河图、洛书,而圣人根据这些自然符号,创制出《易》这样的人文符号,由于产生于自然,因此《易》能表现出天地之道。

> 是故,天生神物,圣人则之;天地变化,圣人效之;天垂象,见吉凶,圣人象之;河出图,洛出书,圣人则之。《易》有四象,所以示也。系辞焉,所以告也;定之以吉凶,所以断也。(ZYZY, juan 7, p.82)

由于长期以来很少人相信图形符号和语言是传道的工具,《系辞传》的作者必须提供有说服力的论证来支持其观点,即《易》直接呈现出天道、地道和人道。在论证过程中,他们巧妙利用了有关《易》的起源的传说。通过重新讲述八卦(《易》最古老的层次)起源的传说,他们确认了自然是《易》的最初起源。八卦由半人半兽的伏羲所创造,这个故事是以天赐河图、洛书之说为基础的[1]。于是,通过重复文王和周公制作八卦和卦爻辞的故事,作者证实了《易》的次要的人类起源[2]。通过强调《易》的双重起源,作者试图让我们相信,《易》的存在超越了自然界和人类世界之间的界限。就这点而言,它不是天道、地道和人道的模仿再现,而是三者的直接呈现。因此,他们尊崇《易》为"神物"[3],并宣称"易,无思也,无为也"[4]。《易》将自然法则和

---

1 《系辞传》,《周易正义》,《十三经注疏》第1册,第82页。
2 《系辞传》,《周易正义》,《十三经注疏》第1册,第90页。
3 《系辞传》,《周易正义》,《十三经注疏》第1册,第82页。
4 《系辞传》,《周易正义》,《十三经注疏》第1册,第81页。

人类创造结合起来,并因此成为了某种"第二自然",拥有规范天地和决定人类世界道德、社会、政治秩序的最高权力。

> 古者包牺氏之王天下也,仰则观象于天,俯则观法于地,观鸟兽之文与地之宜,近取诸身,远取诸物,于是始作八卦。(ZYZY, *juan* 8, p.86)

这段与上段类似,常被后人引用。说的也是古人制八卦的方法,除了依照河图、洛书而成以外,圣人也观察自然而作八卦。

> 《易》之为书也,广大悉备。有天道焉,有人道焉,有地道焉。兼三才而两之,故六。六者非它也,三才之道也。道有变动,故曰爻;爻有等,故曰物;物相杂,故曰文;文不当,故吉凶生焉。(ZYZY, *juan* 8, p.90)

《系辞传》作者称图形符号和语言文字中有天道、地道和人道,显然背离传统道家和儒家有关符号、语言、宇宙论的观点。老子、庄子等道家思想家再三强调语言文字不可能传达最终的现实,更不用说呈现它。尽管孔子对语言持一种相对积极的态度,但在《论语》中,他也远没有将人类历史的道等同于图形符号和甲骨卜辞之文。孔子对道之文最具体的探讨是他对周代的评论:"周监于二代,郁郁乎文哉。"[1] "文王既没,文不在兹

---

[1] 《论语译注》,第 28 页。

乎！"[1]毫无疑问，道之文是孔子内心珍视的崇高的抽象理念，而非占卜符号和文辞之文。

毋庸置疑，《系辞传》的文字本质论是刘勰原道论、唐宋"文以贯道"论以及各种相关书论、画论赖以立论的理论根据。

【第三章第三节参考书目】

陈鼓应著：《易传与道家思想》，北京：三联书店，1996年。

陈良运著，张岱年编：《周易与中国文学》，第1版，南昌：百花洲文艺出版社，1999年。参第五章《"六爻发挥，旁通情也"——〈周易〉的文学思维》，第96—119页。

Legge, James, and Clae. Waltham. *I Ching: The Chinese Book of Changes*. New York：Ace Pub., 1969.

Lynn, Richard John. *The Classic of Changes: A New Translation of the I Ching as Interpreted by Wang Bi*. New York：Columbia University Press, 2004.

Peterson, Willard J.. "Making Connections：'Commentary on the Attached Verbalizations' of the *Book of Changes*," *Harvard Journal of Asiatic Studies* 42.1（1982）：77‑79.

第四节　儒家论音乐：人本质之"情"、情感之"情"与化人

在战国时期，讨论音乐的形式已从先前典籍的零碎记载演变为专论，其中最为重要的是郭店楚简《性自命出》《荀子·乐

---

[1]《论语译注》，第88页。

论》《礼记·乐记》。

《性自命出》是一篇哲学专论,于 1993 年被发现,后被考古学家确定写成于公元前 300 年左右。它的内容也见于上博简中,似乎证明它在当时已有颇大的影响力。从时间上来看,《性自命出》篇应在荀子(约前 313—约前 238)之前,大约与孟子(在世则早于荀子六十年左右)同时。大体来说,《性自命出》不像另外三部典籍那样缜密而全面,行文的风格亦较为朴素,论证时基本不用排比、骈对的形式。《性自命出》篇主要探讨性与物、情与性、情与志这几对重要概念的关系,同时也涉及礼、乐的论题。不过,该篇对这些概念的阐述与《荀子·乐论》《礼记·乐记》的观点往往大相径庭,其中对人的本质之情与喜怒哀悲(即情感之情)之关系的论述尤其如此。可以说,它对喜怒哀悲之情是全面的、毫无保留的肯定,不仅赞许了乐和悲的审美的价值,将其与本质之情相联系,甚至称"喜怒哀悲之气,性也"。这几乎是说,音乐中表达的情感与人本质之情、性是相同的。

较之《性自命出》,荀子《乐论》对情感之情的态度更为保守。虽然他用音训将音乐定义为乐(lè),但强调他所肯定的"乐"是经过先王《雅》《颂》雅乐引导净化的。对于平民的好恶之情,他是极为警惕的,担忧它们诱发"奸声感人而逆气应之,逆气成象而乱生焉"(§039)。正因如此,他在整篇文章之中反复陈述雅乐如何在征诛揖让、军旅祭祀等场合引导净化情感,带来文治武功之伟绩,从而证明墨子非乐之谬误。

《乐记》与《乐论》,成书孰先孰后,谁影响了谁,历来争议不休。但从对情感态度变化而言,我们可以看到从《性自命出》近乎全盘肯定,到《乐论》局部否定,再到《乐记》全部否定的轨迹,而《乐记》这种对情感的全盘否定与董仲舒(前179—前104)等汉儒对情的定义是相吻合的。值得注意的是,《乐记》反复将雅乐以外的音乐所表达的情感等同于人欲,并把它从本质之情、性、志彻底分割出来,视之为"人化物也者,灭天理而穷人欲者也"(见《文学论评选》§040)。

《性自命出》:

> 凡人虽有性,心无定志,待物而后作,待悦而后行,待习而后定。喜怒哀悲之气,性也。及其见于外,则物取之也。性自命出,命自天降。道始于情,情生于性。始者近情,终者近义。知情出之,知义者能入之。好恶,性也。所好所恶,物也。善不。所善所不善,势也。(*GDCJJDJ*, p.136)

《性自命出》论谈"情"的地方很多,常常把它与"性"放在一起讨论。此条便认为"道始于情,情生于性。始者近情,终者近义",认为"情"来自于"性",这一观点与《礼记·乐记》中的观点便大为不同(见《文学论评选》§040)。

《性自命出》:

> 君子美其情,贵[其义],善其节,好其容,乐其道,悦其教,是以敬焉。(*GDCJJDJ*, p.137)

郭店楚简《性自命出》对"情"或质美的肯定,也可由"情"与其他美德的列举中得见。这里"情"和其他美德——如"义""节"

等在一起平行列举。

> 忠,信之方也。信,情之方也,情出于性。(*GDCJJDJ*, p.138)

这里再次重申了"情生于性",并且认为"信"来源于"情","忠"又是来源于"信"。因此这里对情的肯定,是把它当作忠信这类美德的源头。

> 未言而信,有美情者也。未教而民恒,性善者也。未赏而民劝,贪富者也。未刑而民畏,有心畏者也。贱而民贵之,有德者也。(*GDCJJDJ*, pp.138-139)

这里再次对"情"与其它特质加以平行列举,再次排列了一系列的美德,并将"情"与之并列,和前面第八条类似,将"情"的地位加以提高。

> 凡至乐必悲,哭亦悲,皆至其情也。哀、乐,其性相近也,是故其心不远。哭之动心也,浸杀,其烈恋恋如也,戚然以终。乐之动心也,浚深郁陶,其烈则流如也以悲,悠然以思。(*GDCJJDJ*, p.137)

这一段则列举了一系列不同的声音和情感。第十一条中,我们看到"情"的审美感召力,"凡至乐必悲,哭亦悲,皆至其情也",

因为有"情","哭"与"乐"才会具有强大的审美感召力和感染力。

> 凡声其出于情也信,然后其入拨人之心也够。闻笑声,则鲜如也斯喜。闻歌谣,则陶如也斯奋。听琴瑟之声,则悸如也斯叹。观《赉》《武》,则齐如也斯作。观《韶》《夏》,则勉如也斯敛。咏思而动心,蒈如也,其居次也久,其反善复始也慎,其出入也顺,始其德也。郑卫之乐,则非其声而从之也。(GDCJJDJ, p.137)

楚简《性自命出》对"情"的探讨可以和后代对"情"的讨论进行参照。如六朝谈"情"时主要讨论了"情"本身的审美意义,郭店楚简则主要讨论"情"的感人力量。当《礼记·乐记》对"性之欲"加以批判时,自然无法发现"情"的感人力量。这里我们可以看到"凡声其出于情也信",即只有生于本性之情的声音才会对听者有感召力。(补充参考:李零:《郭店楚简校读记》,北京:中国人民大学出版社,2007年;刘昕岚:《郭店楚简〈性自命出〉篇笺释》,收入《郭店楚简国际学术研讨会论文集》,武汉:湖北人民出版社,2000年,第330—354页。)

《荀子·乐论》:

> 夫乐者,乐也,人情之所必不免也,故人不能无乐。乐则必发于声音,形于动静,而人之道,声音、动静、性术之变尽是矣。故人不能不乐,乐则不能无形,形而不为道,则不能无乱。先王恶其乱也,故制《雅》《颂》之声以道之,使其

声足以乐而不流,使其文足以辨而不諰,使其曲直、繁省、廉肉、节奏足以感动人之善心,使夫邪污之气无由得接焉。是先王立乐之方也,而墨子非之,奈何!

故乐在宗庙之中,君臣上下同听之,则莫不和敬;闺门之内,父子兄弟同听之,则莫不和亲;乡里族长之中,长少同听之,则莫不和顺。故乐者,审一以定和者也,比物以饰节者也,合奏以成文者也,足以率一道,足以治万变。是先王立乐之术也,而墨子非之,奈何!故听其《雅》《颂》之声,而志意得广焉;执其干戚,习其俯仰屈伸,而容貌得庄焉;行其缀兆,要其节奏,而行列得正焉,进退得齐焉。故乐者,出所以征诛也,入所以揖让也。征诛揖让,其义一也。出所以征诛,则莫不听从;入所以揖让,则莫不从服。故乐者,天下之大齐也,中和之纪也,人情之所必不免也。是先王立乐之术也,而墨子非之,奈何!

且乐者,先王之所以饰喜也;军旅鈇钺者,先王之所以饰怒也。先王喜怒皆得其齐焉。是故喜而天下和之,怒而暴乱畏之。先王之道,礼乐正其盛者也,而墨子非之。

乐者,圣人之所乐也,而可以善民心,其感人深,其移风易俗,故先王导之以礼乐而民和睦。夫民有好恶之情而无喜怒之应则乱。先王恶其乱也,故修其行,正其乐,而天下顺焉。故齐衰之服,哭泣之声,使人之心悲;带甲婴轴,歌于行伍,使人之心伤;姚冶之容,郑、卫之音,使人之心淫;绅端章甫,舞《韶》歌《武》,使人之心庄。故君子耳不听淫声,目不视女色,口不出恶言。此三者,君子慎之。

> 凡奸声感人而逆气应之,逆气成象而乱生焉;正声感人而顺气应之,顺气成象而治生焉。唱和有应,善恶相象,故君子慎其所去就也。君子以钟鼓道志,以琴瑟乐心,动以干戚,饰以羽旄,从以磬管。故其清明象天,其广大象地,其俯仰周旋有似于四时。故乐行而志清,礼修而行成,耳目聪明,血气和平,移风易俗,天下皆宁,美善相乐。故曰:乐者,乐也。君子乐得其道,小人乐得其欲。以道制欲,则乐而不乱;以欲忘道,则惑而不乐。故乐者,所以道乐也。金石丝竹,所以道德也。乐行而民乡方矣。故乐者,治人之盛者也,而墨子非之。(XZJJ, juan 14, pp.379-382)

这几段文字可谓从多个场域综合论定乐的功用价值,并以之层层反驳墨子非乐的主张。乐在宗庙、闺门、乡里、行伍等等皆可由声音的动静调理而致谐和,使民心向善、移风易俗,乃至统一人事各种标准和原则,以治万变。文论著作和文论史对荀子思想的关注比不上对孟子等人的关注。但就历史影响而言,孟子的"以意逆志"说要到宋代之后才产生巨大影响,而在汉唐批评传统中,荀子对汉儒的影响其实更大。

《礼记·乐记》:

> 凡音之起,由人心生也。人心之动,物使之然也。感于物而动,故形于声。声相应,故生变,变成方谓之音。比音而乐之,及干戚羽旄,谓之乐。乐者,音之所由生也,其本在人心之感于物也。是故其哀心感者,其声噍以杀;其乐心感者,其声

啴以缓;其喜心感者,其声发以散;其怒心感者,其声粗以厉;其敬心感者,其声直以廉;其爱心感者,其声和以柔。六者非性也,感于物而后动。是故先王慎所以感之者。故礼以道其志,乐以和其声,政以一其行,刑以防其奸。礼乐刑政其极一也;所以同民心而出治道也。(*LJZY, juan* 37，p.2527)

《礼记·乐记》中"人心之动,物使之然也",读起来和《性自命出》第一条中"待物而后作"类似,然而《礼记·乐记》随后描述了"感于物而动"产生的六种声音:"哀心""乐心""喜心""怒心""敬心""爱心",这六种声音就是六种"情"的不同反映。因此"感于物"之后,心为之所动,便能发出不同的声音。然而"六者,非性也",认为虽然这六种声音是心感于物动而生,但是并非"本性",因此"先王慎所以感之者。故礼以道其志,乐以和其声,政以一其行,刑以防其奸"。

人生而静,天之性也。感于物而动,性之欲也。物至知知,然后好恶形焉。好恶无节于内,知诱于外,不能反躬,天理灭矣。夫物之感人无穷,而人之好恶无节,则是物至而人化物也。人化物也者,灭天理而穷人欲者也。于是有悖逆诈伪之心,有淫泆作乱之事。是故强者胁弱,众者暴寡,知者诈愚,勇者苦怯,疾病不养,老幼孤独不得其所,此大乱之道也。(*LJZY, juan* 37，p.1529)

"感于物而动,性之欲也",即不认为"感于物而动"是"性"本身,而只是"性之欲也"。这种"性之欲也"与"天理"联系在一起,"天理"若为"性之欲"所迷惑,则会"灭矣",后来朱熹等宋儒所说的"存天理,灭人欲"即源于此。

从以上分析可以看出《礼记·乐记》认为"情"是不可避免的,"情"是"性"的一部分;但是"欲"若不加以控制,则会令"天理"丧失;而"性"与"天理"关系密切。与之比较,郭店楚简《性自命出》则认为"性自命出,命自天降",而且"情"是生于"性"的。因此,楚简中"情"和"性"的联系恰恰与《礼记·乐记》中对"情""性"关系的讨论相反。

> 凡奸声感人,而逆气应之,逆气成象,而淫乐兴焉。正声感人,而顺气应之;顺气成象,而和乐兴焉。倡和有应,回邪曲直,各归其分;而万物之理,各以其类相动也。是故君子反情以和其志,比类以成其行。奸声乱色,不留聪明;淫乐慝礼,不接心术。惰慢邪辟之气,不设于身体,使耳目鼻口心知百体。皆由顺正,以行其义……故曰:乐者乐也。君子乐得其道,小人乐得其欲。以道制欲,则乐而不乱;以欲忘道,则惑而不乐。是故君子反情以和其志,广乐以成其教,乐行而民乡方,可以观德矣。德者,性之端也。乐者,德之华也。金石丝竹,乐之器也。诗,言其志也;歌,咏其声也;舞,动其容也。三者本于心,然后乐器从之。是故情深而文明,气盛而化神。和顺积中,而英华发外,唯乐不可以为伪。(*LJZY*, *juan* 38, p.1536)

这里认为"君子反情以和其志,比类以成其行",并在随后一段中加以阐明,第二段中强调了"君子反情以和其志",即通过对情的改造和过滤,君子即能够"和其志",而"诗言其志也,歌咏其声也,舞动其容也。三者本于心,然后乐气从之"一句则强调了诗歌所言的"志"是已经"反情"后的"志",即体现政治意愿的"志",如此才可以达到"情深而文明"的地步。其他传世文献也有类似的说法,如《荀子·乐论篇》开篇便认为"夫乐者,乐也,人情之所必不免也。故人不能无乐,乐则必发于声音,形于动静;而人之道,声音动静,性术之变尽是矣。"(见《文学论评选》§039)这里的"乐"也并没有与"性"相互结合讨论。

《礼记·乐记》:

> 凡音者,生人心者也。情动于中,故形于声。声成文,谓之音。是故治世之音,安以乐,其政和。乱世之音,怨以怒,其政乖。亡国之音,哀以思,其民困。声音之道,与政通矣。宫为君,商为臣,角为民,征为事,羽为物。五者不乱,则无怗懘之音矣。宫乱则荒,其君骄。商乱则陂,其官坏。角乱则忧,其民怨。征乱则哀,其事勤。羽乱则危,其财匮。五者皆乱,迭相陵,谓之慢。如此,则国之灭亡无日矣。郑卫之音,乱世之音也,比于慢矣。桑间濮上之音,亡国之音也,其政散,其民流,诬上行私而不可止也。(*LJZY*, *juan* 37, pp.1527–1528)

这段将音乐的生成机制细分为发乎人心,形之于外的几个层次:在情的推动下出为声,声情连缀而成有美感之音。接着,

《乐记》将音的生成直接与社会政治秩序的好坏挂钩,并将五音比类于君臣民事物,由此建立一套政治功用化的乐论体系。

【第三章第四节参考书目】

丁四新著:《郭店楚墓竹简思想研究》,北京:东方出版社,2000年,第四章《〈性自命出〉的心性论与学派归属》,第一节《〈性自命出〉的思想脉络》,第173—189页。

蔡仲德著:《〈乐记〉音乐思想述评》,载人民音乐出版社编辑部编:《〈乐记〉论辩》,第1版,北京:人民音乐出版社,1983年,第265—293页。

李天虹著:《郭店竹简〈性自命出〉研究》,武汉:湖北教育出版社,2003年,第82—106页。

李学勤著:《郭店简与〈乐记〉》,《中国哲学的诠释与发展:张岱年先生九十寿庆纪念文集》,北京:北京大学出版社,1999年,第23—28页。

李美燕著:《〈荀子·乐论〉与〈礼记·乐记〉中"情"说之辨析——兼与郭店竹简〈性自命出〉乐论之"情"说作比较》,《诸子学刊》第二辑(2009),第307—317页。

李零著:《郭店楚简校读记》,北京:中国人民大学出版社,2007年。

Scott Cook. "'Yue Ji' 乐记 — Record of Music: Introduction, Translation, Notes, and Commentary." *Asian Music* 26, no. 2 (1995): 1-96.

Perkins, Franklin. "Music and Affect: The Influence of the Xing Zi Ming Chu on the *Xunzi* and *Yueji*." *Dao: A Journal of Comparative Philosophy* 16, no. 3 (2017): 325-340.

Puett, Michael. "The Ethics of Responding Properly: The Notion of Qing in Early Chinese Thought." In *Love and Emotions in Traditional Chinese Literature*, edited by Halvor Eifring, 37-68. Leiden; Boston: Brill, 2004.

第四章　汉代文学论

现存汉代文籍中涉及文学论的材料不算多,论诗的有《毛诗序》、郑玄《诗谱序》,而有关文的论述主要散见于董仲舒(前179—前104)、扬雄(前53—18)、王充(27—约97)等人的哲学著作之中。在中国文论史上,《毛诗序》具有更为深远的意义,对后世儒家的文学论和理解论产生了无可比拟的影响。汉人论文的主要意义在于为刘勰创立原道说打下扎实的理论基础。

《毛诗序》分为大序和小序两个部分,《大序》即整部《诗经》的序言,介绍了《诗》"风""雅""颂"三大诗类的起源、地域、内容、风格诸方面;《小序》是对三百零五首诗分别加以简单的评述。《大序》和《小序》在写作形式上都有所创新。《大序》虽短,却是有史以来第一篇深入讨论诗歌的专文,打破了先秦文献中仅记载赋诗引诗具体活动和只言片语谈诗的局限,开创了以选集序言讨论文学的先例,使得序言很快成为中国文学批评的重要形式。在传统文献中,《小序》亦是另辟蹊径,把注意力转向寻找每一诗篇自身的意义,与春秋战国时期赋诗言己志、引诗喻义的做法截然不同。然而,楚简《孔子诗论》的发现让我们意识到,《小序》其实继承了《孔子诗论》所反映的从前读诗评诗的传统。《大序》与《孔子诗论》的格式一样,先举篇名,再定诗义。但就评诗的内容而言,两者有很大的不同。《孔子诗论》严格根据文本确定诗义,即寻找诗本意,而《大序》所给出的多是与文本无关的比喻意义,表达了评诗者对诗篇的道德诠释。

《大序》这篇短文就《诗》的起源、本质、功用都发表了精辟的见解,认为诗源于对社会和政治现实的反应,并把《诗》中国风、大小雅、颂与不同的道德、社会和政治现实相联系。同时,《大序》虽没有正面论及诗的本质,却颠覆了先秦文献中诗、乐、舞的附属关系。《大序》特别强调"诗言志"中"言"的核心地位,以之为显现内心之"志"的主要媒介。相较于《尧典》《左传》《周语》《乐记》等仅把诗看作歌乐舞引子的做法,《大序》已将诗之"言"改造为高于乐、舞的立论基础。只有当"言之不足"时,吟诵、咏歌和舞蹈才会依次出现。《大序》将言的重要性置于舞、乐、歌之上,在中国批评史上尚属首次。《大序》还全面论述了《诗》的四大和谐功用,即可使人的内、外部生活和谐一致,可促进一国民众的和睦,可和睦君臣关系,可对民众施加道德影响。

《大序》全面探讨了《诗》的起源、本质、功用,从而将"诗言志"这一古老命题发展成内蕴丰富的教谕性文学论。这种文学论的兴起不但与汉代的社会和政治变化有关,也同样与论《诗》背景之变化有关。《左传》和《国语》对《诗》的论述,多是王侯及他国使者在宫廷活动的场合提出的,言者和听者面对着面,谁也不会采取一种居高临下的说教立场。因此,他们对诗的讨论是描述性的而非规范性的。他们通常尝试通过类比推理来说明乐和诗对社会、政治及自然过程的影响。相形之下,《大序》作者则充当文章中不露面的说话人,从君王到平民,所有人都是他说教的对象。"高高在上"的作者身份使他超越了宫廷礼仪场合论诗的局限,从而将《诗》重新构想为以言语交流为中心的话语形式。不仅如此,隐藏在文本后的作者身份还允许他站在儒家道德的高度,教导君王及其臣民如何运用《诗》。既然这种说教风格贯穿于《大序》之中,将其文学论定性为教谕性文学论是恰如其分的。

汉人从语言或文字的不同角度展开了对"文"的不同论述。这些论述似乎有一个共同的倾向,那就是对"文"加以本质化。董仲舒在其神学的框架里面解释语言的最终来源,认为"名"即有意志的天之"鸣"或"命",而"号"则是天之号令,均通过圣人之口发出。扬雄将文辞与《系辞传》本质化或神化的《易》卦划上等号。王充则致力于重构文质关系,把孔子所讲的道德品质与修养的关系一改为作者秉性与文章的关系,强调文质为一。所有这些本质主义的"文"说都为刘勰原道论和唐宋"文以贯道"论的建构打下了基础。

第一节　汉儒论《诗》:《诗大序》的教谕性文学论

汉儒论《诗》的核心文本当推《诗大序》。《诗大序》就《诗》的起源、本质、功用发表了精辟的见解。诗的起源在先秦文献中很少论及,但在《大序》中得以探讨。《大序》作者认为,诗起源于对社会和政治现实的反应,治世有"治世之音",乱世有"乱世之音"。他还把《诗》风、大小雅、颂与不同的道德、社会和政治现实相联系,认为"风"是个人对国情的回应,"是以一国之事,系一人之本,谓之风";"雅"则"言天下之事,形四方之风";"颂"源于对统治者"盛德"的赞美,"以其成功告于神明者也"。另外,著者还提到"变风""变雅",视之为沦丧的道德和混乱的社会政治秩序的产物。

《大序》虽然没有正面展开有关诗之本质的讨论,但它颠覆了先秦文献中诗与音乐舞蹈的附属关系。在阐述"诗言志"之古老命题时,《大序》特别强调"言"的核心作用:"诗者,志之所之也。在心为志,发言为诗。"(见《文学论评选》§042)他认为内心的"志"主要通过诗的语言形式得以明示。在《尧典》中,诗被置于吟诵、咏歌、演奏和舞蹈等活动之前,给人一种错觉,好像诗是最为重要的。但仔细想想,不难发现,诗只不过是歌、乐、舞表演的引子,只是一种原始材料,将相继转化为吟诵、咏歌、演奏和舞蹈。《左传》《周语》《乐记》涉及舞蹈不多,却采用了类似的价值标准,将乐的演奏置于语言表达之上,把诗的吟诵仅视为乐的一部分。与这些典籍相反,《大序》将诗置于中心位置,而音乐等活动只是对诗的语言表现的补充。为了证明"言"的核心作用,《大序》引用了《乐记》的一段话:"情动于中而形于言,言之不足,故嗟叹之,嗟叹之不足,故永歌之,永歌之不足,不知手之舞之、足之蹈之也。"(见《文学论评选》§042)这段话在《乐记》中只是个无关紧要的补充说明,但《大序》却把它改造为诗之"言"高于乐、舞的立论基础。只有当"言"不足以充分表达情感时,吟诵、咏歌和舞蹈才会依次出现。

乐和舞的边缘化在《大序》中是显而易见的,舞仅在上述《乐记》引文中提到,乐也未曾被予以专门探讨。事实上,即便作者从《乐记》中引述有关声、音的其它段落,似乎也只是要讨论言的声调是如何表达情感的:"情发于声,声成文谓之音。治世之音安以乐,其政和;乱世之音怨以怒,其政乖;亡国之音哀以思,其民困。"(见《文学论评选》§042)从上下文来看,作者心目中的"声"和"音"是言的调式,而非乐声、乐音。《大序》将言的重要性置于舞、乐、歌之上,这在中国批评史上尚属首次。

《诗大序》:

> 《关雎》,后妃之德也。风之始也,所以风天下而正夫妇也。故用之乡人焉,用之邦国焉。风,风也,教也,风以动之,教以化之。

《毛诗序》分为《诗大序》和《诗小序》两个部分,《诗大序》即整个《诗经》选集的序言,介绍了《诗经》的起源和地域,主要的种类以及"诗六义"中的"风""雅""颂";小序是对每首诗意思的简单评述。这里收入的是《大序》的全文,不过它其实是《大序》和《小序》的混合体。最开头的"《关雎》,后妃之德也"以及结尾的"是以《关雎》乐得淑女以配君子……是《关雎》之义也"两句属于《诗小序》,而中间的部分则是《大序》。

"风"为全文的枢纽。开头部分("所以风天下而正夫妇也"至"教以化之")讲的是"风"的动词意义,这里的"风"是由上而下的"风";随后的部分则解释了"风"的巨大力量。

> 诗者,志之所之也。在心为志,发言为诗。情动于中而形于言,言之不足,故嗟叹之;嗟叹之不足,故永歌之;永歌之不足,不知手之舞之、足之蹈之也。

"诗者,志之所之也,在心为志,发言为诗"是对"诗言志"观点的重述,在《尚书》等典籍提及"诗言志"的材料中,对"志"为何产生的论述不多,而这里则引用了《乐记》的观点来解释"志"的起源:"情动于中而形于言,言之不足,故嗟叹之,嗟叹之不足,故永歌之,永歌之不足,不知手之舞之、足之蹈之也。"

> 情发于声,声成文谓之音。治世之音安以乐,其政和;乱世之音怨以怒,其政乖;亡国之音哀以思,其民困。故正得失,动天地,感鬼神,莫近于诗。先王以是经夫妇,成孝敬,厚人伦,美教化,移风俗。

这一段("情发于声"至"其民困")则是引入了音乐与政象相通的观点(参第一章第一节的讨论)。诗首先是情感的自然表现,而这种情感又和社会政治现实有直接关系。由于这种关系的存在,因此诗可以"动天地,感鬼神"。以上论述成功地揭示了诗为何可以"风",诗为何可以"移风俗"。

"动天地,感鬼神"一语继承远古较早的对诗和乐作用的论述,如《尚书》中"八音克谐,无相夺伦,神人以和……击石拊石,百兽率舞"(见《文学论评选》§001)即持这种观点。《尚书》的论述是将个人情感和社会政治等同,所以也将诗歌和社会政治现实相通,因此诗可以"动天地,感鬼神"。后来,钟嵘(约468—约518)《诗品》引用"动天地,感鬼神"来形容《诗》无与伦比的审美效果,写道:"气之动物,物之感人,故摇荡性情,形诸舞咏。照烛三才,晖丽万有,灵祇待之以致飨,幽微藉之以昭告。动天地,感鬼神,莫近于诗。"

> 故诗有六义焉:一曰风,二曰赋,三曰比,四曰兴,五曰雅,六曰颂。上以风化下,下以风刺上。

随后的第二大段,《诗大序》开始谈论"下以风刺上"。这段以对诗六义的讨论开始,"六义"的观点在春秋战国时经常出现,但这里只谈"风雅颂"三义,并且其中着重讨论"风"。这里所说的"风"和上段所说的"风"又不一样。"上以风化下,下以风刺上"一句起了承上启下的作用,"上以风化下"总结了上段所说的"风"的力量,"风"为何可以"化下"?是因为诗本身的力量。"下以风刺上"则开启了下面的讨论。因诗歌"主文而谲谏",故诗歌本身的含蓄,可以使得"下"对"上"进行比较委婉的劝谏,即"言之者无罪,闻之者足以戒,故曰风"。这里的"风"是名词意义上的风。

> 主文而谲谏,言之者无罪,闻之者足以戒,故曰风。至于王道衰,礼义废,政教失,国异政,家殊俗,而变风变雅作矣。国史明乎得失之迹,伤人伦之废,哀刑政之苛,吟咏情性,以风其上,达于事变,而怀其旧俗者也。

这段则说到了前人很少谈及的"变风变雅",所谓"变风变雅"是相对于"正风正雅"的作品,为何如此?其实这段的论述前后有明显的逻辑关系,因《诗大序》认为用以劝谏的"风"和《诗经》中的国风、王风不同,由于"王道衰,礼义废,政教失,国异政,家殊俗"等现象出现,所以现在需要"以风其上,达于事变而怀其旧俗者也"。这段其实也是介绍了"下以风刺上"的"风"为何产生。

> 故变风发乎情,止乎礼义。发乎情,民之性也;止乎礼义,先王之泽也。是以一国之事,系一人之本,谓之风;言天下之事,形四方之风,谓之雅。雅者,正也,言王政之所由废兴也。政有小大,故有小雅焉,有大雅焉。颂者,美盛德之形容,以其成功,告于神明者也。是谓四始,诗之至也。

这一段则描述了这种"风"的意义,即"止乎礼义,先王之泽也"。"是以一国之事,系一人之本"有两种解读方法,第一种解法是说,每首诗虽讲个人之事,但个人之事反映了国家的状况;另一种解法亦很恰当,即每首诗所反映的国家之事都和某个具体的君主有关:"系一人之本"。而《毛诗序》作者也认为国风里面的诗和当政人有密切关系。比如"《关雎》《麟趾》之化,王者之风,故系之周公"就恰恰证实了这一点,为如何解释"系一人之本"提供了内在证据。基于此,上述两种解读方法都可以共同使用。

而对于"雅",《诗大序》并没有做出什么明确的定义("言天下之事,形四方之风,谓之雅"),也没有区分"雅"来自于哪个特定的邦国。然而这里所说的"雅"在意义上也较为符合小雅的形式和内容。"雅者,正也,言王政之所由废兴也。"进一步揭示了"正雅"描绘了王政之兴,而其他"变雅"的部分,则反映了王政之废。其后的"政有大小,故有小雅焉,有大雅焉"分"大雅"和"小雅",严格地说"雅"可以分为"正雅"和"变雅",而"小雅"中很大一部分和"变雅"的内容形式较相似,有一部分又和国风的形式内容没有区别。最后,对于"颂",作者则是简单直接地对字义加以解释,即"颂"指的是"美盛德之形容,以其成功告于神明"。

> 然则《关雎》《麟趾》之化,王者之风,故系之周公。南,言化自北而南也。《鹊巢》《驺虞》之德,诸侯之风也。先王之所以教,故系之召公。《周南》《召南》,正始之道,王化之基。

"然则"开头到"正始之道,王化之基"的这一部分则是对"风以上化下"的补充说明,讲的是《周南》《召南》是以王者之风、诸侯之风来"化下"。

> 是以《关雎》乐得淑女以配君子,忧在进贤,不淫其色,哀窈窕,思贤才,而无伤善之心焉。是《关雎》之义也。(*MSZY*, juan 1, pp.269-273)

《大序》全面论述了对诗的四大和谐功用。首先,诗可使人的内、外部生活和谐一致。作者认为,将情感形诸语言,可以既恢复内在的心灵平静,又维持外在的道德礼仪,故称诗"发乎情,止乎礼仪"。第二,诗可促进一国民众的和睦。个人的情感表达与国人产生共鸣,反映出一国的民"风"。第三,诗可和睦君臣关系。"风"是君臣之间尤为需要的一种交流方式,原因在于风"主文而谲谏"。借助富于暗示性的风诗,使得"言之者无罪,闻之者足以戒"。这种微妙的沟通方式在不破坏社会等级的前提下,改进了君臣关系。第四,诗可对民众施加道德影响。借助风这一道德教化工具,统治者可以向人民例示何为善政,何为恶政,何为道德行为,何为不道德行为。《大序》作者坚信,诗既然具备这四大功能,就不但能调整道德和社会政治进程,而且能实现神人以和。故曰:"动天地,感鬼神,莫近于诗。"(见《文学论评选》§042)由此一来,《诗大序》建构起一套体系完备的教谕性文学论,并对时人乃至后世论《诗》产生深远影响。例如汉代司马迁、匡衡、班固等人,皆对此做出不同层面的应和与阐发。

司马迁(前145—前86)《太史公自序》:

> 夫《诗》《书》隐约者,欲遂其志之思也。昔西伯拘羑里,演《周易》;孔子厄陈、蔡,作《春秋》;屈原放逐,著《离骚》;左丘失明,厥有《国语》;孙子膑脚,而论《兵法》;不韦迁蜀,世传《吕览》;韩非囚秦,《说难》《孤愤》;《诗》三百篇,大抵贤圣发愤之所为作也。此人皆意有所郁结,不得通其道也,故述往事,思来者。(*SJ*, p.3300)

这里提出了文学创作史中的经典命题"发愤著书"说,同时也揭示出《诗》三百的产生情境,是上古圣贤身处逆境,志意郁结而难遣,从而藉由文字形之于外,因而《诗》中所载皆为圣人之志。

匡衡(汉元帝时人)《上疏戒妃匹劝经学威仪之则》:

> 臣又闻之师曰:"妃匹之际,生民之始,万福之原。"婚姻之礼正,然后品物遂而天命全。孔子论《诗》以《关雎》为始,言太上者民之父母,后夫人之行不侔乎天地,则无以奉神灵之统而理万物之宜。故《诗》曰:"窈窕淑女,君子好仇。"言能致其贞淑,不贰其操,情欲之感无介乎容仪,宴私之意不形乎动静,夫然后可以配至尊而为宗庙主。此纲纪之首,王教之端也,自上世已来,三代兴废,未有不由此者也。愿陛下详览得失盛衰之效以定大基,采有德,戒声色,近严敬,远技能。(HS, p.3342)

匡衡此处上疏劝诫后宫妃匹之事,专取《关雎》为法,将章句描写与贞操容仪一一对应,并以诗中所言为纲纪之首、王教之端,关乎兴废,这已是典型的教谕性文学论。

班固(32—92)《汉书·艺文志》:

> 传曰:"不歌而诵谓之赋,登高能赋,可以为大夫。"言感物造耑,材知深美。可与图事,故可以列为大夫也。古者诸侯卿大夫交接邻国,以微言相感,当揖让之时,必称《诗》以谕其志,盖以别贤不肖而观盛衰焉。故孔子曰"不

学诗,无以言"也。春秋之后,周道寖坏,聘问歌咏不行于列国,学诗之士,逸在布衣,而贤人失志之赋作矣。大儒孙卿及楚臣屈原,离谗忧国,皆作赋以风,咸有恻隐古诗之义。其后宋玉、唐勒,汉兴枚乘、司马相如,下及扬子云,竞为侈丽闳衍之词,没其风谕之义,是以扬子悔之,曰:"诗人之赋丽以则,辞人之赋丽以淫。如孔氏之门人用赋也,则贾谊登堂,相如入室矣,如其不用何!"自孝武立乐府而采歌谣,于是有代赵之讴。秦楚之风,皆感于哀乐,缘事而发,亦可以观风俗,知薄厚云。序诗赋为五种。(HSYWZZSHB, pp.183-184)

这段文字直接勾勒出上古诸侯卿大夫外交聘问的赋诗言志,在春秋之后渐寖的趋势,取而代之的是布衣贤人藉作诗来言志的风气。同时,段末还提及肇自上古的采诗观风传统,并将其与当世的汉乐府相联结,以求观风俗、知薄厚。

【第四章第一节参考书目】

汪耀明著:《西汉文学思想》,第 1 版,北京:北京大学出版社,1994年,第十章《西汉文学的重要思想》,第一节 《〈诗大序〉的影响》,第 172—177 页。

郑振铎著:《读毛诗序》,《古史辨》第 3 册,第 382—401 页。

汪春泓著:《史汉研究》,上海:上海古籍出版社,2014 年,第 187—208 页。

Xing, Wen. "Between the Excavated and Transmitted Hermeneutics Traditions: Interpretations of 'The Cry of the Osprey' (*Guanju*) and Related Methodological Issues." *Contemporary Chinese Thought* 39.4 (Summer 2008): 78-93.

Xing, Wen. "The 'Feng,' 'Ya,' and 'Song' in Pre-Qin Poetry (*Shih*) Studies." *Contemporary Chinese Thought* 39.4 (Summer 2008): 61-69.

第二节 汉儒论文：从文质说到文道说

在论文的议题上，汉儒主要围绕"文质论"进行了不同层面的阐论和延伸。首先，汉人对"文"与"质"的讨论已从先秦时期的个人道德层面拓展至更广的历史政治维度。例如董仲舒便站在维系政治一统秩序的立场，主张"《春秋》之序道也，先质而后文，右志而左物"，而其推重的"质"，也指向承载其志的礼法规范。

董仲舒（前179—前104）《春秋繁露·玉杯》：

> 礼之所重者在其志。志敬而节具，则君子予之知礼。志和而音雅，则君子予之知乐。志哀而居约，则君子予之知丧。故曰：非虚加之，重志之谓也。志为质，物为文。文著于质，质不居文，文安施质？质文两备，然后其礼成。文质偏行，不得有我尔之名。俱不能备而偏行之，宁有质而无文。虽弗予能礼，尚少善之，介葛卢来是也。有文无质，非直不子，乃少恶之，谓州公实来是也。然则《春秋》之序道也，先质而后文，右志而左物。故曰："礼云礼云，玉帛云乎哉？"推而前之，亦宜曰：朝云朝云，辞令云乎哉？"乐云

乐云,钟鼓云乎哉?"引而后之,亦宜曰:丧云丧云,衣服云乎哉?是故孔子立新王之道,明其贵志以反和,见其好诚以灭伪。(*CQFLYZ*, pp.27-30)

这段是董仲舒对"志"的重新诠释,将"志"解为"礼"之内在内容,是对"志"较为狭义的定义。而《礼记·表记》、刘向(前77—前6)《说苑·修文》、《史记·孔子世家》等文献,已显示出时人将三统正朔、三代之礼的损益与文质的循环相救关联,文、质的二元关系论已超越春秋战国时个人道德修养的讨论范畴,被纳为宏大的政治历史循环论话语,乃至进入宇宙天地变化的观照层面。

刘向(前77—前6)《说苑·修文》:

> 商者,常也。常者,质。质主天。夏者,大也。大者,文也。文主地。故王者一商一夏,再而复者也。正色,三而复者也。味尚甘,声尚宫,一而复者。故三王术如循环。故夏后氏教以忠,而君子忠矣,小人之失野。救野莫如敬,故殷人教以敬,而君子敬矣,小人之失鬼。救鬼莫如文,故周人教以文,而君子文矣,小人之失薄。救薄莫如忠。故圣人之与圣也,如矩之三杂,规之三杂。周则又始,穷则反本也。《诗》曰:"雕琢其章,金玉其相。"言文质美也。(*SYJZ*, pp.476-478)

这段显示出汉儒已将文质论与当时颇受关注的政治历史循环

论相联结。文与质的二元互动由此参与到"忠—敬—文"的三教循环相救模式,因而超越春秋战国时个人道德修养的讨论范畴,进入社会政治乃至宇宙天地变化的层面。

其次,汉儒也在不同维度充实、深化了文质论的要义内涵。例如刘安(前179—前122)《淮南子·缪称训》将文质说延伸为一种文情说,而他提出的"文情理通"则是对"文质彬彬"的细化演绎。

刘安(前179—前122)《淮南子·缪称训》:

> 申喜闻乞之歌而悲,出而视之,其母也。艾陵之战也,夫差曰:"夷声阳,句吴其庶乎!"同是声,而取信焉异,有诸情也。故心哀而歌不乐,心乐而哭不哀。夫子曰:"弦则是也,其声非也。"文者,所以接物也;情,系于中而欲发外者也。以文灭情则失情;以情灭文则失文。文情理通,则凤麟极矣,言至德之怀远也。(*HNHLJJ*, p.329)

这段话可视为对《毛诗序》"情动于中而形于言"的一种具体阐释,"心哀而歌不乐,心乐而哭不哀",说明内外表里在情理上应具有一致性。对此,引文进一步将其与传统的文质论联系起来,这里的"文"仍可指涉歌吟、礼仪等一系列外在的行为表现,而"质"则已替换为指义更精确的"情",即内在情感、情理。如果只讲究外在表现而无真挚之情,则会沦入虚伪空洞,反之则会有失文雅,而"文情理通"则是对文质彬彬的细化演绎。

扬雄（前53—18）则在《法言·先知》中直言各种物质条件作为圣人之文的外在呈现，实不可或缺：

> 圣人，文质者也。车服以彰之，藻色以明之，声音以扬之，诗、书以光之。笾豆不陈，玉帛不分，琴瑟不铿，钟鼓不抎，则吾无以见圣人矣。（FYYS, p.291）

此段从正面直言文的外在表现对于内质而言必不可缺，圣人必须是文质兼备的，若无车服、藻色、声音、诗书等条件的加持及外现，世人也无法从众庶中分辨出圣人的存在。

扬雄还在《解难》中将《系辞传》中圣人观天地之像而制八卦的传说引申至文学创作，将八卦创制与文字言辞的起源相联系：

> 扬子曰："俞。若夫闳言崇议，幽微之涂，盖难与览者同也。昔人有观象于天，视度于地，察法于人者，天丽且弥，地普而深，昔人之辞，乃玉乃金。彼岂好为艰难哉？势不得已也。独不见夫翠虬绛螭之将登虖天，必耸身于仓梧之渊；不阶浮云，翼疾风，虚举而上升，则不能撠胶葛，腾九闳。日月之经不千里，则不能烛六合，耀八纮；泰山之高不嶕峣，则不能浡滃云而散歊烝。是以宓牺氏之作《易》也，绵络天地，经以八卦，文王附六爻，孔子错其象而象其辞，然后发天地之臧，定万物之基。"（YXJJZ, p.201）

这段将《系辞传》中圣人观天象、观地法、观自然以制八卦（§036）的观点套在文学创作之上。《系辞传》仅仅认为通过观天象、地象等可作八卦，然而扬雄此处提到"昔人之辞，乃玉乃金"，因此他认为圣人可以通过观天象等作言辞，将八卦的起源转移到文字起源之上，后来刘勰有同样的观点，这里可以看到早在刘勰之前扬雄就已经提出了这种观点。

这种观念与理路同样在许慎（约58—148）《说文解字》中得到系统化呈现，其序文通过钩沉原始卦画到书契的演变脉络，强化对文辞价值的认同，《说文解字序》：

> 古者庖牺氏之王天下也，仰则观象于天，俯则观法于地，视鸟兽之文与地之宜，近取诸身，远取诸物，于是始作《易》八卦，以垂宪象。及神农氏，结绳为治而统其事。庶业其繁，饰伪萌生。黄帝之史仓颉，见鸟兽蹄迒之迹，知分理之可相别异也，初造书契。百工以乂，万品以察，盖取诸夬。"夬，扬于王庭。"言文者宣教明化于王者朝廷，君子所以施禄及下，居德则忌也。（SWJZZ, juan 15, p.1306）

从原始卦画到书契的演变脉络，从庖牺、神农到仓颉，文的表现形式在不断更新且丰富化，而其承载的文明教化也由此持续流传，为朝廷和君子所用。这种对文字发展历程的梳理也显示出时人对"文"的看重，对文质并重论的进一步深化。

汉儒在阐发文质论要义的过程中，还常采用各种具象化的譬喻。如刘向《说苑·杂言》以内外兼美的玉石象征君子文质之德(见《文学论评选》§049),扬雄《法言·吾子》则以虎斑、豹纹、狸猫皮毛的特点与差异,来寓托圣人、君子、辩人的文质之别(见《文学论评选》§052),王充在《论衡》中多次取用动物、植物乃至瑞应符命、灵禽神兽来说明文质的来源及彼此关系,由此将文质论的观照视野扩展到自然万物的层面(见《文学论评选》§054、§055)。这些譬喻式的论述,既将文与质的互动关系演绎得形象化,同时也拓宽了文质论的讨论与参照范围。

刘向(前77—前6)《说苑·杂言》:

> 玉有六美,君子贵之。望之温润,近之栗理,声近徐而闻远,折而不挠,阙而不荏,廉而不刿,有瑕必示之于外,是以贵之。望之温润者,君子比德焉;近于栗理者,君子比智焉;声近徐而闻远者,君子比义焉;折而不挠,阙而不荏者,君子比勇焉;廉而不刿者,君子比仁焉;有瑕必见之于外者,君子比情焉。

玉所具有的六种物理感官性质的美,皆被君子比类于特定的内在德性,这一处理无疑是对孔子文质论的具象化呈现。

扬雄《法言·吾子》:

> 或曰:"有人焉,自云姓孔,而字仲尼。入其门,升其堂,伏其几,袭其裳,则可谓仲尼乎?"曰:"其文是也,其质非也。""敢问质。"曰:"羊质而虎皮,见草而说,见豺而战,忘其皮之虎矣。"圣人虎别,其文炳也。君子豹别,其文蔚

也。辩人狸别,其文萃也。狸变则豹,豹变则虎。好书而不要诸仲尼,书肆也。好说而不要诸仲尼,说铃也。君子言也无择,听也无淫。择则乱,淫则辟。述正道而稍邪哆者有矣,未有述邪哆而稍正也。孔子之道,其较且易也!(FYYS, pp.71-76)

这段话以虎豹狸的皮毛斑纹来比拟圣人君子的内外文质差异,圣人君子的身份并非由外在装扮决定,而是决定于内而外的内涵气质,否则便如外披虎皮的羊。至于圣人君子的外露文气,则因内在境界的差异而有层级,圣人之文如虎斑一样鲜明,君子文采则如豹纹一样华丽,擅辩者的则如狸猫皮毛一样茂盛,故而应当就正道而精进,令文采由狸变为豹,由豹纹晋为虎纹。

王充《论衡·超奇篇》:

文由胸中而出,心以文为表。观见其文,奇伟俶傥,可谓得论也。由此言之,繁文之人,人之杰也。有根株于下,有荣叶于上;有实核于内,有皮壳于外。文墨辞说,士之荣叶、皮壳也。实诚在胸臆,文墨著竹帛,外内表里,自相副称。意奋而笔纵,故文见而实露也。人之有文也,犹禽之有毛也。毛有五色,皆生于体。苟有文无实,是则五色之禽,毛妄生也。选士以射,心平体正,执弓矢审固,然后射中。论说之出,犹弓矢之发也。论之应理,犹矢之中的。夫射以矢中效巧,论以文墨验奇。奇巧俱发于心,其实一也。文有深指巨略,君臣治术,身不得行,口不能绁,表著

情心,以明己之必能为之也。(LHJS, p.609)

这段是对孔子文质观的进一步发挥。孔子谈"文"与"质"基本上说的是文化修养与人之秉性的关系,然而这里王充谈及"文"与"质",说的是文学创造和人之内在本质的关系,"文"这里已经指代"文墨",即文书辞章。"人之有文也,犹禽之有毛也",文已经成为质的外在表现,作文则反映出人的内在品质。

王充《论衡·书解篇》:

> 或曰:"士之论高,何必以文?"答曰:"夫人有文质乃成。物有华而不实,有实而不华者。《易》曰:'圣人之情见乎辞。'出口为言,集札为文,文辞施设,实情敷烈。夫文德,世服也。空书为文,实行为德,著之于衣为服。故曰:德弥盛者文弥缛,德弥彰者人弥明。大人德扩其文炳,小人德炽其文斑,官尊而文繁,德高而文积。华而睆者,大夫之箦,曾子寝疾,命元起易。由此言之,衣服以品贤,贤以文为差,愚杰不别,须文以立折。非唯于人,物亦咸然。龙鳞有文,于蛇为神;凤羽五色,于鸟为君;虎猛,毛蚡蜦;龟知,背负文。四者体不质,于物为圣贤。且夫山无林,则为土山;地无毛,则为泻土;人无文,则为仆人。土山无麋鹿,泻土无五谷,人无文德,不为圣贤。上天多文而后土多理,二气协和,圣贤禀受,法象本类,故多文彩。瑞应符命,莫非文者。晋唐叔虞、鲁成季友、惠公夫人号曰仲子,生而怪奇,文在其手。张良当贵,出与神会,老父授书,卒封留侯。

河神,故出图;洛灵,故出书。竹帛所记怪奇之物,不出潢洿。物以文为表,人以文为基。"(*LHJS*, pp.1149-1150)

这段讨论的依然是文质关系。人若无文,如同龙之无鳞成为蛇,也如凤之无羽便成鸟。因此这里王充用了一系列比喻认为文是人之内部本质的直接外在呈现,将文提升到较高的地位。圣贤则有绚丽之文。

王充指出,"文"之于"质",正如鳞之于龙,五彩之于凤凰,或斑烂之于猛虎一样不可或缺。王充在解释"文"与"质"的相互依存性时不仅仅用《论语·颜渊》提到的虎、豹、犬、羊四种动物来表现,还将范围扩大,包括了神话中的灵禽异兽,传说中的河图洛书,林木山川,以至各种天文地理。尤为重要的是,王充还试图从宇宙论的角度来解释上述种种"文"的形成。王充认为,所有这些"文"都生于天地二气的互动,是完全自然的。基于对文的根源这种宇宙论的解释,王充宣称表现为文章之"文"一样也是生于自然,等同于人之"质"。对他而言,"文"是"质"自然的、直接的表现;"文""质"二事实质上是一体不二的。基于这个理论,王充大胆地宣称"物以文为表,人以文为基"。

最后要说明的是,汉人对文与质的态度,并非全然为文质并重,尤其在对"文"的态度上,时人未必皆持肯定姿态。例如王充《论衡·齐世篇》中批评黄老道家贬低文的发展意义(见《文学论评选》§053),已在侧面反映出,汉人在文、质关系及二者重要性的议题上,并非取向统一,而实存在不同的看法。

王充(27—约97)《论衡·齐世篇》:

> 语称上世之人,质朴易化;下世之人,文薄难治。故《易》曰:"上古之时,结绳以治,后世易之以书契。"先结绳,易化之故;后书契,难治之验也。故夫宓牺之前,人民至质朴,卧者居居,坐者于于,群居聚处,知其母不识其父。至宓牺时,人民颇文,知欲诈愚,勇欲恐怯,强欲凌弱,众欲暴寡,故宓牺作八卦以治之。至周之时,人民文薄,八卦难复因袭,故文王衍为六十四首,极其变,使民不倦。至周之时,人民久薄,故孔子作《春秋》,采毫毛之善,贬纤介之恶,称曰:"周监于二代,郁郁乎文哉!吾从周。"孔子知世浸弊,文薄难治,故加密致之罔,设纤微之禁,检狎守持,备具悉极。此言妄也。上世之人,所怀五常也;下世之人,亦所怀五常也。俱怀五常之道,共禀一气而生,上世何以质朴?下世何以文薄?(*LHJS*, pp.806-808)

这里讨论的是文从简单到复杂的过程,是对文之源流发展的陈述。六朝时期如萧统《文选序》和刘勰《宗经》篇等均认为文的发展是从简单到复杂,并对此加以正面评价,然而这里举出汉朝时人持有的另一种观点,这种观点认为文的产生是社会倒退造成的,从前上古时期并不需要"文",随着社会的发展,当人们"知欲诈愚,勇欲恐怯,强欲凌弱,众欲暴寡"之时,便出现了八卦、六十四卦、《春秋》等等,这种观点其实是借用了老子对儒家伦理制度的批判,并将其移植到对文章的讨论上来批判文之发展。这反映出不少汉人当时以黄老思想来批判文学。然而王充认为不然,并认为这不过是妄言而已。

【第四章第二节参考书目】

刘丰著:《早期儒家的历史思想与历史哲学:以战国时期的文质论为中心》,《安徽师范大学学报》2022 年第 2 期,第 1—9 页。

Denecke, Wiebke. *The Dynamics of Masters Literature: Early Chinese Thought from Confucius to Han Feizi.* Cambridge, Mass: Published by the Harvard University Asia Center for the Harvard-Yenching Institute, 2010. See especially chapter 8 "The Self-Regulating State, Paranoia, and Rhetoric in Han Feizi," pp.279 - 325.

Owen, Stephen, ed. *Readings in Chinese Literary Thought.* Chapter 1&2. Cambridge: Harvard University Press, 1992.

Riegel, Jeffrey. "Shih-ching Poetry and Didacticism in Ancient Chinese Literature." In *The Columbia History of Chinese Literature*, edited by Victor H. Mair, chapter 5, 97 - 109. New York: Columbia University Press, 2001.

Van Zoeren, Steven, trans. "The Great Preface." In *The Columbia Anthology of Traditional Chinese Literature*, edited by Victor H Mair, 121 - 123. New York: Columbia University Press, 1994.

Wong, Siu-kit, ed. & trans. *Early Chinese Literary Criticism.* Chapter 1. Hong Kong: Joint Publishing Company, 1983.

第五章　六朝文学论

六朝是文学走向自觉的时代,也是文学批评正式诞生的时代。严格说来,在曹丕《典论·论文》问世之前,没有人将文学作为一种独立的现象,来进行认真的研究。在《典论·论文》之后,专门研究文学的专著和唯美文学选集接踵问世,包括陆机《文赋》、刘勰《文心雕龙》、钟嵘《诗品》、萧统《文选》这些文论史上最重要的文籍。这些文论专著和选集序言深入地探索了文学的方方面面,发展出成熟的文学论、创作论、理解论、审美论,从而建立起全面而庞大的文学理论体系。

六朝文学论的重大创新首先体现在当时文人对"诗"和"文"两个最基本概念的革新。先秦两汉所说的"诗"主要指《诗经》或和《诗经》类似的明显反映社会现实的诗篇。而六朝文论所说的"诗"主要是署名文人所创造的艺术作品。关注重点也从政教道德意义转移到艺术的审美效果。徐陵《玉台新咏》、萧统《文选》等诗集的编纂原则和体例,钟嵘《诗品》对诗人、诗作的品级,无不体现出"诗"的内涵的质变。

"文"在春秋战国时期主要指的是文物、礼仪、典章制度、辞令以及包括这一切的文化总貌。在"文"的概念中,辞令大概是最不重要,最边缘的意义,但与文学的关系最为密切。辞令主要是说话言词的修饰,与典籍文章关系不大。然而,入汉以降,典籍文章不仅进入"文"的范畴之中,而且逐渐成为"文"的中心意涵。六朝文论中所讲的"文"通常专指富有文学性的文章作品。"文"意涵的这一演变,通过比较孔子和萧统两人所说的"斯文",便一目了然。孔子云:"天之将丧斯文也,后死者不得与于斯文也。"(《论语·子罕》)指的是"这个文化",然而,萧统《文选序》说"世质民淳,斯文未作",指的却是书写出来的文章。

六朝所说的"文"与春秋战国时期的"文"不同,也不完全同于当今所说的"文学"。它不仅指诗赋这些通常称为美文(belles lettres)的纯文学,而且还包括各种应用性很强的"杂文"类。在深受西方批评传统影响的现当代文论著作中,"杂文"类往往不放入文学范畴,但是六朝人认为美文杂文同属于"文""文章"。不过,六朝人较为重视前者,即美文。汉刘歆《七略》已列出"诗赋略",但仍然将其列在"六艺略"和"诸子略"之后,然而,曹丕《典论·论文》先谈诗赋再谈章表书记等,而挚虞《文章流别论》也是先列诗赋,萧统《文选序》先用一半以上的篇幅讨论诗赋,然后再谈各种各样的杂文。

在论诗论文的过程中,六朝文论家对文学的起源、性质、功用做出全面的阐述。下面让我们集中分析他们对这三方面理论阐述的独创之处。

第一节　论文学起源：刘勰文道说和萧统文学进化说

文学起源在先秦两汉的文献中虽有涉及，但并没有真正地展开讨论。然而，在刘勰（约 465—约 520 或 532）《文心雕龙》中，"文"的起源成了全书枢纽之前三章的核心论题。这三篇对文学渊源的分析极为详尽，从圣人创造书写符号开始，到春秋时的礼乐文化，再到五经的艺术风格，最后谈到文体和风格上文学和经典的关系。首篇《原道》引用远古圣人根据河图洛书创造八卦、六十四卦的传说，将书写符号之"文"和宇宙自然之道联系，力图说明主张人文和天文、地理共同起源于"道"，并勾勒出"道沿圣以垂文，圣因文以明道"的过程。

《文心雕龙·原道》：

> 文之为德也大矣，与天地并生者何哉？夫玄黄色杂，方圆体分，日月叠璧，以垂丽天之象；山川焕绮，以铺理地之形：此盖道之文也。仰观吐曜，俯察含章，高卑定位，故两仪既生矣。惟人参之，性灵所钟，是谓三才；为五行之秀，实天地之心。心生而言立，言立而文明，自然之道也。

《文心雕龙》的头三章主要阐述文章的本质、起源和传承谱系。汉人已经普遍视文章为求取功名有价值的手段。《汉书》中出现《艺文志》、《后汉书》中设《文苑列传》，即可视为"文章"获取这种新地位的明证。不过,那种视"文"为可以忽略的藻饰而非"质"的想法仍然在影响时人对文章的看法。所以,尽管连《论语》都在强调"文"与"质"二者相互依赖,缺一不可,这种贬低"文"的态度仍然相当流行。由于这类观点的依据几乎无一例外地强调"文"的修饰或配角的作用,因此,对于刘勰这些为"文章"辩护的人,首要任务就是重新解释"文"的本质,将"文"定义为"质"乃至终极宇宙规则"道"的直接体现。

刘勰并非是第一个为提高文章地位而试图重新定义"文"的人,汉代王充早就有所尝试。在《论衡·书解》中,王氏罗列了种种自然现象和神话传说,试图说明"文"实际上并不异于"质"(见《文学论评选》见§055)。《文心雕龙》在开篇对天地之文的描述较《论衡·书解》更为抽象,二气变成了"道",禽兽草木变成了天地、方圆、日月和河山等一系列象征着二元相待的现象,而文质一体变成了道文一体的论断。换言之,王刘二人理论的区别在于,王充主要从"文"与"质"的关系上重新定义"文",而刘勰则从"文"与"道"这一万物法则的关系上理解"文"。

> 傍及万品,动植皆文:龙凤以藻绘呈瑞,虎豹以炳蔚凝姿;云霞雕色,有逾画工之妙;草木贲华,无待锦匠之奇:夫岂外饰?盖自然耳。至于林籁结响,调如竽瑟;泉石激韵,和若球锽;故形立则章成矣,声发则文生矣。夫以无识之物,郁然有彩,有心之器,其无文欤?

刘勰接着列举动植物象来说明"文"绝非外饰,而是自然的直接呈现。"夫以无识之物,郁然有采,有心之器,其无文欤?"这句设问足以表明,刘勰认为人文是优于天地之文的。

> 人文之元,肇自太极,幽赞神明,易象惟先。庖牺画其始,仲尼翼其终。而乾坤两位,独制文言。言之文也,天地之心哉!若乃河图孕乎八卦,洛书韫乎九畴,玉版金镂之实,丹文绿牒之华,谁其尸之,亦神理而已。

刘勰称人文和天地之文一致,意味着人文之形成和天地之文一样是自然而无意识的;而且因有了人的参与,人文比天地之文更精妙,这明显预设了人文的形成并非无意识。为解决这一矛盾,刘勰巧妙地利用了有关文字起源的传统神话。通过引述这些神话,刘勰指出了文字的双重起源:一是由神龙和神龟带给人们的河图洛书上的标记,二是古圣先哲发明和阐释的卦象(八卦和六十四卦)。在刘勰看来,由古代圣贤所完成的《易》胜于河图洛书,因为后者仅勾勒出宇宙力量的轮廓,而前者揭示出道的内在奥妙,确立了宇宙的经纬,并完善了人世的法则。通过描述书写符号的双重来源,刘勰力图说明人文源于自然而又胜于天地之文的道理。

> ……爰自风姓,暨于孔氏,玄圣创典,素王述训,莫不原道心以敷章,研神理而设教,取象乎河洛,问数乎蓍龟,观天文以极变,察人文以成化;然后能经纬区宇,弥纶彝宪,发辉事业,彪炳辞义。故知道沿圣以垂文,圣因文而明道,旁通而无滞,日用而不匮。易曰:鼓天下之动者存乎

辞。辞之所以能鼓天下者,乃道之文也。

赞曰:道心惟微,神理设教。光采玄圣,炳燿仁孝。龙图献体,龟书呈貌。天文斯观,民胥以效。(WXDLZ, juan 1, pp.1 – 3)

《系辞传》作者用两则传说来说明《易》的神圣来源。第一则涉及《易》最原始层面的八卦,即半神半人的伏羲依据自然赠予人类的河图、洛书造八卦的传说,揭示《易》创作的终极源头在于天,而不在于人。第二则讲文王与周公推演六十四卦并制卦辞,从而显示人文仅次于天,是《易》的第二个源头。引用这两则传说的目的显然是为了把《易》提高到神圣的地位。由于《易》融会了自然的运作与人类的创造活动,从而成为"第二自然",《系辞传》作者奉之为"神物",称"有天道焉,有地道焉,有人道焉"(见《文学论评选》见§036)。也就是说,《易》不是天、地、人道的再现,而是天、地、人道的直接呈现。由于这个原因,《易》才会拥有那种至高无上的力量,上则调配天地,下则决定道德伦理以及社会政治秩序。

刘勰紧步《系辞传》作者的后尘,在《原道》中对《易》卦这种原始的书写符号加以神化,使之成为一种具有本体意义的神圣存在,而且还再进一步,以《易》卦为源头,下接先秦典籍,乃至汉魏六朝的文学,建立出一个崇高而庞大的"文"的谱系。在审视"文"的历史沿革过程中,刘勰对古代圣人所起的作用给予高度的重视:"故知道沿圣以垂文,圣因文而明道。"刘勰认为,古代圣人既是神秘的自然之道垂示人类的途径或使者,又是主动自觉地用"文"向世人明道的哲人。

次篇《征圣》则讨论"文"和圣人之间的关系,并列举孔子时代"政化贵文""事迹贵文""修身贵文"的历史事实,说明圣人以文传道的明道方式。

《文心雕龙·征圣》:

> 夫作者曰圣,述者曰明,陶铸性情,功在上哲,夫子文章,可得而闻,则圣人之情,见乎文辞矣。先王圣化,布在方册;夫子风采,溢于格言。是以远称唐世,则焕乎为盛;近褒周代,则郁哉可从:此**政化贵文**之征也。郑伯入陈,以文辞为功;宋置折俎,以多文举礼:此**事迹贵文**之征也。褒美子产,则云言以足志,文以足言;泛论君子,则云情欲信,辞欲巧:此**修身贵文**之征也。

从历史的角度来看,上述三种"贵文之征"中,第一种政化之文最为重要,涵盖了所有的礼乐、文物、典章制度。相比较而言,事迹之文与修身之"文"所涵盖的范围狭窄,主要指典雅的文辞表述。在汉代之前的典籍之中,言辞的使用并非"文"的核心内容。然而,刘勰却把言辞文章视为先秦"文"的核心。刘勰有意颠倒时序,将两汉前"文"的主要含义重新界定为"文章言辞"。刘勰在《文心雕龙》中使用"文章"二字共达二十次之多,但极少用它来表达"礼乐制度"一类两汉之前公认的涵义。刘勰在使用"文章"上的时序错误,最明显的表现无过于下面这句不准确的断言:"圣贤辞书,总称文章。"(《文心雕龙·情采》)

> 然则志足而言文,情信而辞巧,乃含章之玉牒,秉文之金科矣。夫鉴周日月,妙极机神;文成规矩,思合符契;或简言以达旨,或博文以该情,或明理以立体,或隐义以藏用。故春秋一字以褒贬,丧服举轻以包重,此简言以达旨也。邠诗联章以积句,儒行缛说以繁辞,此博文以该情也。书契断决以象夬,文章昭晰以象离,此明理以立体也。四象精义以曲隐,五例微辞以婉晦,此隐义以藏用也。故知繁略殊形,隐显异术,抑引随时,变通会适,征之周孔,则文有师矣。

此段列举《春秋》《诗》《礼》《易》使用文辞的特点,可谓具体关注到文辞本身的差别特性。

> 是以子政论文,必征于圣;稚圭劝学,必宗于经。易称辨物正言,断辞则备;书云辞尚体要,弗惟好异。故知正言所以立辩,体要所以成辞;辞成无好异之尤,辩立有断辞之义。虽精义曲隐,无伤其正言;微辞婉晦,不害其体要。体要与微辞偕通,正言共精义并用;圣人之文章,亦可见也。颜阖以为仲尼饰羽而画,徒事华辞。虽欲訾圣,弗可得已。然则圣文之雅丽,固衔华而佩实者也。天道难闻,犹或钻仰,文章可见,胡宁勿思?若征圣立言,则文其庶矣。

这里再举《周易》《尚书》为典范,强调正言体要的重要性,正言可立辩,体要能成辞,如此才能成圣人文章。

> 赞曰：妙极生知，睿哲惟宰。精理为文，秀气成采。鉴悬日月，辞富山海。百龄影徂，千载心在。(WXDLZ, juan 1, pp.15–17)

圣人文章是言辞风格和内容完美结合的典范，故为文者必须征于圣、宗于经。随后的《宗经》篇分析五经各自不同的观察和表达模式，以及由此形成的不同的文体和风格。刘勰认为，五经的不同体裁风格乃是后世不同文体的来源。通过如此精心的上挂下联，刘勰建立出一个极为庞大的"文"的谱系，源于《易》卦，成于五经，而六朝纷呈繁复的美文和非美文类的文体则为其末端。

《文心雕龙·宗经》：

> 故论说辞序，则易统其首；诏策章奏，则书发其源；赋颂歌赞，则诗立其本；铭诔箴祝，则礼总其端；纪传铭檄，则春秋为根：并穷高以树表，极远以启疆，所以百家腾跃，终入环内者也。若禀经以制式，酌雅以富言，是仰山而铸铜，煮海而为盐也。故文能宗经，体有六义：一则情深而不诡，二则风清而不杂，三则事信而不诞，四则义直而不回，五则体约而不芜，六则文丽而不淫：扬子比雕玉以作器，谓五经之含文也。(WXDLZ, juan 1, pp.22–23)

此段首先列举五经分别统领的各种主要文体，然后指出所有这些文体是因"五经之含文"（即其文章风格）而宗经。这里所说的六义是指五经所展示的六种理想的文章风格。

其他齐梁时代的批评家也对文学起源的论题表现出相当的兴趣,尽管他们没有像刘勰那样撰写专文来加以论证。例如,萧统(501—531)《文选序》也把文学与《易》挂钩,藉以提高文学的地位,称"伏羲氏之王天下也,始画八卦,造书契,以代结绳之政,由是文籍生焉"。

《文选序》：

> 式观元始,眇觌玄风。冬穴夏巢之时,茹毛饮血之世,世质民淳,斯文未作。逮乎伏羲氏之王天下也,始画八卦,造书契,以代结绳之政,由是文籍生焉。《易》曰："观乎天文,以察时变;观乎人文,以化成天下。"文之时义远矣哉!若夫椎轮为大辂之始,大辂宁有椎轮之质;增冰为积水所成,积水曾微增冰之凛。何哉? 盖踵其事而增华,变其本而加厉;物既有之,文亦宜然。随时变改,难可详悉。

在《文选序》中,刘勰原道说的回响甚为清晰。萧统也同样开宗明义,论述文学的最终起源及其本质。刘勰原道说将文学的起源上推到上古圣人之道,又再追溯至宇宙之道。他以道论文,无疑提供了一个比"诗言志"说宽泛得多的概念模式。诚然,后世批评家会一再重复"诗言志"以说明诗歌创作的直接动因,并援用与之相关的悠久的说教传统。不过,在考察文学或广义之文的本质和起源时,他们几乎总会采用刘勰的文道模式。当然,采用该模式并不意味着中国文学论从此就仅有一种了。恰恰相反，后世评论家将新的观念注入"道"和"文"之中，文道关系也相应得以重新定义，由此产生了诸多新的文学论。

> 尝试论之曰：《诗序》云："诗有六义焉：一曰风，二曰赋，三曰比，四曰兴，五曰雅，六曰颂。"至于今之作者，异乎古昔，古诗之体，今则全取赋名。荀宋表之于前，贾马继之于末。自兹以降，源流实繁。述邑居则有"凭虚""亡是"之作。戒畋游则有《长杨》《羽猎》之制。若其纪一事，咏一物，风云草木之兴，鱼虫禽兽之流，推而广之，不可胜载矣！又楚人屈原，含忠履洁，君匪从流，臣进逆耳，深思远虑，遂放湘南。耿介之意既伤，壹郁之怀靡愬。临渊有怀沙之志，吟泽有憔悴之容。骚人之文，自兹而作。

这段话已跳出儒家诗六义所规范的诗论传统，指出汉晋以后赋体的兴盛，侧重于其纪事、咏物等纯文学性的特点，其间特举屈原骚赋的传统，已格外关注到骚人怨情的文学传统。

> 诗者，盖志之所之也，情动于中而形于言。《关雎》《麟趾》，正始之道著；桑间濮上，亡国之音表。故《风》《雅》之道，粲然可观。自炎汉中叶，厥涂渐异。退傅有"在邹"之作，降将著"河梁"之篇；四言五言，区以别矣。又少则三字，多则九言，各体互兴，分镳并驱。颂者，所以游扬德业，褒赞成功。吉甫有"穆若"之谈，季子有"至矣"之叹。舒布为诗，既言如彼；总成为颂，又亦若此。次则箴兴于补阙，

戒出于弼匡。论则析理精微，铭则序事清润。美终则诔发，图像则赞兴。又诏诰教令之流，表奏笺记之列，书誓符檄之品，吊祭悲哀之作，答客指事之制，三言八字之文，篇辞引序，碑碣志状，众制锋起，源流间出。譬陶匏异器，并为入耳之娱；黼黻不同，俱为悦目之玩。作者之致，盖云备矣！

这段话在认同《诗经》的言志传统后，历数两汉以降诗体的演变及其内在情理动因，同时对由此分化出的四言五言、箴颂论铭等体的语言风格及写作规范都进行概要的归纳。

> 余监抚余闲，居多暇日，历观文囿，泛览辞林，未尝不心游目想，移晷忘倦。自姬汉以来，眇焉悠邈，时更七代，数逾千祀。词人才子，则名溢于缥囊；飞文染翰，则卷盈乎缃帙。自非略其芜秽，集其清英，盖欲兼功，太半难矣！若夫姬公之籍，孔父之书，与日月俱悬，鬼神争奥，孝敬之准式，人伦之师友，岂可重以芟夷，加之剪截？

和刘勰一样，萧统将文籍的起源一直追溯到八卦，并断言这些原始符号和天文是平行同源的。但他并不认为儒家经典对这些原始符号发展成当代唯美文学具有决定性。刘勰将儒家经典尊为纯文学的典范，而萧统不但在讨论文籍的历史演变时将经典置之不理，而且在其选本中也将其一并排除在外。对此他给出的方便藉口是，圣贤之作不允许为录入选本而进行必须的剪截。他称："若夫姬公之籍，孔父之书，与日月俱悬，鬼神争奥,孝敬之准式,人伦之师友,岂可重以芟夷,加之剪截?"在解释为何不收录非儒家的哲学著作时,他的回答更诚实和直率:"老庄之作,管孟之流,盖以立意为宗,不以能文为本,今之所撰,又以略诸。""不以能文为本"道出了他不选儒家经典的真实原因。在序言末尾讨论史传的"赞论"和"序述"时,他点出了唯美文学的两个突出特点:"事出于沉思,义归于翰藻。"显然,无论儒家经典还是非儒家哲学著作都不具备这两个特点,因此被排除在其选本之外。

> 老庄之作,管孟之流,盖以立意为宗,不以能文为本,今之所撰,又以略诸。若贤人之美辞,忠臣之抗直,谋夫之话,辨士之端,冰释泉涌,金相玉振。所谓坐狙丘,议稷下,仲连之却秦军,食其之下齐国,留侯之发八难,曲逆之吐六奇,盖乃事美一时,语流千载。概见坟籍,旁出子史,若斯之流,又亦繁博,虽传之简牍,而事异篇章,今之所集,亦所不取。

这段话交代了编纂《文选》舍去老庄诸子乃至贤人辨士之美辞,皆因其旁出子史,虽内容繁博,却终究不是以文艺美文为中心的作品。

> 至于记事之史,系年之书,所以褒贬是非,纪别异同,方之篇翰,亦已不同。若其赞论之综缉辞采,序述之错比文华,事出于沈思,义归乎翰藻,故与夫篇什,杂而集之。

远自周室,迄于圣代,都为三十卷,名曰《文选》云耳。

凡次文之体,各以汇聚。诗赋体既不一,又以类分;类分之中,各以时代相次。(*WX*, pp.1 – 3)

"事出于深思,义归乎翰藻"总结出当时人以及萧统自己如何选取文学作品的准则。"事出于深思"即对某个事件加以文学想象或思考,"义归乎翰藻"指的是《文选》中所选作品不仅是就事论事,而且语言表达上也给人以美学感受。正因如此,《文选》中也收入了不少非美文的作品,因为时人心目中的文章包括非美文和美文两大类别。

又如萧纲(503—551)《昭明太子集序》也是通过谈文的历史渊源来提高文的地位:

窃以文之为义,大哉远矣。故孔称性道,尧曰钦明,武有来商之功,虞有格苗之德。故《易》曰:"观乎天文,以察时变;观乎人文,以化成天下。"是以含精吐景,六卫九光之度;方珠喻龙,南枢北陵之采。此之谓天文。文籍生,书契作,咏歌起,赋颂兴。成孝敬于人伦,移风俗于王政,道绵乎八极,理浃乎九垓。赞动神明,雍熙钟石。此之谓人文。若夫体天经而总文纬,揭日月而谐律吕者,其在兹乎?(*WJNBCWLX*, p.356)

这段话毫无保留地称赞"文"的彪炳天地的宏大价值,并将天文与人文对举,将宇宙万物升降与书契歌咏、人伦风俗皆纳于

"文"的经纬中。

又如颜之推(531—约597)《颜氏家训·文章第九》亦有同样的观点：

> 夫文章者,原出五经：诏命策檄,生于《书》者也;序述论议,生于《易》者也;歌咏赋颂,生于《诗》者也;祭祀哀诔,生于《礼》者也;书奏箴铭,生于《春秋》者也。朝廷宪章,军旅誓诰,敷显仁义,发明功德,牧民建国,施用多途。至于陶冶性灵,从容讽谏,入其滋味,亦乐事也。行有余力,则可习之。……有盛名而免过患者,时复闻之,但其损败居多耳。每尝思之,原其所积,文章之体,标举兴会,发引性灵,使人矜伐,故忽于持操,果于进取。今世文士,此患弥切,一事惬当,一句清巧,神厉九霄,志凌千载,自吟自赏,不觉更有傍人。加以砂砾所伤,惨于矛戟,讽刺之祸,速乎风尘,深宜防虑,以保元吉。……或问扬雄曰:"吾子少而好赋?"雄曰:"然。童子雕虫篆刻,壮夫不为也。"余窃非之曰：虞舜歌《南风》之诗,周公作《鸱鸮》之咏,吉甫、史克《雅》《颂》之美者,未闻皆在幼年累德也。孔子曰:"不学《诗》,无以言。""自卫返鲁,乐正,《雅》《颂》各得其所。"大明孝道,引《诗》证之。扬雄安敢忽之也？若论"诗人之赋丽以则,辞人之赋丽以淫",但知变之而已,又未知雄自为壮夫何如也？(*YSJXJJ*, pp.237–259)

颜之推此论标榜文章宗经的要旨,从而对各体皆原其本、明其义,并以此批评当时一味慕尚雕琢的风气,同时对以言辞中伤讽刺他人的行为加以批判,由此进一步强化其对文章内外表里兼备的重视。

这种宗经的文章起源观念,还见于任昉(460—508)的《文章缘起》:

> 六经素有歌诗诔箴铭之类,《尚书》帝庸作歌,《毛诗》三百篇,《左传》叔向诒子产书,鲁哀公《孔子诔》,孔悝《鼎铭》《虞人箴》,此等自秦汉以来,圣君贤士沿着为文章名之始。故因暇录之,凡八十四题,聊以新事者之目云尔。(*WJNBCWLX*, pp.311-312)

任昉将文章缘起直接归结于《尚书》《毛诗》《左传》等儒家六经篇目,已体现出明显的宗经取向,并且具有一定的文体区分意识。

【第五章第一节参考书目】

黄侃著:《文心雕龙札记》,上海:上海古籍出版社,2000年,第5—17页。

牟世金著:《文心雕龙研究》,北京:人民文学出版社,1995年,第145—183页。

张少康著:《刘勰及其〈文心雕龙〉研究》,北京:北京大学出版社,2010年,第59—72页。

傅刚著:《昭明文选研究》,北京:中国社会科学出版社,2000年,第17—40、52—92页。

Cai, Zong-qi. "Wen and the Construction of a Critical System in *Wenxin Diaolong*." *CLEAR* 22 (2000): 1–29.

第二节　论文学本质：刘勰情文说和钟嵘滋味说

六朝批评家对文学本质的重新认识也同样令人耳目一新。曹丕《典论·论文》这篇划时代的文章是围绕文学本质这个论题展开的。曹丕认为，文学作品的本质就是作者个人生命之"气"，称"文以气为主，气之清浊有体，不可力强而致。譬诸音乐，曲度虽均，节奏同检，至于引气不齐，巧拙有素"，并且"虽在父兄，不能以移子弟"。因此，他认为建安七子因个人资质不同而呈现不同的风格，并都以一两句话点评他们作品的独特风格。在他看来，作品的风格由诗人独特的气所决定，而诗人的气又是在诗人生活世界的风气之中生成的。他称"徐幹时有齐气"，指明徐幹的作品中"气"和齐国社会风俗的内在关系。值得注意的是，曹丕讨论作品与外部世界的关系是从美学层次，而不是从社会政治思想层次展开的。这点若与《毛诗序》的"风"说做一比较就极为清楚了。"风"和"气"都是社会自然现象，都由宇宙万物运动中的基本元素交往碰撞而生。《诗经》的"风"涉及政治方面，说的是个人和社会在政治层面的互动，而"气"说的是外界生活环境与个人内在品性的内在关系，是抽象意义上的概念。曹丕热衷于以作者个人为中心来评诗，显然与当时盛行的人物品藻风气不无关系。

进入六朝之后,陆机、刘勰、钟嵘等人又以"情"为中心对文学本质进行了重新定义。汉代《诗大序》和其他典籍中虽然也经常提及"情",但是始终没有深入分析"情"的构成与作用。六朝时期,"情"的概念产生了本质上的变化。六朝人所说的"情"往往并非是直接对外在政治状况的直接反应,而是经过艺术加工的,可以使得作者、读者产生美感的"情",可以陶冶性灵之情。这时讨论的"情"往往和"性"联系在一起,"性情"或"情性"主要指的是作者本人的感受或读者的审美感受能力,而并非是对外在的政治现实的判断。陆机《文赋》说"诗缘情而绮靡",即指"情"用来表现美感,有"情"则出现"绮靡"的美学特质。钟嵘《诗品序》称五言诗可"摇荡性情",称之"指事造形,穷情写物,最为详切者耶?"(见《文学论评选》§066)又如刘勰说"五情发而为辞章"(见《文学论评选》§064),无疑把"情文"定义为文章的本质。又如颜之推云"陶冶性灵,从容讽谏,入其滋味,亦乐事也"(见《文学论评选》§063),认为文学创作本身是艺术上对情感的改造,在此过程中,文学可以陶冶人之性灵,而这个过程亦是"乐事"。同时,颜之推注意到美文之情会产生负面作用:"文章之体,标举兴会,发引性灵,使人矜伐。"(见《文学论评选》§063)此前裴子野(469—530)对美文的批评更为尖锐,称时人已"罔不摈落六艺,吟咏情性"(见《文学论评选》§070),这一批判亦从反面证实了六朝文论家已经把"情"作为文学的本质。

刘勰(约465—约520或532)《文心雕龙·情采》:

圣贤书辞,总称文章,非采而何?夫水性虚而沦漪结,木体实而花萼振,文附质也。虎豹无文,则鞟同犬羊,犀兕有皮,而色资丹漆,质待文也。若乃综述性灵,敷写器象,镂心鸟迹之中,织辞鱼网之上,其为彪炳,缛采名矣。故立文之道,其理有三:一曰形文,五色是也;二曰声文,五音是也;三曰情文,五性是也。五色杂而成黼黻,五音比而成韶夏,五情发而为辞章,神理之数也。

如果说刘勰认为非美文类的文章作用在明理,那么诗赋等美文类的特征则在于抒情。在刘勰之前,陆机已用"诗缘情而绮靡"一语说明情在美文体的中心地位。挚虞(250—300)也表达过类似的观点,称"古诗之赋,以情义为主,以事类为佐"。刘勰则用"情文"一词来描述美文类的特征,与五色的形文和五音的声文相对应。在对三十一种非唯美文类的概述中,刘勰特别关注"理"与"文"的关系;但是在谈到诗赋等美文类文章时,他却频繁地使用"情"字,深入检讨"情"与"文"的关系。在第四至二十五章中,"情"字共出现三十一次,除两处(《诸子》《论说》)外,都是用于描述美文类。

……昔诗人什篇,为情而造文;辞人赋颂,为文而造情。何以明其然?盖风雅之兴,志思蓄愤,而吟咏情性,以讽其上,此为情而造文也;诸子之徒,心非郁陶,苟驰夸饰,鬻声钓世,此为文而造情也:故为情者要约而写真,为文者淫丽而烦滥。而后之作者,采滥忽真,远弃风雅,近师辞赋,故体情之制日疏,逐文之篇愈盛。故有志深轩冕,而泛咏皋壤;心缠几务,而虚述人外:真宰弗存,翩其反矣。夫桃李不言而成蹊,有实存也;男子树兰而不芳,无其情也。夫以草木之微,依情待实;况乎文章,述志为本,言与志反,文岂足征!（*WXDLZ*, *juan* 7, pp.537-538）

刘勰认为,在一种理想的"情文"关系中,"文"应当朴实真挚并能够传达真情实意,"故为情者要约而写真"。同时,刘勰批评了那种为追求华丽辞藻而牺牲真情实感的作法,称"为文者淫丽而烦滥"。刘勰还对处理"情、文"的正反两种不同态度加以褒贬:"昔诗人什篇,为情而造文;辞人赋颂,为文而造情"。为了鼓励后人效仿昔日诗人,刘勰在《风骨》中详细介绍了古人处理"情文"的完美手法,他以"风"来描述古人自然任真的情感,以"骨"来指代他们朴素但是精当的语言。"风、骨"并举则代表了"情、文"结合所能达到的道德审美的最高境界。

沈约（441—513）《答陆厥书》:

宫商之声有五,文字之别累万。以累万之繁,配五声之约,高下低昂,非思力所举;又非止若斯而已也。十字之文,颠倒相配,字不过十,巧历已不能尽,何况复过于此者乎。灵均以来,未经用之于怀抱,固无从得其仿佛矣。若斯之妙,而圣人不尚,何邪?此盖曲折声韵之巧,无当于训义,非圣哲立言之所急也。是以子云譬之雕虫篆刻,云"壮夫不为"。自古辞人,岂不知宫羽之殊,商徵之别?虽知五

音之异,而其中参差变动,所昧实多。故鄙意所谓此秘未睹者也。(*WJNBCWLX*, p.298)

探讨古圣不知晓诗歌文字韵律奥秘的原因,在于其间机要皆在于声韵曲折之巧妙,并非圣哲立言所关注的义理。但是,沈约也由此批评了时人受此观念影响,而未识见文字本身的宫商音韵变化之美。

钟嵘(468—518)《诗品序》:

> 夫四言,文约意广,取效《风》《骚》,便可多得。每苦文繁而意少,故世罕习焉。五言居文词之要,是众作之有滋味者也,故云会于流俗。岂不以指事造形,穷情写物,最为详切耶!故诗有三义焉:一曰兴,二曰比,三曰赋。文已尽而意有余,兴也;因物喻志,比也;直书其事,寓言写物,赋也。宏斯三义,酌而用之,幹之以风力,润之以丹采,使味之者无极,闻之者动心,是诗之至也。若专用比兴,患在意深,意深则辞踬。若但用赋体,患在意浮,意浮则文散,嬉成流移,文无止泊,有芜漫之累矣。若乃春风春鸟,秋月秋蝉,夏云暑雨,冬月祁寒,斯四候之感诸诗者也。(*SPZ*, p.2)

赋比兴三种形式在五言诗中酌情使用,即可将物象和情感转化为"滋味"无穷的审美经验。这里对赋、比、兴的内涵与特性解读,并未同汉儒解《诗》一样,将各种风俗教化、政治功用与之挂钩,而是纯然着眼于三者的艺术表现特色。

【第五章第二节参考书目】

蔡宗齐著:《〈文心雕龙〉中"文"的多重含义及刘勰文学理论体系的建立》,金涛译,《人文中国学报》第 14 辑(2008 年),第 139—172 页。

布鲁克斯(Brooks, E. B.,白牧之)著:《〈诗品〉解析》,张伯伟译,莫砺锋编:《神女之探寻——英美学者论中国古典诗歌》,上海:上海古籍出版社,1994 年,第 240—270 页。

张健著:《〈文心雕龙〉的组合式文体理论》,《北京大学学报》2017 年第 3 期,第 31—41 页。

葛晓音著:《八代诗史》,西安:陕西人民出版社,1989 年,第 183—278 页。

Cai, Zong-qi(蔡宗齐), ed. *Chinese Aesthetics: the Ordering of Literature, the Arts, and the Universe in the Six Dynasties*. Honolulu: University of Hawai'i Press, 2004.

Cai, Zong-qi, ed. *A Chinese Literary Mind: Culture, Creativity, and Rhetoric in Wenxin Diaolong*. Stanford: Stanford University Press, 2001.

Ch'en, Shih-hsiang(陈世骧). *Literature as Light against Darkness: Being a Study of Lu Chi's "Essay on Literature," in Relation to His Life, His Period in Medieval Chinese History, and Some Modern Critical Idea*. National Peking University Semi-centennial Papers, No.11, College of Arts. Peiping: National Peking University Press, 1948.

Chang, Kang-i Sun(孙康宜). "Chinese Lyric Criticism in the Six Dynasties." In *Theories of the arts in China*, edited by Susan Bush and Christian Murck, 215–224. Princeton: Princeton University Press, 1983.

Hightower, James R. *Topics in Chinese Literature: Outlines and Bibliographies*. Chapter 6 "Six Dynasties Literary Criticism." Cambridge: Harvard

Kozen, Horishi. "Views of Literature in Medieval China: From the Six Dynasties to the T'ang." *Acta Asiatica: Bulletin of the Institute of Eastern Culture* 70 (1996): 1 – 19.

Miao, Ronald C. "Literary Criticism at the End of the Eastern Han." *Literature East and West* 26.3 (1972): 1013 – 1034.

第三节　论文学功用：文学与作者的生命意义

六朝人对文学功用的关注呈现出从政治道德世界到个人世界的转移。文学功用的讨论是先秦两汉文学论中最为重要的部分，从《尧典》《左传》《论语》到《毛诗序》无不如此。然而，在六朝文论中它却成了最不重要的部分。《典论·论文》开篇言："盖文章，经国之大业，不朽之盛事。"（见《文学论评选》§067）曹丕称文章是"经国之大业"，大概是因为治理国家需要有效地使用辞令，就如春秋时期的赋诗专对和后来的册令文书的撰写。然而，曹丕对文学"经国"功用毫无兴趣，整篇文章根本不予以讨论。他真正关心的只是"不朽之盛事"，即文章可帮助作者个人立言而不朽的功用。也许，曹丕列举"经国之大业"只是为了与"不朽之盛事"骈对而已。

曹丕（187—226）《典论·论文》：

> 盖文章经国之大业，不朽之盛事。年寿有时而尽，荣乐止乎其身。二者必至之常期，未若文章之无穷。是以古之作者，寄身于翰墨，见意于篇籍，不假良史之辞，不托飞

驰之势,而声名自传于后。故西伯幽而演《易》,周旦显而制《礼》,不以隐约而弗务,不以康乐而加思。夫然,则古人贱尺璧而重寸阴,惧乎时之过已。而人多不强力,贫贱则慑于饥寒,富贵则流于逸乐,遂营目前之务,而遗千载之功。日月逝于上,体貌衰于下,忽然与万物迁化,斯志士之大痛也!(WX, pp.2271–2272)

作为一代君主,曹丕虽亦提及文学"经国大业"的功用,却并未多加着墨,反而更看重文章对个体生命价值、才学声名的延续。他指出当世的贫贱富贵皆有穷尽终结之日,唯有文章翰墨方能流传不朽。

刘勰对文学之于国家政治的功用也是兴趣索然。《文心雕龙》有五十章之多,文学理论的重要方面都有专章论述,但却没有一章专论文学的功用。不同于《大序》作者,刘勰没有阐述文学如何能且应该用于调节人际关系、加强道德和社会政治秩序,以及使人与神保持一致。相反,他仅仅承认"顺美匡恶,其来久矣"(《明诗第六》),以及在若干章节中敷衍地提到文学的两种教化职能。理论上刘勰认为文学作为自觉的创作过程,其价值的判定不是看它如何协调外部过程给人类带来福祉,而是看它如何以文或美好的形式来体道,以及由此得以"经纬区宇,弥纶彝宪"(《原道》)。在道德经验的层面,他将道德规劝和教诲降至边缘地位,即便他承认作者的道德品质和文学创造有所关联。

钟嵘《诗品》对文学的政教功用也采取避而不谈的态度。

最能说明这一点的是他对"诗六义"的处理。《诗大序》作者六义中只论"风""雅""颂",一味强调三者的政教功用。钟嵘则反其道而行之,撇开"风""雅""颂"不谈,而专论"赋""比""兴"的审美效应,仅在谈"比"时提及其美刺的作用(见《文学论评选》§066)。

钟嵘(468—518)《诗品序》:

> 气之动物,物之感人,故摇荡性情,行诸舞咏。照烛三才,辉丽万有;灵只待之以致飨,幽微藉之以昭告;动天地,感鬼神,莫近于诗。(*SPZ*, p.1)

《诗品》是一部专录汉代到齐梁时期五言诗的诗歌选本。在序文的开篇,钟嵘把诗的最初源头追溯到宇宙的"气",并揭示出诗对三才(天、地、人)的烛照之功。这让我们联想起刘勰的原道和感物之说。在《诗品》序中,钟嵘既不重复"诗言志"说,也没有喋喋不休地阐述"志"的概念。他引述了孔子"(诗)可以群,可以怨"之语以及《大序》中的几个短语,但《诗》的教化传统不过顺带提及而已。相反,他的兴趣集中在情的审美内涵上,探究四季的变换如何激发诗人的情感,使他们长歌而"骋其情"。

萧统《文选序》说:"若夫姬公之籍,孔父之书,与日月俱悬,鬼神争奥,孝敬之准式,人伦之师友,岂可重以芟夷,加之剪截?"(见《文学论评选》§061)因此儒家经典不能被收入《文选》。萧纲和萧绎也对儒家经典采取了相似的保留态度。萧纲

《诫当阳公大心书》言:"所以孔丘言:'吾尝终日不食,终夜不寝,以思,无益,不如学也。'若使墙面而立,沐猴而冠,吾所不取。"(见《文学论评选》§072)

萧纲《诫当阳公大心书》:

> 汝年时尚幼,所阙者学。可久可大,其唯学欤?所以孔丘言:"吾尝终日不食,终夜不寝,以思,无益,不如学也。"若使墙面而立,沐猴而冠,吾所不取。立身之道,与文章异;立身先须谨重,文章且须放荡。(WJNBCWLX, p.354)

萧纲意识到立身与文章之道不同,指出立身处世当谨慎持重,文章创作则须纵横跳脱,不受束缚,这意味着时人已将文学的价值从对社会功用论的限定中解放开,赋予其独立的审美创造价值,唯有"放荡"才性,文章才能富有艺术表现力,带来审美愉悦。

对多数的六朝文论家而言,文学功用不在培养道德情操,而在于给读者带来审美的愉悦,给作者以美文立身的机会。曹丕《典论·论文》云:"是以古之作者,寄身于翰墨,见意于篇籍,不假良史之辞,不托飞驰之势,而声名自传于后。"这段的意思是,作品的创造可以延伸个人存在的价值,作品本身就是个人与宇宙互动的产品,而文学创作可以延伸个人存在的价值,解决个人存在的最大焦虑,即汉代普遍存在的人生无常的意识。又云:"夫然,则古人贱尺璧而重寸阴,惧乎时之过已。而人多不强力,贫贱则慑于饥寒,富贵则流于逸乐,遂营目前之务,而遗千载之功。日月逝于上,体貌衰于下,忽然与万物迁化,斯志士之大痛也!"(§067)曹丕借用《左传》的"三不朽",认为"立言"可以解决人生存在的生命无常,但这里的"言"是纯文学的作品,不是从前所说的圣贤之言。因此,曹丕强调"一家之言"的珍贵价值,因为"年寿有时而尽,荣乐止乎其身,二者必至之常期,未若文章之无穷"(§067),而"一家之言"的作品可以借助于金石、竹帛、文字得以保存。

关于文学对个人生命的作用,也有人持完全相反的意见。比如曹植步扬雄的后尘,在《与杨德祖书》称:

> 昔扬子云先朝执戟之臣耳,犹称壮夫不为也。吾虽德薄,位为蕃侯,犹庶几戮力上国,流惠下民,建永世之业,流金石之功,岂徒以翰墨为勋绩,辞赋为君子哉!(*WX*, pp.1903 – 1904)

曹植作为建安文才之杰,却反而推崇建立政治功业,对文章翰墨的价值不以为然,反视之为壮夫不为的小技,这种观念与曹丕《典论·论文》形成鲜明对比。此后还有裴子野(469—530)《雕虫论》:

> 宋明帝聪博好文史,才思朗捷,省读书奏,号七行俱下。每国有祯祥及行幸燕集,辄陈诗展义,且以命朝臣。其戎士武夫,则托请不暇,困于课限,或买以应诏焉。于是天下向风,人自藻饰,雕虫之艺盛于时矣。梁鸿胪卿裴子

野又论曰：古者四始六义，总而为诗，既形四方之气，且彰君子之志，劝善惩恶，王化本焉。而后之作者思存枝叶，繁华蕴藻，用以自通。若夫悱恻芳芬，楚《骚》为之祖；靡漫容与，相如扣其音。由是随声逐响之俦，弃指归而无执。赋歌诗颂，百帙五车，蔡邕等之俳优，扬雄悔为童子。圣人不作，雅郑谁分？其五言为诗家，则苏李自出，曹刘伟其风力，潘陆固其枝柯。爰及江左，称彼颜谢；箴绣鞶帨，无取庙堂。宋初迄于元嘉，多为经史。大明之代，实好斯文。高才逸韵，颇谢前哲；波流同尚，滋有笃焉。自是闾阎少年，贵游总角，罔不摈落六艺，吟咏情性。学者以博依为急务，谓章句为专鲁，淫文破典，斐尔为功。无被于管弦，非止乎礼义；深心主卉木，远致极风云。其兴浮，其志弱，巧而不要，隐而不深。讨其宗途，亦有宋之遗风也。若季子聆音，则非兴国；鲤也趋室，必有不敦。荀卿有言："乱代之征，文章匿彩。"而斯岂近之乎？（*WJNBCWLX*, p.325）

这段话从宋明帝好文史辞赋起，揭示刘宋以降从君主到臣民对唯美诗风的好尚。裴子野将这一风气源头推至屈原、司马相如等人的骚赋创作，并以其藻饰过分而掩盖其旨，故而认为这种一味追求辞藻繁华的风气实为雕虫小技，并顺势历数相关代表人物。但是，这种从反面批评唯美诗风的言论，反而具体梳理出当时具有该文学观念的群体分布及其流衍趋势。

而且，这种贬低文学的观点在当时引来强烈的批驳。颜之推对扬雄"童子雕虫篆刻，壮夫不为也"的观点提出质疑，而萧纲声称要对持此观点的人问罪,称:"扬雄实小言破道,非谓君子,曹植亦小辩破言,论之科刑,罪在不赦。"

萧纲《答张缵谢示集书》：

> 纲少好文章,于今二十五载矣。窃尝论之,日月参辰,火龙黼黻,尚且著于玄象,章乎人事,而况文辞可止,咏歌可辍乎？不为壮夫,扬雄实小言破道；非谓君子,曹植亦小辩破言。论在科刑,罪在不赦！（WJNBCWLX,p.353）

君主与上层贵族的喜好,对南朝唯美文学风气的兴起具有主导作用。萧纲在此不仅将文辞咏歌的人文之美与日月星辰等天文之美相等同,还直斥扬雄、曹植等贬低文学价值之论为有罪之论。

不管文章是"不朽之盛事",还是"壮夫不为",在宫廷专门以写作为生的文人已形成为六朝的一个新的重要社会群体。萧绎《金楼子·立言》列出当时以写作"文"和"笔"为生的作者,并且把他们与儒者区分开来,甚至予以更高的地位。

萧绎《金楼子·立言》：

> 然而古人之学者有二,今人之学者有四。夫子门徒,转相师受,通圣人之经者谓之儒。屈原、宋玉、枚乘、长卿之徒,止于辞赋,则谓之文。今之儒,博穷子史,但能识其事,不能通其理者,谓之学。至如不便为诗如阎纂,善为章奏如伯松,若此之流,泛谓之笔。吟咏风谣,流连哀思

者,谓之文。而学者率多不便属辞,守其章句,迟于通变,质于心用。学者不能定礼乐之是非,辩经教之宗旨,徒能扬榷前言,抵掌多识,然而抱源知流,亦足可贵。笔退则非谓成篇,进则不云取义,神其巧惠,笔端而已。至如文者,惟须绮縠纷披,宫徵靡曼,唇吻遒会,情灵摇荡,而古之文笔,今之文笔,其源又异。至如《彖》《系》《风》《雅》,名墨农刑,虎炳豹郁,彬彬君子。卜谈四始,刘言《七略》,源流已详,今亦置而弗辨。潘安仁清绮若是,而评者止称情切,故知为文之难也。曹子建、陆士衡,皆文士也。观其辞致侧密,事语坚明,意匠有序,遗言无失,虽不以儒者命家,此亦悉通其义也。(JLZSZJZ, *juan* 4 p.770)

萧绎认为,古之学者分儒、文两类,而今之学者有四类,但文中只列出了学、笔、文三类。从上下文来判断,学和笔是古之儒者的细分,而对两者的评价都不如文[士]。曹子建、陆士衡等文士非但善于诗文,而且还通晓儒家经典的大义。

【第五章第三节参考书目】
刘师培著:《中国中古文学史讲义》,南京:凤凰出版社,2011年。
刘跃进著:《中古文学文献学》,南京:江苏古籍出版社,1997年,第120—284页。
曹旭、朱立新著:《宫体诗的定义与裴子野的审美》,《文学评论》2010年第1期,第33—39页。
Cai, Zong-qi. "Elevation of Belles Lettres." In *Hawai'i Reader in Traditional*

Chinese Culture, edited by Victor H. Mair, Nancy S. Steinhardt and Paul R. Goldin, 231–233. Honolulu: University of Hawai'i Press, 2005.

Chen, Jack W. "Pei Ziye's 'Discourse on Insect Carving'." In *Early Medieval China: A Sourcebook*, edited by Wendy Swartz, Robert Ford Campany, Yang Lu, and Jessey J. C. Choo. New York: Columbia University Press, 2014.

Tian, Xiaofei (田晓菲). "Book Collecting and Cataloging in the Age of Manuscript Culture: Xiao Yi's Master of the Golden Tower and Ruan Xiaoxu's Preface to Seven Records." In *Early Medieval China: A Sourcebook*, edited by Wendy Swartz, Robert Ford Campany, Yang Lu, and Jessey J. C. Choo. New York: Columbia University Press, 2014.

Wu, Fusheng. *The Poetics of Decadence: Chinese Poetry of the Southern Dynasties and Late Tang Periods*, 30–33. Albany: State University of New York Press, 1998.

第六章　隋唐文学论

　　文论的体式到了唐代又发生了很大的变化。六朝批评家主要以专论和序言的形式评议文学，《典论·论文》《文赋》《文心雕龙》是不朽的专论，而《诗品序》和《文选序》则是名垂千古的序言。这些专论序言多对美文抱有正面肯定的态度，为刚刚走向自觉的文学创作摇旗呐喊，不遗余力地提高文学及文人的地位。当然，对当时唯美主义倾向的批评亦不绝于耳，但是这种批评大多限于私人书信，如曹植《与杨德祖书》在与朋友的书信中针砭当时文风（见《文学论评选》§068），后来的《颜氏家训》亦如此（见《文学论评选》§063），不过《颜氏家训》期望的读者主要是家人。

　　到了唐代，"论"这一形式似乎销声匿迹，至少传世文献中已无有关文学的专论。日人空海（774—835）《文镜秘府论》选辑初盛唐时期诗式、诗格这类作诗指南的核心部分，很难称得上是理论专著。序言的形式仍旧被使用，但其理论深度和影响力已大不如以往，如殷璠（生卒不详）《河岳英灵集》（见《文学论评选》§078）、元结（719—772）《箧中集序》（见《文学论评选》§077）等，主要是为了推动新的诗风而作，并非致力于深入探讨文学的本质。当时关于文学最重要的讨论主要见于往来书札,有写给君主的策书,如李谔(生卒不详)《上隋高祖革文华书》,更多的是文人师友之间的书信,如白居易(772—846)《与元九书》(§079)和韩愈(768—824)、柳宗元(773—819)诸古文家所写的书信。

唐人的理论立场似乎也与六朝人恰恰相反。六朝致力于"立";唐代则以"破"为主导或先导,此时所有关于文学的讨论都批评了六朝的文学事件和文学思想。无论是谈诗还是论文,均立足于批评六朝文学。隋代和初唐论诗的书信和文章对六朝唯美传统的批判犀利无比,不仅仅批判诗人专事追求骈比、声律、华藻的浮靡文风,还给在政治上纲上线,把他们列为造成南朝各代短命夭折的罪魁祸首。例如,隋王通对谢灵运、沈约等以"小人"视之,而初唐王勃更将前朝亡国归因于文风衰靡。然而,他们这种极端的美文误国论不久就被更为理性的、破中有立的批判所代替。无论是陈子昂所追复的风雅兴寄传统,还是李白慨叹"大雅久不作",乃至中唐的新乐府创作运动,都从正面强调文学的比兴寄托、美刺教化、补察时政功能,同时还肯定美文自身的价值。例如,殷璠《河岳英灵集·集论》序从伶伦造律说起,以宫商节律为文章之本。他对沈约等人声律说的否定并不意味着抹灭声调之美的重要性。至于白居易,其《与元九书》《策林》等既称诗之感人"莫始乎言,莫切乎声"云云,便已默认声律与文辞之美对诗歌补察时政、泄导人情的价值。而其新乐府系列的序言与创作实践更以采选入乐府配乐可歌为目标,以求延续采诗观风的《国风》传统。这些足可见他的文学论在批判六朝流弊之外进行的新的建树。

至于论文方面,中唐柳冕、韩愈等古文家都以公允的态度重审文道关系,并将学文与个体的修身养气、学习圣人联系起来,读圣人文章以养圣人之气,气盛则言之长短高下皆宜。韩、柳等人论文—道关系的落脚点仍回到"言"的层面,就意味着他们认同文学的价值,把学文与学圣紧密联系起来。"气盛言宜""不平则鸣"等主张已经贯穿着对文辞、声调的重视,并重组了文的外在形式与内在思想间的互动关系。

第一节　诗人论诗:王通、白居易等破而不立、破中有立的诗史建构

在论诗的文章中,隋王通(584—617)、初唐王勃(650—676)属于以"破"为主的一类。王通不仅猛力抨击浮靡的文风,还力图把文士打入另类,称:"谢灵运小人哉!其文傲,君子则谨。沈休文小人哉!其文冶,君子则典。鲍昭、江淹,古之狷者也,其文急以怨。"(见《文学论评选》§074)王勃《上吏部裴侍郎启》对六朝文学的批评甚至更加尖锐,他认为追求唯美是前代亡国的主要原因:"故魏文用之而中国衰,宋武贵之而江东乱。虽沈、谢争骛,适足兆齐梁之危;徐、庾并驰,不能止周陈之祸。于是识其道者卷舌而不言,明其弊者拂衣而径逝。"(见《文学论评选》§076)此即一种"美文误国"的观点。而陈子昂(约659—约700)等人则重拾《国风》传统,而此论述的核心是诗人何以传道,何以让道"沿诗人以重文"。元结《箧中集序》也致力

于全盘否定的"破"。该文无情地鞭挞了时人"拘限声病,喜尚形似"的作品,认为当时文风已与政教伦理脱离,"丧于雅正",并收集沈千运等人的五言古诗,编成《箧中集》(见《文学论评选》§ 077)。殷璠《河岳英灵集》的立场则是"破中有立",他对音律的使用加以肯定,认为不能因律废诗,虽然否定了沈约之说却也称"但令词与调合,首末相称,中间不败,便是知音"(见《文学论评选》§ 078)。白居易的《与元九书》则不仅批判,而且还提出了新的作诗原则,即"文章合为时而著,歌诗合为事而作",认为感事而作诗,是对国风传统的回归(见《文学论评选》§ 079)。另外,白居易又认为,诗歌可以气感动宇宙:"诗者:根情,苗言,华声,实义。上自贤圣,下至愚骒,微及豚鱼,幽及鬼神。群分而气同,形异而情一,未有声入而不应,情交而不感者。"(《与元九书》,见《文学论评选》§ 079)在此文中,他还讨论了不同历史时期诗歌的演变,谈到了"六义"之式微、消失,为重振此风教传统而提出"文章合为时而著,歌诗合为事而作"的响亮口号。

王通(584—617)《中说》:

今言政而不及化,是天下无礼也;言声而不及雅,是天下无乐也;言文而不及理,是天下无文也。王道从何而兴乎?吾所以忧也。(ZS, *juan* 1, p.4)

子曰:学者博诵云乎哉!必也贯乎道。文者,苟作云乎哉?必也济乎义。(ZS, *juan* 2, p.2)

在唐宋两朝,文道模式支配了有关文学的理论思考,催生出两种新的文学主张。其一是"文以贯道",这里所引的隋代王通即是一例。后来李汉(约806—821)直截了当地说:"文者,贯道之器也。"[1]明确地提出"文以贯道"的主张。但他只是笼统地使用"贯道"一词来总结唐代古文家肯定文学的文学论,同时的柳宗元(773—819)、韩愈(768—824)等古文运动领袖又用相似的"文以明道"一语对此主张作了详尽阐发。[2] 到了宋代,周敦颐(1017—1073)用"载道"论对"贯道"论加以驳斥(参看《通书·文辞》),由此产生"贯道"与"载道"这两大流派之争。

> 子谓:"文士之行可见:谢灵运小人哉!其文傲,君子则谨。沈休文小人哉!其文冶,君子则典。鲍昭、江淹,古之狷者也,其文急以怨。吴筠、孔珪,古之狂者也,其文怪以怒。谢庄、王融,古之纤人也,其文碎。徐陵、庾信,古之夸人也,其文诞。"或问孝绰兄弟,子曰:"鄙人也,其文淫。"或问湘东王兄弟,子曰:"贪人也,其文繁。""谢朓,浅人也,其文捷。江总,诡人也,其文虚。皆古之不利人也。"子谓:"颜延之、王俭、任昉,有君子之心焉,其文约以则。"(ZS, juan 3, pp.2–3)

西方文论有句话,叫做"风格即人",即作品的风格和人是有关

---

[1] 李汉《昌黎先生集序》,见郭绍虞、王文生编:《中国历代文论选》第二册,第121—122页,上海:上海古籍出版社,1980年。
[2] 参看柳宗元《柳河东集》第三十四卷《答韦中立论师道书》,第543页,上海:上海古籍出版社,2008年;韩愈《答刘正夫书》,马其昶《韩昌黎文集校注》卷三,第121页,上海:古典文学出版社,1957年。

系的。《文心雕龙·原道篇》说:"道沿圣以垂文,圣因文而明道。"圣人之所以能够垂文并明道,是由于他具有体现道(宇宙规律)的理想品德。刘勰在《文心雕龙·才性篇》中,还指出作者的身体条件和秉性会影响作品。但这里有一个脱节,即在《宗经》《征圣》篇,他对圣人的品德加以强调;在《风骨》《才性》篇中讨论作者对作品的影响时,又往往与政治伦理没有关系。但我们仍可以看出,刘勰在这里有一个预设的理念,即认为作者的精神风貌与作品是相关的。王通对这二者的关系阐发得更加明确,直接将作品价值的高下与作者的人品划上了等号,并且从这一标准出发,对文学史上很多著名作者提出了批评。这是很特殊的。因为此前讨论风格与作者的关系时,往往是从肯定的角度出发,如曹丕《典论·论文》说"虽在父兄,不能以移子弟";而王通此处正好相反,是通过否定人品来否定作品。道德低劣者,则文必不好。孔子说"有德者必有言",这段话则是从反面来推论,"无德者必无言"。

李谔(隋朝)《上书正文体》:

> 臣闻古先哲王之化民也,必变其视听,防其嗜欲,塞其邪放之心,示以淳和之路。五教六行,为训民之本;《诗》《书》《礼》《易》,为道义之门。故能家复孝慈,人知礼让,正俗调风,莫大于此。其有上书献赋,制诔镌铭,皆以褒德序贤,明勋证理。苟非惩劝,义不徒然。

> 降及后代,风教渐落。魏之三祖,更尚文词,忽君人之大道,好雕虫之小艺。下之从上,有同影响,竞骋文华,遂成风

俗。江左齐、梁,其弊弥甚,贵贱贤愚,唯矜吟咏。遂复遗理存异,寻虚逐微,竞一韵之奇,争一字之巧。连篇累牍,不出月露之形;积案盈箱,唯是风云之状。世俗以此相高,朝廷据兹擢士。禄利之路既开,爱尚之情愈笃。于是闾里童昏,贵游总丱,未窥六甲,先制五言。至如羲皇、舜、禹之典,伊、傅、周、孔之说,不复关心,何尝入耳。以傲诞为清虚,以缘情为勋绩,指儒素为古拙,用词赋为君子。故文笔日繁,其政日乱,良由弃大圣之轨模,构无用以为用也。损本逐末,流遍华壤,递相师祖,久而愈扇。

及大隋受命,圣道聿兴,屏黜轻浮,遏止华伪,自非怀经抱质,志道依仁,不得引领缙绅,参厕缨冕。开皇四年,普诏天下,公私文翰,并宜实录。其年九月,泗州刺史司马幼之文表华艳,付所司治罪。自是公卿大臣,咸知正路,莫不钻仰坟素,弃绝华绮,择先王之令典,行大道于兹世。如闻外州远县,仍踵敝风,选吏举人,未遵典则,至有宗党称孝,乡曲归仁,学必典谟,交不苟合,则摈落私门,不加收齿;其学不稽古,逐俗随时,作轻薄之篇章,结朋党而求誉,则选充吏职,举送天朝。盖由县令刺史,未行风教,犹挟私情,不存公道。臣既忝宪司,职当纠察。若闻风即劾,恐挂网者多,请勒诸司,普加搜访,有如此者,具状送台。(QSW, juan 20, pp.4134 - 4135)

这段话首先称赞古代诗书为明道之文,后面则体现一种文学退化论。其主要的批评对象,是"竞一韵之奇,争一字之巧。连篇累牍,不出月露之形;积案盈箱,唯是风云之状"的南朝美文。

"文笔日繁,其政日乱",则认为追求文学对政治有影响。前人有"清谈误国"之论,这里则指斥创作形式美的作品是误国的,可谓"美文误国"论。这一论点,后来宋人王柏(1197—1274)《题碧霞山人王文公集后》有近似之处。

王勃(649—676)《上吏部裴侍郎启》:

> 夫文章之道,自古称难。圣人以开物成务,君子以立言见志。遗雅背训,孟子不为;劝百讽一,扬雄所耻。苟非可以甄明大义,矫正末流,俗化资以兴衰,国家由其轻重,古人未尝留心也。自微言既绝,斯文不振。屈宋导浇源于前,枚马张淫风于后。谈人主者,以宫室苑囿为雄;叙名流者,以沈酗骄奢为达。故魏文用之而中国衰,宋武贵之而江东乱。虽沈、谢争骛,适足兆齐梁之危;徐、庾并驰,不能止周陈之祸。于是识其道者卷舌而不言,明其弊者拂衣而径逝。潜夫昌言之论,作之而有逆于时;周公孔氏之教,存之而不行于代。天下之文,靡不坏矣。国家应千载之期,恢百王之业,天地静默,阴阳顺序。方欲激扬正道,大庇生人,黜非圣之书,除不稽之论。牧童顿颡,思进皇谋;樵夫拭目,愿谈王道。崇大厦者非一木之材,匡弊俗者非一日之卫,众持则力尽,真长则伪销,自然之数也。
>
> 君侯受朝廷之寄,掌镕范之权,至于舞咏浇淳,好尚邪正,宜深以为念者也。伏见铨擢之次,每以诗赋为先,诚恐君侯器人于翰墨之间,求材于简牍之际,果未足以采取英秀,斟酌高贤者也。徒使骏骨长朽,真龙不降,衒才饰智者奔驰于

末流,怀真蕴璞者栖遑于下列。(QTW, juan 180, p.806)

王勃此文严厉批评唯美倾向的文风,以为文章之道的根本在于揭万物之理,言君子之志,故而对屈宋以后文风浮薄乃至绮靡予以强烈的批判,甚至将魏晋以还各朝的衰败皆归咎于帝王好尚此文风。

元结(719—772)《箧中集序》:

> 元结作《箧中集》,或问曰:"公所集之诗,何以订之?"对曰:风雅不兴,几及千岁,溺于时者,世无人哉?呜呼!有名位不显,年寿不终,独无知音,不见称颂,死而已矣,谁云无之!近世作者,更相沿袭,拘限声病,喜尚形似,且以流易为辞,不知丧于雅正,然哉!彼则指咏时物,会谐丝竹,与歌儿舞女,生污惑之声于私室可矣;若令方直之士、大雅君子,听而诵之,则未见其可矣。(QTW, juan 381, p.1713)

元结首先设问自答称,风雅正道已近千年未兴,其间时人皆因好尚声律形似之言,令作品风格偏于流便轻慢,只追求歌儿舞女的靡靡之音,由此与雅正之道渐远。就此而言,元结对音律美文的价值是全面否定的。

殷璠《河岳英灵集·集论》:

> 昔伶伦造律,盖为文章之本也。是以气因律而生,节假律而明,才得律而清焉。豫于词场,不可不知音律焉。

如孔圣删诗,非代议所及。自汉、魏至于晋、宋,高唱者千余人,然观其乐府,犹时有小失。齐、梁、陈、隋,下品实繁,专争拘忌,弥损厥道。夫能文者,匪谓四声尽要流美,八病咸须避之,纵不拈二,未为深缺。即"罗衣何飘飘,长裾随风还",雅调仍在,况其他句乎?故词有刚柔,调有高下,但令词与调合,首末相称,中间不败,便是知音。而沈生虽怪曹、王"曾无先觉",隐侯去之更远。璠今所集,颇异诸家:既闲新声,复晓古体,文质半取,《风》《骚》两挟:言气骨则建安为俦,论宫商则太康不逮。将来秀士,无致深惑。(*WJMFL*, p.352)

殷璠这段话,表现出对音律和文学本身价值的认可。他虽然批评四声,却也肯定音乐"为文章之本"。同时他标举"既闲新声,复晓古体,文质半取,《风》《骚》两挟"的文学标准,又表现出一种对文学的肯定。这些都和王通(584—617)的观点(见《文学论评选》§074)不同。

白居易(772—846)《与元九书》:

夫文尚矣,三才各有文:天之文,三光首之;地之文,五材首之;人之文,六经首之。就六经言,《诗》又首之。何者?圣人感人心而天下和平。感人心者,莫先乎情,莫始乎言,莫切乎声,莫深乎义。诗者:根情,苗言,华声,实义。上自贤圣,下至愚骏,微及豚鱼,幽及鬼神。群分而气同,形异而情一,未有声入而不应,情交而不感者。

> 圣人知其然,因其言,经之以六义;缘其声,纬之以五音。音有韵,义有类。韵协则言顺,言顺则声易入;类举则情见,情见则感易交。于是乎孕大含深,贯微洞密,上下通而一气泰,忧乐合而百志熙。五帝三皇所以直道而行、垂拱而理者,揭此以为大柄,决此以为大窦也。

这里提出圣人之文"感人心"之论,和下一节柳冕的观点有点相似(见《文学论评选》§082),但换了一个角度。柳冕侧重圣人对天地"精""气"的感应,而这里则强调圣人以六经之文"感天下"。"圣人知其然,因其言,经之以六义","上自圣贤,下至愚骏","未有声入而不应,情交而不感者"。圣人之文感动天下,"上下通而二气泰,忧乐合而百志熙",由此造成"圣人感人心而天下和平"的社会影响。

> 故闻"元首明,股肱良"之歌,则知虞道昌矣;闻五子洛汭之歌,则知夏政荒矣。言者无罪,闻者足戒,言者、闻者,莫不两尽其心焉。洎周衰秦兴,采诗官废,上不以诗补察时政,下不以歌泄导人情,乃至于谄成之风动,救失之道缺,于时六义始刓矣。

白居易在此将上古所传歌诗的价值功用再次归于补察时政、泄导人情,并指出随着政教衰歇,这种教化功用已随之缺失。

> 国风变为骚辞,五言始于苏李。苏李骚人,皆不遇者,

> 各系其志，发而为文。故河梁之句，止于伤别，泽畔之吟，归于怨思，彷徨抑郁，不暇及他耳。然去《诗》未远，梗概尚存，故兴离别则引双凫一雁为喻，讽君子小人则引香草恶鸟为比，虽义类不具，犹得风人之什二三焉，于时六义始缺矣。

在诗歌风雅教化价值式微的过程中，白居易认为屈原骚辞和文人五言诗尚能延续一部分《诗》六义的比兴寄托传统，以写君子不遇之志。只不过到晋宋以还，能得其义者已日益衰微。

> 晋宋已还，得者盖寡。以康乐之奥博，多溺于山水，以渊明之高古，偏放于田园，江鲍之流，又狭于此，如梁鸿《五噫》之例者，百无一二焉！于时六义寖微矣。
>
> 陵夷至于梁陈间，率不过嘲风雪、弄花草而已。噫！风雪花草之物，《三百篇》中岂舍之乎？顾所用何如耳。设如"北风其凉"，假风以刺威虐也；"雨雪霏霏"，因雪以愍征役也；"棠棣之华"，感华以讽兄弟也；"采采芣苢"，美草以乐有子也。皆兴发于此，而义归于彼。反是者，可乎哉！然则"余霞散成绮，澄江净如练"，"离花先委露，别叶乍辞风"之什，丽则丽矣，吾不知其所讽焉，故仆所谓嘲风雪、弄花草而已，于时六义尽去矣。……(BJYJJJ, juan 45, pp.2732–2734)

这里的梳理认为后世文学是对于传统的一种断裂，和刘勰《文心雕龙》中的观点不同。刘勰虽然也对时文有所批评,但是他对文学总的历史状况,其基本的态度还是强调各种文体对圣人之文的继承。

> 自登朝来,年齿渐长,阅事渐多。每与人言,多询时务。每读书史,多求理道。始知文章合为时而著,歌诗合为事而作。(*BJYJJJ*, *juan*45, p.2734)

我们注意到,这些观点与刘勰文道观正相吻合。和刘勰一样,他们坚信当代的文学著作和古代的儒家经典一样,能揭示甚至体现宇宙之道。在探讨文和宇宙之道间的持续互动时,他们提供了大量事实证明文学过程和宇宙过程之间的共鸣,令人印象深刻。尽管他们忠于新儒家的道德传统,但由于坚信文、道之间的动态联系,他们仍保留了对文学的高度肯定。

白居易《策林六十八》:

> 臣谨按:《易》曰:"观乎人文,以化成天下。"《记》曰:"文王以文理。"则文之用大矣哉!自三代以还,斯文不振,故天以将丧之弊,授我国家。国家以文德应天,以文教牧人,以文行选贤,以文学取士,二百余年,焕乎文章,故士无贤不肖,率注意于文矣。然臣闻大成不能无小弊,大美不能无小疵,是以凡今秉笔之徒,率尔而言者有矣,斐然成章者有矣。故歌咏、诗赋、碑碣、赞诔之制,往往有虚美者矣,有愧辞者矣。若行于时,则诬善恶而惑当代,若传于后,则

> 混真伪而疑将来。臣伏思之,大非先王文理化成之教也。且古之为文者,上以纫王教,系国风,下以存炯戒,通讽谕;故惩劝善恶之柄,执于文士褒贬之际焉;补察得失之端,操于诗人美刺之间焉。今褒贬之文无核实,则惩劝之道缺矣;美刺之诗不稽政,则补察之义废矣;虽雕章镂句,将焉用之?

这里也引《周易》语来彪炳"人文"的功用,只不过再次回到道德教化的范畴中,白居易藉此盛赞当朝文德、文教及文行选贤取士,但也由此进一步主张规范为文,革除虚美造作之风,以正诗歌的美刺传统。

> 臣又闻:稂莠秕稗生于谷,反害谷者也;淫辞丽藻生于文,反伤文者也。故农者耘稂莠,簸秕稗,所以养谷也;王者删淫辞,削丽藻,所以养文也。伏惟陛下诏主文之司,谕养文之旨,俾辞赋合炯戒讽谕者,虽质虽野,采而奖之;碑诔有虚美愧辞者,虽华虽丽,禁而绝之。若然,则为文者必当尚质抑淫,著诚去伪,小疵小弊,荡然无遗矣。则何虑乎皇家之文章,不与三代同风者欤?(BJYJJJ, juan 68, pp.3507 – 3508)

这里提出一种"本末论",认为道是本,文学是末。文学的根本在道,所以从道中生出之文方为文章。这基本上是继承刘勰《文心雕龙》中《宗经》《征圣》篇的观点,只是用了本末这一比喻加以阐发。

白居易《故京兆元少尹文集序》：

> 天地间有粹灵气焉，万类皆得之，而人居多。就人中，文人得之又居多。盖是气凝为性，发为志，散为文。粹胜灵者，其文冲以恬。灵胜粹者，其文宣以秀。粹灵均者，其文蔚温雅渊，疏朗丽则，检不拘，达不放，古淡而不鄙，新奇而不怪。（BJYJJJ, juan 68, p.3615）

此序也从气论的内外生发入手，以为天地间散布的"粹灵"之气汇聚于文人之身，凝定为气性，发而为志，外现成文，而所成之文即可体现文人内涵的气质优劣。白居易还对"粹灵"之气分布多少所产生的文风差异做出区分，其中，气之"粹"相对侧重于文之内涵本质，气之"灵"则近于文之辞采，白氏尤推崇"粹""灵"分布均匀者。从其描述来看，这种"粹灵均者"之文，正合乎儒家"文质论"中的"彬彬"之旨。

【第六章第一节参考书目】

李珍华、傅璇琮著：《河岳英灵集研究》，北京：中华书局，1992年，第1—69页。

谢思炜著：《唐宋诗学论集》，北京：商务印书馆，2003年，第170—182页。

何诗海著：《论元结在新乐府运动中的地位》，《中国韵文学刊》2002年第1期，第17—20页。

杜晓勤著：《隋唐五代文学研究》，北京：北京出版社，2003年，第388—397、994—1050、1115—1220页。

宇文所安著:《九世纪初期诗歌与写作之观念》,《中国"中世纪"的终结:中唐文学文化论集》,陈引驰、陈磊译,北京:三联书店,2006年,第87—104页。

Waley, Arthur. *The Life and Times of Po Chü-i (772–846 A.D)*. Chapter 8 "Po Chü-i's Letter on Poetry to Yuan Chen." London: G. Allen & Unwin, 1949.

第二节 古文家论文:韩、柳等人的文道说和文气说

"破中有立"的观点突出呈现于中唐古文运动代表人物的文章之中。柳冕(730—804)、韩愈、柳宗元等古文家所讨论的"文"有两种涵义,当谈论"文"的功能及其与道的关系之时,他们所指可以视为广义的、包括诗的"文";而当他们谈如何作文时,更多是指散体的古文。他们关于"文"的论述通常是在刘勰所建构的道—圣—文框架中展开。刘勰《文心雕龙·原道》提出"道沿圣而垂文,圣因文而明道",把自然地理之文、圣人之文(书写符号及六经的创造)、后代的文辞文章联为一体,建立出一个辉煌庞大的"文"之谱系,从而将文学提高到前所未有的地位(见《文学论评选》§058)。然而,在《物色》和《神思》篇讨论创作过程时,刘勰并没有将文学创作活动和圣、道联系在一起,也没有将作者自我修养与学习圣人联系在一起。这个缺失的环节正是唐宋古文家得以发挥的地方。

在"道—圣—文"的框架之中,柳冕、韩愈、柳宗元集中探讨如何通过读圣贤文章,通过养圣人之气来创作可与圣人之文相

媲美的文章。韩愈《答李翊书》即是一例,他认为"非三代两汉之书不敢观,非圣人之志不敢存"。讲完了如何学习圣人之后,韩愈接着便进入对创作的讨论,他以水做喻,讨论"气"与"言"的关系:"气,水也;言,浮物也。水大而物之浮者大小毕浮,气之与言犹是也。气盛,则言之短长与声之高下皆宜。"(见《文学论评选》§083)这里所说的"气"指代的是学习古人之书、圣人之志。进入圣人境界之后,创作灵感自然会来,因此这里的创作过程可以理解为也是养气运气的过程。此过程是和学习圣人联系在一起的,而非刘勰《文心雕龙》之《养气》篇所说的生理条件。韩愈说的"气"可追溯到《孟子》所说的"浩然之气"。"浩然之气"是身体和思想道德紧密结合的"气"。西方思想中身体与思想是截然不同的两个类别,而在中国传统儒家思想中这两者是不能分开的。这里,韩愈将"气"的思想运用于讨论"文"的创作过程,在他看来,"文"的产生是"养气"的结果,"养气"到达成熟的地步便自然产生"言""文"。因此"养气"的过程也是培养"言"的过程,创作的过程既是文学培养的过程,也是道德培养的过程,让圣人的德行内化,从而在不自觉中流露出"言"。

刘勰称"圣因文而明道"。而唐宋古文家则相信,通过向圣人学习,他们亦能以其文明道。这一点的显著例子可见柳宗元《答韦中立论师道书》。柳宗元开篇说"乃知文者以明道","吾子好道而可吾文,或者其于道不远矣"(见《文学论评选》§087),随后又强调,在创作过程中,需以正气控制为文的过程,这样他才能"羽翼夫道也",也就是使道明于天下也。

在三教合一思想盛行的唐代，儒家所说的"道"实际上融合了天地之道。因此，古文家谈论"明道"，时常大量采用气、声、水等自然意象对此加以说明。这类物象比喻在六朝文论中很少见，但唐代古文家则乐于用自然意象将儒家之道具体化。在他们看来，从道到圣到文的转变犹如气、声、水等自然的感应。其中自然之"气"的概念使用最为突出，贯穿了其文论的诸多方面。柳冕认为："夫善为文者，发而为声，鼓而为气；真则气雄，精则气生，使五彩并用，而气行于其中。"而这种"气"能够感召天下："精与气，天地感而变化生焉。"（见《文学论评选》§082）韩愈《答李翊书》则认为"气，水也；言，浮物也"，因此"气"则是承接作品之"水"（见《文学论评选》§083）。

韩愈《送孟东野序》开头从声音角度讲述自然之文，接着说五经儒家圣人之"鸣"，诸子百家之"鸣"，最后一部分说了唐代数位诗人之"鸣"，如孟东野（751—814）、李翱（772—841）、张籍（约776—约830）等人之"鸣"。这段话最大的特点是强调了上述具体文籍的最终来源是自然，虽然这里韩愈没有用"道"一词，然而和刘勰所说的内容基本类似，即文学是对自然与天的反映（见《文学论评选》§084）。

韩愈、柳宗元等古文家论文，破中有立，对学习圣人、以文明道、感情自鸣为文、养气用气、文辞声调使用等方面都作了精辟的阐述，建构出后人所称的"贯道派"理论。

柳冕（约730—804）《答衢州郑使君论文书》：

> 昔游、夏之文，日月之丽也。然而列于四科之末，艺成

而下也。苟文不足则,人无取焉。故言而不能文,非君子之儒也;文而不知道,亦非君子之儒也。逮德下衰,其文渐替,惜乎王公大人之言,而溺于淫丽怪诞之说。非文之罪也,为文者之过也。

夫善为文者,发而为声,鼓而为气;真则气雄,精则气生;使五彩并用,而气行于其中。故虎豹之文,蔚而腾光,气也;日月之文,丽而成章,精也。精与气,天地感而变化生焉。圣人感而仁义生焉,不善为文者反此,故变风变雅作矣。六义之不兴,教化之不明,此文之弊也。

噫!文之无穷,而人之才有限,苟力不足者,强而为文则餍,强而为气则竭,强而成智则拙。故言之弥多,而去之弥远,远之便已,道则中废,又君子所耻也,则不足见君子之道与君子之心。心有所感,文不可已;理有至精,词不可逮,则不足当君子之褒。敬叔顿首。(QTW, juan 527, p.2373)

柳冕认为不好的文"非文之罪也,为文者之过也",对文总体上持一种肯定的态度。后面又说"心有所感,文不可已;理有至精,词不可逮",意思是君子不但能感受至精,还能用文辞加以表达。这种对作文本身的肯定,实际上开后代古文运动之先声。柳冕认为,文乃天地"精""气"之外化。圣人能感受天地之"精""气",所以其文能够"丽而成章"。并且提出"善为文者,发而为声,鼓而为气"。这种对"气"的强调,对后来唐宋古文家重视"养气"以成就圣人之文应该颇有影响。

韩愈(768—824)《答李翊书》:

生所谓立言者是也,生所为者与所期者,甚似而几矣。抑不知生之志,蕲胜于人而取于人耶?将蕲至于古之立言者耶?蕲胜于人而取于人,则固胜于人而可取于人矣;将蕲至于古之立言者,则无望其速成,无诱于势利,养其根而俟其实,加其膏而希其光。根之茂者其实遂,膏之沃者其光晔,仁义之人,其言蔼如也。

抑又有难者,愈之所为,不自知其至犹未也。虽然,学之二十余年矣。始者,非三代两汉之书不敢观,非圣人之志不敢存,处若忘,行若遗,俨乎其若思,茫乎其若迷。当其取于心而注于手也,惟陈言之务去,戛戛乎其难哉!其观于人,不知其非笑之为非笑也。如是者亦有年,犹不改,然后识古书之正伪,与虽正而不至焉者,昭昭然白黑分矣,而务去之,乃徐有得也。当其取于心而注于手也,汩汩然来矣。其观于人也,笑之则以为喜,誉之则以为忧,以其犹有人之说者存也。如是者亦有年,然后浩乎其沛然矣。吾又惧其杂也,迎而距之,平心而察之,其皆醇也,然后肆焉。虽然,不可以不养也。行之乎仁义之途,游之乎《诗》《书》之源,无迷其途,无绝其源,终吾身而已矣。

韩愈这里提出一种新的文学论,即文人可以像圣人一样写出圣人的美文,并且介绍了他自己的学习过程,"非三代两汉之书不敢观,非圣人之志不敢存",由此渐近圣人的思想境界。韩愈认为自己所作之言亦可称为"立言",这可以说是对曹丕文学论的继承;但和曹丕的纯美文学论点不同的是,韩愈认为要通过学习圣人才能写出和圣人之言一样可以立身传世之文。这应该也受到了刘勰《征圣》和《宗经》中类似观点的影响。

> 气,水也;言,浮物也。水大而物之浮者大小毕浮,气之与言犹是也。气盛,则言之短长与声之高下皆宜。虽如是,其敢自谓几于成乎!虽几于成,其用于人也奚取焉?虽然,待用于人者,其肖于器耶?用与舍属诸人。君子则不然,处心有道,行己有方,用则施诸人,舍则传诸其徒,垂诸文而为后世法。如是者,其亦足乐乎?其无足乐也?(HCLWJJZ, juan 3, pp.240-242)

《文心雕龙》中,虽然也讲圣、道、文的关系,但那主要是立足于提升文的地位,是从总体上来谈的。具体到创作,如其《物色》诸篇,则根本不谈圣人。古文家谈论文学,将自然和文的关系在具体的创作中加以论述,这对前代的文论是一个发展。这里的"气"也不同于曹丕所说的"气"。韩愈在这里所说的"气",可以追溯到孟子的"浩然之气"。"浩然之气"即身体与道德的混合,和天地之气可以融合。这里的"气"既指道德修养,又指自然声律。后者是对骈文的反对。在韩愈看来,"气盛,则言之短长与声之高下皆宜",说的即是自然之气可以产生抑扬顿挫的自然音乐之美,这不同于写作骈文必须的人为声律要求。参看§119 袁宏道《文漪堂记》:文心与水机同一。

韩愈《送孟东野序》：

大凡物不得其平则鸣。草木之无声，风挠之鸣；水之无声，风荡之鸣。其跃也，或激之；其趋也，或梗之；其沸也，或炙之。金石之无声，或击之鸣。人之于言也亦然，有不得已者而后言。其歌也有思，其哭也有怀，凡出乎口而为声者，其皆有弗平者乎！

乐也者，郁于中而泄于外者也，择其善鸣者而假之鸣。金、石、丝、竹、匏、土、革、木八者，物之善鸣者也。惟天之于时也亦然，择其善鸣者而假之鸣。是故以鸟鸣春，以雷鸣夏，以虫鸣秋，以风鸣冬。四时之相推敓，其必有不得其平者乎！其于人也亦然。人声之精者为言，文辞之于言，又其精也，尤择其善鸣者而假之鸣。其在唐、虞，咎陶、禹，其善鸣者也，而假以鸣。夔弗能以文辞鸣，又自假于韶以鸣。夏之时，五子以其歌鸣。伊尹鸣殷，周公鸣周。凡载于《诗》《书》六艺，皆鸣之善者也。周之衰，孔子之徒鸣之，其声大而远。《传》曰："天将以夫子为木铎。"其弗信矣乎！其末也，庄周以其荒唐之辞鸣。楚，大国也，其亡也，以屈原鸣。臧孙辰、孟轲、荀卿，以道鸣者也。杨朱、墨翟、管夷吾、晏婴、老聃、申不害、韩非、慎到、田骈、邹衍、尸佼、孙武、张仪、苏秦之属，皆以其术鸣。秦之兴，李斯鸣之。汉之时，司马迁、相如、扬雄，最其善鸣者也。其下魏、晋氏，鸣者不及于古，然亦未尝绝也。就其善鸣者，其声清以浮，其节数以急，其词淫以哀，其志弛以肆，其为言也，乱杂而无章。将天丑其德,莫之顾耶?何为乎不鸣其善鸣者也?

唐之有天下,陈子昂、苏源明、元结、李白、杜甫、李观,皆以其所能鸣。其存而在下者,孟郊东野,始以其诗鸣,其高出魏晋,不懈而及于古,其他浸淫乎汉氏矣。从吾游者,李翱、张籍其尤也。三子者之鸣,信善矣,抑不知天将和其声而使鸣国家之盛耶?抑将穷饿其身,思愁其心肠,而使自鸣其不幸耶?三子者之命,则悬乎天矣。其在上也奚以喜?其在下也奚以悲?东野之役于江南也,有若不释然者,故吾道其命于天者以解之。(HCLWJJZ, juan 4, pp.329 – 333)

这段近似于董仲舒《春秋繁露·深察名号》中"名号异声而同本,皆鸣号而达天意者也",即将名号归于有意识的主体性的天。而韩愈在这里认为不同文体均是天之"鸣",认为"天将和其声而使鸣国家之盛"。刘勰认为天地之文和人文之文相联系,在于圣人之文。而韩愈《送孟东野序》则认为"道"不光可以"沿圣以垂文",也可以沿着诸子百家、诗人之文,以及时文而"垂文"。这样则将文人创作与道的关系提高到与圣人相提并论的地步。

《文心雕龙·原道》:"文之为德也大矣,与天地并生者何哉?"将天文、地文和人文并称,强调自然和人文的关系。从发展的角度来看,刘勰只是用自然之文与人文比较,谈得比较抽象;韩愈则是将特定的文学作品与自然现象相联系,强调好的文学作品是自然的产物,并且也符合自然之道。另外韩愈此处还谈到个人作品和时代的关系,认为至文(即最好的作品)能够体现它所处的时代。同时代的白居易《与元九书》也有同样的看法。

韩愈《答陈生书》:

> 愈之志在古道,又甚好其言辞。(HCLWJJZ, juan 3, p.250)

韩愈在此自表其对文所承载之古道的重视,以传承古道为本,但同时也承认其对美文辞的喜好。因而其为文广受称赞,也因此令宋儒责其本末倒置,以古文家而非道学家视之。

韩愈《题欧阳生哀辞后》:

> 愈之为古文,岂独取其句读不类于今者邪?思古人而不得见,学古道则欲兼通其辞;通其辞者,本志乎古道者也。(HCLWJJZ, juan 5, p.431)

这里韩愈再次自白其重文辞,而并非看重文辞外在形式的原因,在于文辞通乎古道。习古文辞,则古人古道可复见。

柳宗元(773—819)《答韦中立论师道书》:

> 始吾幼且少,为文章,以辞为工。及长,乃知文者以明道,是故不苟为炳炳烺烺、务采色、夸声音而以为能也。凡我所陈,皆自谓近道,而不知道之果近乎?远乎?吾子好

道而可吾文,或者其于道不远矣。故吾每为文章,未尝敢以轻心掉之,惧其剽而不留也;未尝敢以怠心易之,惧其弛而不严也;未尝敢以昏气出之,惧其昧没而杂也;未尝敢以矜气作之,惧其偃蹇而骄也。抑之欲其奥,扬之欲其明,疏之欲其通,廉之欲其节,激而发之欲其清,固而存之欲其重,此吾所以羽翼夫道也。

柳宗元阐述了韩愈未完全说出的内容,即"文者以明道",文人可以基于真实感情的"气"创造美文。这样他的文学著作就能"于道不远",并使他能够"羽翼夫道也"。在这种对文学的积极态度的指导下,贯道派对六朝文学的批评相当温和。他们虽然抨击六朝对精致格律和华美对仗的追求,却根本无意于抛弃文学本身的纯文学之价值。

> 本之《书》以求其质,本之《诗》以求其恒,本之《礼》以求其宜,本之《春秋》以求其断,本之《易》以求其动。此吾所以取道之原也。参之《穀梁氏》以厉其气,参之《孟》《荀》以畅其支,参之《庄》《老》以肆其端,参之《国语》以博其趣,参之《离骚》以致其幽,参之《太史公》以著其洁:此吾所以旁推交通而以为之文也。凡若此者,果是耶? 非耶? 有取乎? 抑其无取乎? 吾子幸观焉,择焉,有余以告焉。苟亟来以广是道,子不有得焉,则我得矣,又何以师云尔哉? 取其实而去其名,无招越、蜀吠怪,而为外廷所笑,则幸矣。宗元复白。(QTW, juan 575, p.2575)

可与韩愈学圣人立言之论相比较。韩柳都是讲自己学文的经历。韩愈是"非三代两汉之书不敢观,非圣人之志不敢言",柳宗元则"本于六经",参照百家,这是一个明显的不同。韩愈强调"气盛则言之短长与声之高下皆宜",柳宗元则更加注重文体,也就是更加重视作文本身。但他认为文章(包括美文)可以"羽翼乎道",即通过文章来阐发道。这就将对古文的肯定提升到了更高的层次。

柳宗元在强调为文要本于六经时,对每一种经典的特点都加以归纳。这种思路,其实也受到《文心雕龙·宗经》的影响:"故文能宗经,体有六义:一则情深而不诡,二则风清而不杂,三则事信而不诞,四则义直而不回,五则体约而不芜,六则文丽而不淫。"(见《文学论评选》见§060)

事实上,他们努力要实现的目标正是将文学的艺术形式和高尚的道德价值("明道")结合起来。正是为了实现这一目标,他们发动了著名的古文运动,努力通过新颖的文辞和强有力的音节顿挫来重新创作古文。

第三节 日僧空海论"文":
三教一体的文学观

在《比较诗学结构》第四章《中国诗学和西方诗学内在的系统性》的末尾,我指出:"佛教教义没有衍生出成熟的佛教文学概念,因而没有构成对'基于过程的'中国批评思维基础范式的严肃挑战,但它们的确为中国批评家考察诸如文学的创造和接受问题提供了新的术语、概念和模式。"[1] 也就是说佛教对中国文学批评的影响主要在创作论和解释论,关于文学本质方面则鲜有论述。但空海此处三教合一的文学论可以说是一个少有的例外。

空海(774—835)《文镜秘府论序》:

> 夫大仙利物,名教为基;君子济时,文章是本也。故能空中尘中,开本有之字,龟上龙上,演自然之文。至如观时变于三曜,察化成于九州,金玉笙簧,烂其文而抚黔首,郁乎焕乎,灿其章以驭苍生。然则一为名始,文则教源,以名教为宗,则文章为纪纲之要也。世间出世,谁能遗此乎!故经说阿毗跋致菩萨,必须先解文章。孔宣有言:"小子何莫学夫《诗》?诗可以兴,可以观。迩之事父,远之事君。""人而不为《周南》《邵南》,其犹正墙面而立也。"是知文章之义,大哉远哉!

这里主要是对儒家关于文的伟大起源的一种陈述,如论述文字的起源,"龟上龙上,演自然之文",此即用传统的河图洛书之说来讲述文的伟大起源。又如后文中引述孔子兴观群怨的观点。南朝梁代僧祐《胡汉译经文字音义同异记》赞颂梵书起源和法力的讲述,可以和本段对照:

---

[1] 蔡宗齐著、刘青海译:《比较诗学结构》,北京:北京大学出版社,2012年,第103页。

> 夫神理无声,因言辞以写意;言辞无迹,缘文字以图音。故字为言蹄兔罝,捕兔的网,言为理筌捕鱼的竹器,与上句中"蹄"同指工具、载体,音义合符,不可偏失。是以文字应用,弥伦宇宙,虽迹系翰墨,而理契乎神。昔造书之主凡有三人:长名曰梵被视为生主的创造物,其书右行从左至右书写;次曰佉楼音 qū lóu,佛教故事里创造古文字的仙人名,其书左行从右至左;少者仓颉,其书下行从上至下。梵及佉楼居于天竺,黄史仓颉在于中夏。梵佉取法于净天,仓颉因华于鸟迹。文画诚异,传理则同矣[1]。

这段话首先讲述了佛教对文字的基本理解,即能够表达无声无迹的神理,因此具有"理契乎神"的神秘力量和"弥伦宇宙"的巨大法力。在列举造字之祖时,他是先列举梵和佉楼,他们都是天竺人;然后提到中土的仓颉。他把对文字神秘力量的陈述也放在对儒道的陈述之前。空海"大仙利物""空中尘中,开本有之字"的陈述沿用了僧祐的思路,同时他又用儒家文献中的河图洛书之说来讲述文的伟大起源,还引述了孔子兴观群怨的观点。空海又云:

> 文以五音不夺,五彩得所立名,章因事理俱明、文义不昧树号。因文诠名,唱名得义,名义已显,以觉未悟。三教于是分镳,五乘于是分辙。于焉释经妙而难入,李篇玄而

---

[1] 僧祐:《出三藏记集》卷第一,北京:中华书局,1995年,第12页。

寡和,桑籍近而争唱。游、夏得闻之日,屈、宋作赋之时,两汉辞宗,三国文伯,体韵心传,音律口授。沈侯、刘善之后,王、皎、崔、元之前,盛谈四声,争吐病犯,黄卷溢篋,缃帙满车。贫而乐道者,望绝访写;童而好学者,取决无由。

这里按照传统的评价批评了齐梁四声八病之说:"沈侯、刘善之后,王、皎、崔、元之前,盛谈四声,争吐病犯,黄卷溢篋,缃帙满车。贫而乐道者,望绝访写;童而好学者,取决无由。"可是从下文列举该书的具体内容来看,他下大力气论述的《声谱》《四声论》等,正是他前面批评的对象。可见这篇序言中的观点和该书的内容之间是存在着明显的矛盾的。此外,他的序言中所体现的文学论与原道论一脉相承,但书中没有涉及政教的内容。所以序言的写作或许只是为了满足某种社会期望,并不能反映作者真实的文学论点。

贫道幼就表舅,颇学藻丽,长入西秦,粗听余论。虽然,志笃禅默,不屑此事。爰有一多后生,扣闲寂于文圃,撞词华乎诗囿。音响难默,披卷函杖,即阅诸家格式等,勘彼同异,卷轴虽多,要枢则少,名异义同,繁秽尤甚。余癖难疗,即事刀笔,削其重复,存其单号,总有一十五种类:谓《声谱》《调声》《八种韵》《四声论》《十七势》《十四例》《六义》《十体》《八阶》《六志》《二十九种对》《文三十种病累》《十种疾》《论文意》《论对属》等是也。配卷轴于六合,悬不朽于两曜,名曰《文镜秘府论》。庶缁素好事之人,山野

> 文会之士，不寻千里，蛇珠自得；不烦旁搜，雕龙可期。
> （WJMFL, pp.2-16）

如果把整篇文章中与佛教有关的黑体部分去掉，这就是典型的儒家对文学起源和伟大功用的经典叙述。空海加上了佛教对文字的称赞，由此反映出唐代当时三教合一的思想观念。

【第六章第二节参考书目】

陈坤祥著：《唐人论唐诗研究》，台北：花木兰文化出版社，2008年。
陈幼石著：《韩柳欧苏古文论》，上海：上海文艺出版社，1983年。
王运熙、顾易生编：《中国文学批评史（上）》，上海：上海古籍出版社，2002年。参第三章《唐代古文运动的理论》，第282—315页。
杜晓勤著：《隋唐五代文学研究》，北京：北京出版社，2003年，第1115—1220页。
Bodman, Richard W. *Poetics and Prosody in Early Mediaeval China: A Study and Translation of Kūkai's* 空海 *Bunkyō Hifuron* 文镜秘府论 N.P.: Quirin Press, 2020.
Hartman, Charles. *Han Yu and the T'ang search for unity*. Princeton: Princeton University Press, 1986, chapter 4, The Unity of Style, pp.211-276.
Yu, Pauline. "Poems in Their Place: Collections and Canons in Early Chinese Literature." *Harvard Journal of Asiatic Studies* 50, no. 1 (1990): 163-196.

第七章　宋代文学论

宋代文学论的材料主要是书信、序言、语录中有关"文"的理论阐发,与当时论诗著作的关系不大。宋代是诗话兴起的时代,欧阳修《六一诗话》、陈师道《后山诗话》、刘攽《中山诗话》、叶梦得《石林诗话》、姜夔《白石道人诗话》等相继问世。这些诗话主要谈论具体的诗人、诗作和诗句,属于微观上的评议。当然其间偶然会有一些理论方面的论述,但涉及的主要是艺术欣赏和文学创作中的具体问题,很少从理论的高度讨论文学的起源、本质和功用。《沧浪诗话》的理论性相对较强,但也只涉及诗史和诗歌创作方面的理论议题。

宋代文学论,总体遵循唐代文学论的大方向,以对美文的态度为坐标,沿着破而有立和破而不立两条不同路线来展开。后人借用李汉"文以贯道"和周敦颐"文以载道"二语,炮制出"贯道派"和"载道派"的标签,用于区分遵循这两条不同路线的批评家。

"文以贯道"和"文以载道"二词,似乎意思都一样,例如《汉语大词典》对"贯道"的解释就说"犹载道"[1]。这两种主张

---

[1] 《汉语大词典》,上海:汉语大词典出版社,1994年,卷十,第132页。

都特别强调文学与儒家之道的关系,所以都可视为钟嵘和萧统唯美文学论的对立面。就这一点而言,它们确实有相当程度的相似。上文我们提到过,钟嵘和萧统在发展其唯美文学论时,严格遵照自己确立的文学价值,将古代儒家典籍排除在外,而视文人的创作为典范。这些价值中最受重视的是描写的逼真、声情的流畅、音律的精致、想象力的飞翔以及骈俪的工巧。在重新定义文和道时,贯道和载道的倡导者恢复了儒家典籍作为"文"之核心的地位,正好站在钟嵘和萧统的对立面上。

不过,如果仔细比较贯道论和载道论二者对文道关系的说法,我们可以察觉到其中细微却是根本性的分歧之所在。在讨论文道关系时,许多贯道论者理所当然地将注意力投向了宇宙之道,即便他们强调道要经过一系列儒家先贤方可传到他们生活的时代。其中,贯道论者主要承中唐古文运动的余绪,认为文以道为本,体现万物之情,道则以文为羽翼。他们强调,真正的"至文"实为道德修养达到一定境界后自然而然产生的。苏洵专门取水与风为喻,譬之君子立言不求有意经营,乃修养自足后不得已而自出。这刚好是对韩愈气盛言宜等说的延续与扩展。与此同时,贯道论者接受或默认一条源流有序且延及当时的道统脉络,从尧、舜、汤、文王、孔子、孟子,直至最初提出此说的韩愈。由此将古文运动与儒学道统之复兴贯连一体,文与道可谓内外相依。

宋代贯道派的主力是以苏氏父子为首的古文家,载道派的主力则是宋代不同时期的道学家。载道论者多番强调恢复、重振上古以降所中断的儒家道统,邵雍、周敦颐等人着眼于家国天下之治,二程等人则相对强调个人涵养的修持提升,但这种道统论的建构基本对文的价值持否定态度。周敦颐提出文以载道的说法,将文学限定为修饰性的存在,文辞为艺而与道德内容无涉,充其量只能发挥载道的机械作用。更有甚者,作文所牵动的情感之累和修辞之技,非但不能载道,反而可能存在害道之嫌。如此一来,文与道便分而为二,所谓的"作文害道""学诗妨事""玩物丧志"等说也就日益加深二者的鸿沟。

贯道和载道,一字之差,代表着两种截然不同,甚至是针锋相对的立场。在文论史的宽广语境之中,贯道与载道之争可以看作先秦以来文质之辩的延伸。在此经久不衰的论辩中,重文者必追随孔子,强调文与质彼此相通,互为依赖。而反文者必定吸收墨、法、道家的观点,将文从质剥离开来,对之定义为多余、无用、有害的外表修饰。如果说王充、刘勰将文质一体的观点提升为文道论,而唐宋贯道派又运用此文道论来提高古文的地位,那么宋代载道派则首次将历史中的反文立场提升为一种以否定为主的新文道论。载道论者认为只有古圣之文才能与道合为一体,而后来所有文章,尤其是唯美的作品,都犹如空有外表炫丽的车舆,即使在最理想的情况下可以载道,其自身与道也绝无关系。记住两种文道论的本质区别,那么以下选段的析义就迎刃而解了。

第一节　古文家"文以贯道"说:
　　　　道、圣、文、辞的贯通融合

所谓"文以贯道"的说法,实承唐人而来。郭绍虞先生《中国文学批评史》已指出,"贯道"说指的是"文以见道,而道必借文而始显。文与道鲜有轻重的区分"。所以韩柳等人的文道论持的是文道并重的立场,这一立场既要求文章写作需充分阐发道的内涵要义,同时也不可轻视为文的技艺。所以韩愈有言:"愈之所志于古者,不惟其辞之好,好其道焉尔。"

降及宋代,承袭"贯道"立场者主要是欧苏等古文家群体,他们继承韩柳的传统,在其基础上强调文学的自然性和本质性,以及为道羽翼的功用。虽然古文运动到宋代仍方兴未艾,宋人并未提出比唐人更具原创性的观点。唯一比较值得注意的是宋人试图将这种文学理论与"道统"的传承脉络对接起来。虽然韩愈自己是"道统"的始作俑者,但他没把自己列在其中。而从宋初柳开、王禹偁等人开始,将韩愈尊为儒家道统的最后一位代表已然成为一种趋势。韩愈本人既推崇儒家的道也推崇古文,把韩愈加入儒家道统之中,也就成功地提高了古文派的地位,将古文家的文学创作纳入道统或圣人之文统之中。

赵湘(959—993)《本文》:

> 灵乎物者文也,固乎文者本也。本在道而通乎神明,随发以变,万物之情尽矣。《诗》曰"本支百世",《礼》谓"行有枝叶",皆固本也。日月星辰之于天,百谷草木之于地,参然纷然,司蠢植性,变以示来,罔有遁者。呜呼!其亦灵矣,其本亦无邪而存乎道矣。圣人者生乎其间,总文以括二者,故细大幽阐,咸得其分。由是发其要为仁义、孝悌、礼乐、忠信,俾生民知君臣、父子、夫妇之业,显显焉不

能混乎禽兽。故在天地间,介介焉示物之变。盖圣神者,若伏羲之卦,尧、舜之典,大禹之谟,汤之誓命,文武之诰,公旦、公奭之诗,孔子之礼乐,丘明之褒贬,垂烛万祀,赫莫能灭。非固其本,则湮乎一息焉。一息之湮,本且摇矣,而况枝叶能为后世之荫乎?而况能尽万物之情乎?(NYJ, juan 6, pp.48 - 49)

宋初仍沿中唐古文运动余绪。这段话同样申明文之繁华万变,皆赖其本。文之本在于道,道之要义即仁义、孝悌、礼乐、忠信等等古之社会道德标准,以道为本,文方能示物之变,且流传万代。

苏洵(1009—1066)《仲兄字文甫说》:

然而此二物者岂有求乎文哉?无意乎相求,不期而相遭,而文生焉。是其为文也,非水之文也,非风之文也,二物者非能为文,而不能不为文也。物之相使而文出于其间也。故曰:此天下之至文也。今夫玉非不温然美矣,而不得以为文;刻镂组绣,非不文矣,而不可与论乎自然。故夫天下之无营而文生之者,惟水与风而已。昔者君子之处于世,不求有功,不得已而功成,则天下以为贤;不求有言,不得已而言出,则天下以为口实。呜呼,此不可与他人道之,惟吾兄可也。(JYJJZ, juan 15, pp.412 - 413)

这里提出一种"至文"说。用天地至文作为比喻,强调文学是自然的表现。自然而然成文,成就天下之至文,所谓"不求有言,不得已而言出,则天下以为口实",这是一种文学的标准。唐宋古文家一派谈创作,往往强调文学是一种修养的表现,而对立意、布局、谋篇诸方面不感兴趣,这是他们的特点。"至文说"对明清古文家论至文是一个先导。

苏洵这篇《仲兄字文甫说》则非常明显地采用了水的意象。他以"水风相动"比喻"天下之至文",强调自然:"故夫天下之无营而文生之者,唯水与风而已。"他认为"文"是道德修养到达一定境界之后自然而然产生的。

石介(1005—1045)《怪说中》:

> 今天下有杨亿之道四十年矣。今人欲反盲天下人目,聋天下人耳,使天下人目盲,不见有杨亿之道;使天下人耳聋,不闻有杨亿之道。俟杨亿道灭,乃发其盲、开其聋,使目惟见周公、孔子、孟轲、扬雄、文中子、韩吏部之道,耳惟闻周公、孔子、孟轲、扬雄、文中子、韩吏部之道。周公、孔子、孟轲、扬雄、文中子、韩吏部之道,尧、舜、禹、汤、文、武之道也,三才、九畴、五常之道也。(SCLJ, pp.74-75)

这里将儒家圣人之文与文学家之文相比,但批评的对象不再是齐梁,而是宋初的西昆体对辞藻和声律的追求。石介虽非载道派,却起了承前启后的作用,是从唐代破而不立的文学论发展到理学家文以载道文学论之间的一个关键。

第二节　理学家"文以载道"说：剔除"辞"的道、圣、文之说

隋唐文学论有王通、王勃等人为代表的破而不立派，以批判齐梁唯美文章为宗旨。然而，这派并非文论主流，没有形成系统的阐述，建构出一种体系。到了宋代，在道学兴起的背景之下，经过石介、邵雍（1012—1077）、周敦颐、朱熹、程颐（1033—1107）、王柏等人系统的阐述，对唯美文章的批判渐渐形成一种系统的文学论，即所谓载道派文学论。较之唐代对唯美文风的批判，载道派可被称为"破之又破"。首先，从广度上说，这一派所"破"的不止六朝文学，也包括对西昆体、贯道派的文学论。其次，从深度上说，载道论者已经超越对文风流派的批判，发展到在较高的理论层次上否定美文本质以及整个唯美传统。

载道派破美文的方法比唐人的更为丰富多样，主要有四。一是以史为切入点，通过讲述文的历史来立论。刘勰《文心雕龙》将道的传承延伸至秦汉之后的美文传统，载道派持完全相反的观点，他们强调道统的断裂意味着文统的消亡。例如，石介《上蔡副枢书》将文统等同于道统，但并不是要提高"文"，而是用上古三代之文来取代美文之文，故言："两仪，文之体也；三纲，文之象也；五常，文之质也；九畴，文之数也；道德，文之本也；礼乐，文之饰也；孝悌，文之美也；功业，文之容也；教化，文之明也；刑政，文之纲也；号令，文之声也。"（见《文学论评选》

§092)显然,石介是用以礼乐为中心的"文"之概念来取代后世所称的文。后来王安石(1021—1086)《上人书》又言:"尝谓文者,礼教治政云尔。其书诸策而传之人,大体归然而已。而曰'言之不文,行之不远'云者,徒谓辞之不可以已也,非圣人作文之本意也。"(见《文学论评选》§096)

二是否定情。例如,邵雍通过否定艺术之情来否定艺术之文。之前颜之推已对性情加以批判,但仍承认文学亦有陶冶性灵的正面作用(见《文学论评选》§063)。邵雍则将"情"和"性"加以对立,将对"情"的批判上升到道德的高度。他认为"情之溺人也甚于水",即文人往往会"溺于情",因此邵雍提出摒弃个人情感,"以身观身,以物观物"(见《文学论评选》§093)。

三是否定学习圣人与文学创作的关系。韩愈认为,学习圣人之书,就可以像圣人一样进行文学创作,而宋代理学家则否定学圣和文学创作的关系,认为圣人绝不从事以"沉思"和"翰藻"为宗旨的文学创作。程颐云:"圣人亦摅发胸中所蕴,自成文耳,所谓有德者必有言也。"(见《文学论评选》§097)如此推论,圣人之文与美文创作毫无关系。圣人有德则出口即成文。

四是将美文和道的关系加以切割,通过文、道对立来否定美文。由于文辞和圣人之言没有关系,因此文辞本身仅仅只是一种修饰而已。如王安石(《上人书》)认为"且所谓文者,务为有补于世而已矣;所谓辞者,犹器之有刻镂绘画也"(见《文学论评选》§096)。周敦颐、朱熹、程颐、王柏等人认为,文学以文辞至上,其中无道可言。虽然朱熹、周敦颐仍然认为文可载道,然而他们认为这一功能其实是微不足道的(见《文学论评选》

§094、§102、§103)。与苏轼等人所赞许的"辞达"大相径庭,载道派认为"文辞,艺也",而"道德,实也"(周敦颐《通书·文辞第二十八》)故程颐断定,"作文害道",又云"为文亦玩物也"(见《文学论评选》§097)。

石介《上蔡副枢书》:

> 文之时义大矣哉!故《春秋》传曰:"经纬天地曰文。"《易》曰:"文明刚健。"《语》曰:"远人不服,则修文德以来之。"三王之政曰:"救质莫若文。"尧之德曰:"焕乎其有文章。"舜则曰:"濬哲文明。"禹则曰:"文命敷于四海。"周则曰:"郁郁乎文哉。"汉则曰:"与三代同风。"故两仪,文之体也;三纲,文之象也;五常,文之质也;九畴,文之数也;道德,文之本也;礼乐,文之饰也;孝悌,文之美也;功业,文之容也;教化,文之明也;刑政,文之纲也;号令,文之声也。圣人,职文者也,君子章之,庶人由之。具两仪之体,布三纲之象,全五常之质,叙九畴之数。道德以本之,礼乐以饰之,孝悌以美之,功业以容之,教化以明之,刑政以纲之,号令以声之。灿然其君臣之道也,昭然其父子之义也,和然其夫妇之顺也。尊卑有法,上下有纪,贵贱不乱,内外不渎,风俗归厚,人伦既正,而王道成矣。(*SCLJ*, pp.11-12)

重新定义文道关系时,载道派采取了两种截然不同的策略。第一种策略是重新确定文为儒家道德、社会、政治秩序,而将纯文学从儒道之文中剥离出来。譬如,石介就雄心勃勃地想要将文的所有主要方面都整合到儒家的道德、社会、政治序列下来。以上这一长串罗列看似全面,却显然将优美的文辞排除在外,而在自曹丕以来的主要批评著作中,后者一直被当作文的最重要特质。石介对美文的彻底放逐源于载道论指导下对文道关系的重新思考。

另一种策略则恰恰相反,将文定义为华丽的文辞,认为它与儒家的道德、社会、政治秩序无涉。这样的文不可能传道贯道,充其量也仅有"载道"之功用。基于这种文的新定义,周敦颐提出了"载道"主张(见《文学论评选》§094)。

与刘勰比较,虽然宋人和刘勰均讨论了"文"的历史渊源,然而刘勰认为文以明道,追溯文类发展,从而提高文学的地位。然而宋人讨论的"文"之历史渊源着眼于正统与非正统的历史,其非正统的历史则被排挤出外,谈论这一历史主要强调传统的断裂,宋人须回复这一传统,而这一传统是以儒家道德思想为中心的单一道统。所以此时宋人的批判不同于唐人对具体文风的反对,而是对美文整体上的否定。以后的理学家不一定谈论文的历史发展或文和道的历史传承,但是他们有一个观点是共同的,即圣人之后无文可言。这似乎是借鉴道统断裂的史观而发展出来的。

邵雍(1012—1077)《伊川击壤集序》:

> 《击壤集》,伊川翁自乐之诗也。非唯自乐,又能乐时,与万物之自得也。
>
> 伊川翁曰:子夏谓"诗者,志之所之也。在心为志,发言为诗,情动于中而形于言,声成其文而谓之音",是知怀

> 其时则谓之志,感其物则谓之情,发其志则谓之言,扬其情则谓之声,言成章则谓之诗,声成文则谓之音。然后闻其诗,听其音,则人之志情可知之矣。且情有七,其要在二,二谓身也、时也。谓身则一身之休戚也,谓时则一时之否泰也。一身之休戚,则不过贫富贵贱而已;一时之否泰,则在夫兴废治乱者焉。是以仲尼删诗,十去其九;诸侯千有余国,《风》取十五;西周十有二王,《雅》取其六。盖垂训之道,善恶明著者存焉耳。
>
> 近世诗人,穷戚则职于怨憝,荣达则专于淫泆。身之休戚发于喜怒;时之否泰出于爱恶,殊不以天下大义而为言者,故其诗大率溺于情好也。噫!情之溺人也,甚于水。古者谓水能载舟,亦能覆舟,是覆载在水也,不在人也。载则为利,覆则为害,是利害在人也,不在水也。不知覆载能使人有利害耶?利害能使水有覆载耶?二者之间必有处焉。就如人能蹈水,非水能蹈人也。然而有称善蹈者,未始不为水之所害也。若外利而蹈水,则水之情亦由人之情也;若内利而蹈水,则败坏之患立至于前,又何必分乎人焉水焉,其伤性害命一也。

这里很典型地就《礼记·乐记》中对情的理解加以阐发。《礼记·乐记》把情和性对立,开头讲各种哀声都是欲,而非性。这里同样认为,诗人的情感,乃是因个人的贫富贵贱、不同遭际而生的喜怒哀乐,而不知"以天下大义而为言",由此得出"情之溺人也甚于水"。这等于完全否定了个人的情感。

性者,道之形体也,性伤则道亦从之矣。心者,性之郭郭也,心伤则性亦从之矣。身者,心之区宇也,身伤则心亦从之矣。物者,身之舟车也,物伤则身亦从之矣。是知以道观性,以性观心,以心观身,以身观物,治则治矣,然犹未离乎害者也。不若以道观道,以性观性,以心观心,以身观身,以物观物,则虽欲相伤,其可得乎! 若然,则以家观家,以国观国,以天下观天下,亦从而可知之矣。

予自壮岁业于儒术,谓人世之乐何尝有万之一二,而谓名教之乐固有万万焉。况观物之乐,复有万万者焉。虽死生荣辱,转战于前,曾未入于胸中,则何异四时风花雪月一过乎眼也? 诚为能以物观物,而两不相伤者焉,盖其间情累都忘去尔。所未忘者独有诗在焉。然而虽曰未忘,其实亦若忘之矣。何者? 谓其所作异乎人之所作也。所作不限声律,不沿爱恶,不立固必,不希名誉,如鉴之应形,如钟之应声。其或经道之余,因闲观时,因静照物,因时起志,因物寓言,因志发咏,因言成诗,因咏成声,因诗成音,是故哀而未尝伤,乐而未尝淫。虽曰吟咏情性,曾何累于性情哉! 钟鼓,乐也;玉帛,礼也。与其嗜钟鼓玉帛,则斯言也不能无陋矣。必欲废钟鼓玉帛,则其如礼乐何? 人谓风雅之道行于古而不行于今,殆非通论,牵于一身而为言者也。吁! 独不念天下为善者少,而害善者多;造危者众,而持危者寡。志士在畎亩,则以畎亩言,故其诗名之曰《伊川击壤集》。时有宋治平丙午中秋日也。(*SYJ*, pp.179 – 180)

这里论如何去除"情累"以求清静,是佛教的观点。所谓"以道观道,以性观性,以心观心,以身观身,以物观物",主张把个人性情完全排除在外,在彻底的宁静中反映物和家国。提倡"名教之乐",而否定关乎个人"生死荣辱"的喜怒哀乐之情。这里试图通过借用佛道的静观,完全祛除"情累"的作品,就能够"其或经道之余,因闲观时,因静照物,因时起志,因物寓言,因志发咏,因言成诗,因咏成声,因诗成音,是故哀而未尝伤,乐而未尝淫"。这似乎可以看作是邵雍借用佛道的静观说,对作家如何实现《毛诗序》所说的"发乎情,止乎礼义"所作的一种独特阐释。

周敦颐(1017—1073)《通书·文辞》:

> 文所以载道也。轮辕饰而人弗庸,徒饰也;况虚车乎!……文辞,艺也;道德,实也。笃其实,而艺者书之,美则爱,爱则传焉。贤者得以学而至之,是为教。故曰:"言之无文,行之不远。"……然不贤者,虽父兄临之,师保勉之,不学也;强之,不从也。……不知务道德而第以文辞为能者,艺焉而已。噫!弊也久矣!(ZDYJ, pp.35-36)

周敦颐的这一解释将"载道"和"贯道"巧妙地区分开。"贯道"之"贯"意思是"沟通并连接"。这样,"文以贯道"字面上的意思即通过文来贯穿并传递道。在这样的语境中,文肯定不是外在于道的。事实上,当文贯穿道时,它就成了道不可分割的一部分,甚至是道的体现。相反,"载道"之"载"的意思只是"装载",载物之"虚车"与所载之"实"间自然谈不上内在的关联。

因此,"载道"和"贯道"表达的文道关系截然不同。实际上,通过将文比作一辆"虚车",周敦颐强调文是外在于道的,因此文本身是非本质和无意义的。基于这种对文道关系的新思考,载道论者不遗余力地贬低文学追求。他们有时借用空车、鱼筌、抵岸之筏等源于道书和佛经的比喻,强调文学修辞只是一次性的消耗品;有时又将儒家典籍中的文学特征解释为圣人光辉的自然呈现,而非自觉致力于文学创作的结果。有的载道论者甚至更加激烈,毫不掩饰地诋毁文学修辞,例如程颐竟然说文学修辞是有害道学的轻浮追求,宣称:"玩物丧志,为文亦玩物也。"(见《文学论评选》§097)

司马光(1019—1086)《答孔文仲司户书》:

> 光昔也闻诸师友曰:学者贵于行之,而不贵于知之,贵于有用,而不贵于无用。故孔子曰:"弟子入则孝,出则悌,谨而信,泛爱众,而亲仁。行有余力,则以学文。"子夏曰:"事父母能竭其力,事君能致其身,与朋友交,言而有信,虽曰未学,吾必谓之学矣。"此德行之所以为四科首者也。孔子又曰:"诵《诗》三百,授之以政,不达;使于四方,不能专对,虽多亦奚以为?"夫国有诸侯之事,而能端委束带,与宾客言,以排难解纷,循国家之急,或务农训兵,以扞城其民,是亦学之有益于时者也。故言语、政事次之。若夫习其容而未能尽其义,诵其数而未能行其道,虽敏而博,君子所不贵,此文学之所以为末者也。然则古之所谓文者,乃诗书礼乐之文,升降进退之容,弦歌雅颂之声,非今之所谓文

也。今之所谓文者,古之辞也。

孔子曰:"辞达而已矣。"明其足以通意斯止矣,无事于华藻宏辩也。必也以华藻宏辩为贤,则屈、宋、唐、景、庄、列、杨、墨、苏、张、范、蔡,皆不在七十子之后也。颜子不违如愚,仲弓仁而不佞,夫岂尚辞哉?(SMWGJBNJZ, vol. 4, juan 60, pp.546－547)

这里是古文家对"辞达"的一种阐述,与辞藻、雄辩等文章艺术是没有关系的。他从孔门四科入手,推举德行为首,言语、政事次之,此处"言语"亦非文辞之语,而是政治上的赋诗外交辞令。至于文学,已置于四科之末,并且强调古今习其文,关键在于尽其义、得其道。至于文之本身,只是古道外现之辞而已,这种外在之辞,只需通达其意即足矣。

王安石(1021—1086)《上人书》:

尝谓文者,礼教治政云尔。其书诸策而传之人,大体归然而已。而曰"言之不文,行之不远"云者,徒谓辞之不可以已也,非圣人作文之本意也。自孔子之死久,韩子作,望圣人于百千年中,卓然也。独子厚名与韩并,子厚非韩比也。然其文卒配韩以传,亦豪杰可畏者也。韩子尝语人以文矣,曰云云,子厚亦曰云云。疑二子者,徒语人以其辞耳,作文之本意,不如是其已也。孟子曰:"君子欲其自得之也。自得之,则居之安;居之安,则资之深;资之深,则取诸左右逢其原。"孟子之云尔,非直施于文而已,然亦可托以为作文之本意。且所谓文者,务为有补于世而已矣;所谓辞者,犹器之有刻镂绘画也。诚使巧且华,不必适用;诚使适用,亦不必巧且华。要之以适用为本,以刻镂绘画为之容而已。不适用,非所以为器也;不为之容,其亦若是乎否也? 然容亦未可已也,勿先之,其可也。

某学文久,数挟此说以自治。始欲书之策而传之人,其试于事者,则有待矣。其为是非邪? 未能自定也。执事正人也,不阿其所好者,书杂文十篇献左右,愿赐之教,使之是非有定焉。(LCXSWJ, juan 77, p.811)

这里把辞作为一种雕饰、绘画,"不必适用",即使使用,也不必太追求华丽,这也是一种文辞观。"所谓文者,务为有补于世而已矣",此为文之本,还是强调文学的政治社会功用。如果离开了政治社会功用,文就会沦为刻镂绘画。

程颐(1033—1107)《伊川先生语》:

问:作文害道否?

曰:害也。凡为文,不专意则不工,若专意则志局于此,又安能与天地同其大也?《书》曰"玩物丧志",为文亦玩物也。吕与叔有诗云:"学如元凯方成癖,文似相如始类俳。独立孔门无一事,只输颜氏得心斋。"此诗甚好。古之学者,惟务养情性,其佗则不学。今为文者,专务章句,悦人耳目。既务悦人,非俳优而何?

曰:古学者为文否?

> 曰：人见六经，便以谓圣人亦作文，不知圣人亦摅发胸中所蕴，自成文耳，所谓"有德者必有言"也。
> 曰：游、夏称文学，何也？
> 曰：游、夏亦何尝秉笔学为词章也？且如"观乎天文以察时变，观乎人文以化成天下"，此岂词章之文也？（*ECJ*, *juan* 18, p.239）

"《书》曰：'玩物丧志'，为文亦玩物也。"这其实是把对文的追求等同玩物丧志。程颐将今之为文者皆等同于专务悦人耳目的俳优之徒，已是对文学价值的极大贬低。同时，他也未忘记为古圣人作文辩解，认为古圣六经之文皆有德者胸中的自然生发，非有意而为之。于是今日之词章之文便日益害道，站在"道"的对立面。

程颐《伊川先生语》：

> 或问："诗可学否？"曰："既学时，须是用功，方合诗人格。既用功，甚妨事。古人诗云：'吟成五个字，用破一生心。'又谓：'可惜一生心，用在五字上。'此言甚当。"先生尝说："王子真曾寄药来，某无以答他，某素不作诗，亦非是禁止不作，但不欲为此闲言语。且如今言能诗无如杜甫，如云'穿花蛱蝶深深见，点水蜻蜓款款飞'，如此闲言语，道出做甚？某所以不常作诗。"（*ECJ*, *juan* 18, p.239）

程颐虽认为作文害道，以其为玩物丧志，但这些宋儒的文学造诣同样颇高。对此,程颐解释,其本人对待学诗作诗,既非刻意用功于此,亦未刻意禁止不作。故而不常作此闲言语,只是随性偶有抒发而已。

吕南公(1047—1086)《与汪秘校论文书》:

> 盖所谓文者,所以序乎言者也。民之生,非病哑吃,皆有言,而贤者独能成存于序,此文之所以称。古之人以为道在己而言及人,言而非其序,则不足以致道治人。是故不敢废文。尧、舜以来,其文可得而见,然其辞致抑扬上下,与时而变,不袭一体。盖言以道为主,而文以言为主。当其所值时事不同,则其心气所到,亦各成其言,以见于所序,要皆不违乎道而已。商之书,其文未尝似虞、夏,而周之书,其文亦不似商书,此其大概。……
>
> 盖古人之于文,知由道以充其气,充气然后而资之言,以了其心,则其序文之体自然尽善,而不在准仿。自周之晚,六经始集,七十子之徒,虽不以诵经为功,然其尊仰孔子,盛于前世。及孟子、荀卿相望而出,益复尊孔子而小众家,故秦火既冷,而汉代诸生为辞,不敢自信其心。……盖文之为道,由东京以下,始与经家分两歧,其弊起于气不足,以序言之,人耻无所述,因乃琐屑解诂,过自封殖,且高其言以欺耀后生。曰:"文者虚辞,非吾所取,吾当释经以明道而已。"疲软人喜论销兵,是故相师而成党。嗟乎!从之者亦不思矣!
>
> 夫扬、马以前文章,何尝失道之旨哉!今之学士,抑又

> 鼓倡争言韩、柳,未及知道,不足以与明;不如康成、王肃诸人,稍近议论。噫! 又过矣! (GYJ, juan 11, pp.113-114)

这里认为文的功用在于有序传达人之言,言之有序则成文、致道、治人。至于言本身则以道为本,所成之文则以言为主,这在上古至西汉皆循循相因。但在东汉以后,为文者已脱离六经的道统,乃至妄为虚辞,舍弃释经明道之本。

王柏(1197—1274)《题碧霞山人王文公集后》:

> "文以气为主",古有是言也。"文以理为主",近世儒者尝言之。李汉曰:"文者,贯道之器。"以一句蔽三百年唐文之宗,而体用倒置不知也。必如周子曰:"文者,所以载道也。"而后精确不可易。夫道者,形而上者也;气者,形而下者也。形而上者不可见,必有形而下者为之体焉,故气亦道也。如是之文,始有正气。气虽正也,体各不同,体虽多端,而不害其为正气,足矣。盖气不正,不足以传远,学者要当以知道为先,养气为助。道苟明矣,而气不充,不过失之弱耳;道苟不明,气虽壮,亦邪气而已,虚气而已,否则客气而已,不可谓载道之文也。……(LZJ, juan 5, pp.80)

这一段体现了两派之争。王柏这里批判古文派本末倒置,不如周敦颐的载道论精到。认为古文家所追求的是"形而下"的可见的"气",而非形而上的无形之"道",前者显然更加劣等。载道派的道是一种纯粹的伦理之道,视文为载道的工具,没有本质可言。这里是一种文学倒退论,扬圣人之文,贬文学家之文。认为东京以后的文退化,是因为"气不正,不足以传远"。

王柏所说的气仅仅只是道德之气。和苏辙、吕南公等人比较,苏辙继续阐发韩柳关于养气的观点,而吕南公则讨论道和言的关系。然而"盖古人之于文,知由道以充其气,充气然后而资之言"(见《文学论评选》§099),所说的"气"和曹丕类似,既是道德之气,也是文章之气。

朱熹(1130—1200)《诗集传序》:

> 或有问于余曰:诗何为而作也?
>
> 余应之曰:人生而静,天之性也。感于物而动,性之欲也。夫既有欲矣,则不能无思。既有思矣,则不能无言。既有言矣,则言之所不能尽。而发于咨嗟咏叹之余者,必有自然之音响节族,而不能已焉。此诗之所以作也。
>
> 曰:然则其所以教者何也?
>
> 曰:诗者,人心之感物而形于言之余也。心之所感有邪正,故言之所形有是非。惟圣人在上,则其所感者无不正,而其言皆足以为教。其或感之之杂,而所发不能无可择者,则上之人必思所以自反,而因有以劝惩之,是亦所以为教也。昔周盛时,上自郊庙朝廷,而下达于乡党闾巷,其言粹然无不出于正者。圣人固已协之声律,而用之乡人,用之邦国,以化天下。至于列国之诗,则天子巡守,亦必陈而观之,以行黜陟之典。降自昭、穆而后,寖以陵夷,至于东迁,而遂废不讲矣。孔子生于其时,既不得位,无以行帝

王劝惩黜陟之政,于是特举其籍而讨论之,去其重复,正其纷乱;而其善之不足以为法,恶之不足以为戒者,则亦刊而去之;以从简约,示久远,使夫学者即是而有以考其得失,善者师之,而恶者改焉。是以其政虽不足以行于一时,而其教实被于万世,是则诗之所以为教者然也。

曰:然则国风、雅、颂之体,其不同若是,何也?

曰:吾闻之,凡《诗》之所谓风者,多出于里巷歌谣之作。所谓男女相与咏歌,各言其情者也。惟《周南》《召南》亲被文王之化以成德,而人皆有以得其性情之正。故其发于言者,乐而不过于淫,哀而不及于伤,是以二篇独为风诗之正经。自《邶》而下,则其国之治乱不同,人之贤否亦异。其所感而发者,有邪正是非之不齐。而所谓先王之风者,于此焉变矣。若夫雅、颂之篇,则皆成周之世,朝廷郊庙乐歌之辞,其语和而庄,其义宽而密,其作者往往圣人之徒,固所以为万世法程而不可易者也。至于雅之变者,亦皆一时贤人君子闵时病俗之所为,而圣人取之。其忠厚恻怛之心,陈善闭邪之意,犹非后世能言之士所能及之。此《诗》之为经,所以人事浃于下,天道备于上,而无一理之不具也。

曰:然则其学之也,当奈何?

曰:本之二《南》以求其端,参之列国以尽其变,正之于《雅》以大其规,和之于《颂》以要其止,此学《诗》之大旨也。于是乎章句以纲之,训诂以纪之,讽咏以昌之,涵濡以体之。察之情性隐微之间,审之言行枢机之始,则修身及家,平均天下之道,其亦不待他求而得之于此矣。

>问者唯唯而退。余时方辑《诗传》,因悉次是语以冠其篇云。
>
>淳熙四年丁酉冬十月戊子,新安朱熹序(SJZ, pp.1-2)

此序开头再次追认《诗大序》发乎性情的诗源说,并在问对中引向诗教的议题。诗之所以教人,正在于劝惩黜陟,引人自诫。后人学诗的目的也在于此,要以先圣之诗考见得失。在此观念下,朱熹对《诗》风、雅、颂的解读也再次申发于人伦性情、国政治乱,并以此具体规范后生习其体类的次序。可见朱熹的诗歌观念具有深厚的性理明道色彩。

朱熹《朱子语类》:

>才卿问:"韩文李汉序头一句甚好。"曰:"公道好,某看来有病。"陈曰:"'文者,贯道之器。'且如六经是文,其中所道皆是这道理,如何有病?"曰:"不然。这文皆是从道中流出,岂有文反能贯道之理? 文是文,道是道,文只如吃饭时下饭耳。若以文贯道,却是把本为末,以末为本,可乎? 其后作文者皆是如此。"因说:"苏文害正道,甚于老佛,且如《易》所谓'利者义之和',却解为义无利则不和,故必以利济义,然后合于人情。若如此,非惟失圣言之本指,又且陷溺其心。"先生正色曰:"某在当时,必与他辩。"却笑曰:"必被他无礼。"(ZZQS, vol.18, p.4298)

此段否定了所谓"文者,贯道之器"的说法,认为文与道各为二物。文只能从道中顺势流出,以道为源本,若称以文贯道,则颠倒秩序,乃至本末倒置。

又:

> 道者,文之根本;文者,道之枝叶。惟其根本乎道,所以发之于文,皆道也。三代圣贤文章,皆从此心写出,文便是道。今东坡之言曰:"吾所谓文,必与道俱。"则是文自文而道自道,待作文时,旋去讨个道来入放里面,此是它大病处。只是它每常文字华妙,包笼将去,到此不觉漏逗。说出他本根病痛所以然处,缘他都是因作文,却渐渐说上道理来;不是先理会得道理了,方作文,所以大本都差。(ZZQS, vol.18, p.4314)

这里藉"根本—枝叶"的譬喻再次强调文本乎道,圣贤文章皆发自道心,所作之文便等同于道。若如东坡等人那般在作文时专门安置一份文理要旨在其中,便失其所本。

陆九渊(1139—1193)《象山先生全集·语录》:

> 梭山一日对学者言曰:"文所以明道,辞达足矣。"意有所属也。先生正色而言曰:"道有变动,故曰爻;爻有等,故曰物;物相杂,故曰文;文不当,故吉凶生焉。昔者圣人之作《易》也,幽赞于神明而生蓍,参天两地而倚数。观变于阴阳而立卦,发挥于刚柔而生爻,和顺于道德而理于义,穷理尽性以至于命,这方是文。文不到这里,说甚文?"(LJYJ, p.424)

陆九渊在此从《周易》卦爻生演的层面来界定何为"文",只有能反映易象变化规律的才能称之为"文"。此前所谓的"辞达""明道"等标准,皆被否定。

【第七章参考书目】

余英时著:《宋代理学与政治文化》,南宁:广西师范大学出版社,2006年,第61—169页。

余英时著:《朱熹的历史世界:宋代士大夫政治文化的研究》,北京:生活·读书·新知三联书店,2011年,第3—109、400—622页。

张健著:《知识与抒情》,北京:北京大学出版社,2015年。

傅君劢著:《文与道:道学的冲击》,孙康宜、宇文所安主编《剑桥中国文学史·上卷1357年之前》,北京:生活·读书·新知三联书店,2013年,第528—550页。

Bol, Peter K. *"This Culture of Ours": Intellectual Transitions in T'ang and Sung China.* Stanford: Stanford University Press, 1992.

Chen, Jian-hua (陈建华). "Zhu Xi's Poetic Hermeneutics and the Polemics of the 'Licentious Poems'." In *Interpretation and Intellectual Change: Chinese Hermeneutics in Historical Perspective*, edited by Ching-I Tu, 133–148. New Brunswick, N.J.; London: Transaction, 2005.

Chen, Yu-shih. *Images and Ideas in Chinese Classical Prose: Studies of Four Masters.* Stanford: Stanford University Press, 1988.

第八章　明代文学论

　　古代与现代文学批评家往往说"一代有一代之文学",在文学论的演变上,我们也可以看到类似的情况。六朝文学论的主流是对先秦文学论的反动,主要倾向是冲破政教、礼仪、道德的束缚,推崇美文。同样,唐宋文学论主流是对六朝文学论的反动,又重新强调文学的社会政治功用,但又不是简单的回归,而是着重于探究文学创作与学习圣人的关系以及文学与儒家道统的关系。到了明代,文学论关注的重点又产生了变化。虽然明初宋濂(1310—1381)等少数作者依照唐宋传统强调文道关系,文学论的中心似乎又回到美文创作,但这又不是简单地回归到六朝文学论传统。六朝文学家喜爱在理论层面上论述文学本质,而明人则更多在诗文评的语境中讨论什么是"至文"。

　　不过讨论"至文"并非明人之首创。明代之前的一些宋人也论及"至文",视之为文与万物、与道最佳结合的呈现。如苏洵云:"物之相使而文出于其间也。故曰:此天下之至文也"(见《文学论评选》§090)。然而,如果说宋人心目中的"至文"典范是圣贤之文,明人则开始将注意力从儒家道统移至文学传统之上,沿着严羽(生卒不详)《沧浪诗话》所勾勒的诗歌史大纲,在盛唐诗中寻找"至文"。假若前人讲"至文"主要旨在倡导一种衡量文学的理论标准,而以前、后七子所代表的明代主流批评家则另辟蹊径,一改抽象讨论"至文"的作法,转为举盛唐诗为"至文"的典范,并发展出各种各样模仿唐诗的写作方法。这些方法覆盖了文法、诗法、法度、格调等方方面面,为此而赢得"复古派"之名。这种复古的创作与观念潮流不止存在于诗歌,也共存于文的领域,所谓"文必秦汉,诗必盛唐"便由此而来。当时即使如唐宋派等为之进行反拨者,也仍不改习古的主张,只不过师法对象从秦汉古文向下延及唐宋诸家。

到了明代中叶,"复古派"长期统治文坛的弊端尽出,一味机械模仿、压抑性灵的诗法,终于成为群起攻之的对象,并使得反对者汇合成"反复古派"之大军,包括李贽(1527—1602)、徐渭(1521—1593)、公安三袁兄弟、汤显祖(1550—1616)等人。有趣的是,反复古派也是以"至文"为最高的典范,但他们所推崇的至文是对复古派的至文的彻底否定。以李贽为例,他的《童心说》等篇几乎打破了严羽以来以某时某人之文为至文的文学观,"不可得而时势先后论"。反复古派认为,"至文"不是存在于某个时代,而存在于今时,存在于自我之中,因此不需学习古人,自我情感的自然抒发,便是至文。即使要学古,也应习其理而非习其辞,学古贵达。因此,至文不在于文辞之工巧,而在情感自然真挚,甚至要用平近俚俗之语洗去复古蹈袭之弊。而且至文不仅见于诗文,小说、戏剧等新兴的文体也是至文的产生地。

复古派和反复古派文学论竞相发展,相互撞击,在文论史上的意义大概莫大于激发了对"情"的崭新阐述。和陆机、刘勰等人相似,前后七子所说的"情",指的是经过艺术加工之"情",他们既不讨论情产生的历史背景,也不论情的社会功用,而是认为情是艺术创作的重要原料。然而,他们讨论"情"的切入点又不同于六朝人。刘勰《物色》篇和陆机《文赋》主要描述艺术创作过程中情和物的互动,而明人论述"情"则试图从情和景物的互动角度来破解"玲珑透彻"审美境界产生的奥秘。他们从诗句分析入手,同时联系诗歌结构,尤其是律诗结构,来加以论述(如谢榛对诗歌每一联的讨论),并将处理好情景关系作为诗歌创作的最高原则,且用来定义"至文"。

反复古派则强调,至文之情绝非经过艺术加工之"情",而是自我感情的自然流露。他们提倡的抒情方法与六朝批评家和明复古派所主张的截然不同。如公安派主张情感之自然迸发,他们对小说的评价正可见这一点。他们认为,自然迸发的情感,付诸文字便是"至文"。正因如此,李贽无畏地赞同挑战儒家圣人的情感,而《牡丹亭》作者汤显祖则赞扬"情不知所起,一往而深,生者可以死,死可以生"(见《文学论评选》§115)。这种对自发情感的赞扬在中国文论史上是前所未有的。

第一节 复古派至文说:情景融合境界的营造

复古派按照《沧浪诗话》的经纬思路讨论文学史和学诗的方法。如活动于明代中后期的前、后七子,前七子代表人物李梦阳(1473—1530)与何景明(1483—1521),后七子代表人物李攀龙（1514—1570）、王世贞（1526—1590）、谢榛（1495—1575）等。他们强调文法、诗法、法度、格调，即通过学诗、学习古人可创作至文。不过他们的观点亦因人而异，他们对"法"亦有不同的主张。比如前七子中何景明和李梦阳观点不一，前后七子观点亦不同。在论诗方面，高棅（1350—1423）在严羽文学史观的模式上发展，提出了四唐说（见《文学论评选》§106），而创作方法上则按照严羽的观点，提出通过学习古人来学诗。李梦阳亦提出了"诗必盛唐"的说法。后来，谢榛则取径更为宽泛，主张出入于盛唐十四家之中，依然推崇宗盛唐的学诗方法（见《文学论评选》§108）。

在论文方面，首席大学士李东阳（1447—1516）当时宣导"文必秦汉"，属于模拟派。而当时亦有人对模拟派加以修正，如唐宋派一流，即唐顺之（1507—1560）、茅坤（1512—1601）、归有光（1507—1571）等人。不过虽然唐顺之批评了机械模仿，他仍然承认"古人之法"的存在，仍然需要通过学习类比古人来作文。而茅坤也主张学古，但是学古的内容有所改变，他在《唐宋八大家文钞总序》中将唐宋八大家的文作为文章上品，在崭新的框架下重新推崇贯道派的"文"，但是从前推崇韩愈、柳宗元等人之文是因为二人文中体现了"道"，即思想与艺术的完美结合。而此时茅坤并没有在文道关系层面上对韩、柳之文进行推崇，他主要是从艺术方面来谈论唐宋八大家。焦竑（1540—1620）则认为不应拘于古文，要扩大学文的范围和类比的参照。

＊严羽（南宋人）《沧浪诗话·诗辨》（＊号标示本节以外时期的相关论述）：

禅家者流，乘有小大，宗有南北，道有邪正；学者须从最上乘，具正法眼，悟第一义。若小乘禅，声闻辟支果，皆非正也。论诗如论禅，汉、魏、晋与盛唐之诗，则第一义也。大历以还之诗，则小乘禅也，已落第二义矣。晚唐之诗，则声闻辟支果也。学汉、魏、晋与盛唐诗者，临济下也。学大历以还之诗者，曹洞下也。大抵禅道惟在妙悟，诗道亦在妙悟。且孟襄阳学力下韩退之远甚，而其诗独出退之之上者，一味妙悟而已。惟悟乃为当行，乃为本色。然悟有浅深，有分限，有透彻之悟，有但得一知半解之悟。汉魏尚矣，不假悟也。谢灵运至盛唐诸公，透彻之悟也；他虽有悟者，皆非第一义也。吾评之非僭也，辩之非妄也。天下有可废之人，无可废之言。诗道如是也。若以为不然，则是见诗之不广，参诗之不熟耳。试取汉魏之诗而熟参之，次取晋宋之诗而熟参之，次取南北朝之诗而熟参之，次取沈、宋、王、杨、卢、骆、陈拾遗之诗而熟参之，次取开元、天宝诸家之诗而熟参之，次独取李杜二公之诗而熟参之，又取大历十才子之诗而熟参之，又取元和之诗而熟参之，又尽取晚唐诸家之诗而熟参之，又取本朝苏黄以下诸家之诗而熟参之，其真是非自有不能隐者。傥犹于此而无见焉，则是野狐外道，蒙蔽其真识，不可救药，终不悟也。（CLSHJS, pp.11‑12）

《沧浪诗话》的文学史观实际上是对道学家文统观念的重大改变，其所说的"文统"首先与"道统"已经没有任何关系了，其次也不像唐宋文人一样强调文统之断裂。严羽对文学史的阐述可以理解为是综合了刘勰和钟嵘的文学史观。刘勰《文心雕龙》的《时序》篇按照时间顺序对不同时代的作者和文风加以评价,其中褒贬之意溢于言表,但是并未将作家作品加以等级区分。钟嵘《诗品》并没有综观所有文学作品,只是谈论了五言诗的演变,按照三品之别品评了122人的五言诗,因此《诗品》打开了对诗人和作品做优劣等级评价之先河。不过到了《沧浪诗话》,严羽将对具体诗人优劣的评价放入文学史发展过程中,对不同时间的不同作品和诗人加以不同评价。并以禅宗流派术语加以仔细评述,从而确立诗史上的第一义、第二义等:"论诗如论禅,汉、魏、晋与盛唐之诗,则第一义也。大历以还之诗,则小乘禅也,已落第二义矣;晚唐之诗,则声闻辟支果也。学汉、魏、晋与盛唐诗者,临济下也。学大历以还之诗者,曹洞下也。"由于使用了禅宗判派的一些术语,《沧浪诗话》可说是开了门户之见的先河。

夫学诗者以识为主:入门须正,立志须高;以汉、魏、晋、盛唐为师,不作开元、天宝以下人物。若自退屈,即有下劣诗魔入其肺腑之间;由立志之不高也。行有未至,可加工力;路头一差,愈骛愈远;由入门之不正也。故曰,学其上,仅得其中;学其中,斯为下矣。又曰,见过于师,仅堪传授;见与师齐,减师半德也。工夫须从上做下,不可从下做上。先须熟读楚词,朝夕讽咏以为之本;及读古诗十九首,乐府四篇,李陵、苏武、汉魏五言皆须熟读,即以李杜二集枕藉观之,如今人之治经,然后博取盛唐名家,酝酿胸中,久之自然悟入。虽学之不至,亦不失正路。此乃是从顶颔上做来,谓之向上一路,谓之直截根源,谓之顿门,谓之单刀直入也。(*CLSHJS*, p.1)

严羽在此以禅宗术语描述学诗法门,提出以"识"为主,推宗汉、魏、盛唐。又具体交代该读何种诗、如何读,以求层次渐进,同时强调顿悟的重要性。

夫诗有别材,非关书也;诗有别趣,非关理也。然非多读书,多穷理,则不能极其至,所谓不涉理路,不落言筌者,上也。诗者,吟咏情性也。盛唐诸人惟在兴趣,羚羊挂角,无迹可求。故其妙处透彻玲珑,不可凑泊,如空中之音,相中之色,水中之月,镜中之象,言有尽而意无穷。近代诸公乃作奇特解会,遂以文字为诗,以才学为诗,以议论为诗。夫岂不工,终非古人之诗也。(*CLSHJS*, p.26)

这里既强调诗歌"吟咏情性"的本质,同时提出影响深远的"兴趣说",并用一系列经典的譬喻揭示诗质所特有的抒情性、含蓄性,"言有尽而意无穷",以此否定时人执于诗歌技巧、知识、说理的错误。

高棅(1350—1423)《唐诗品汇序》:

观者苟非穷精阐微,超神入化,玲珑透彻之悟,则莫能得其门,而臻其壸奥矣。今试以数十百篇之诗,隐其姓名,

> 以示学者,须要识得何者为初唐,何者为盛唐,何者为中唐、为晚唐,又何者为王、杨、卢、骆,又何者为沈、宋,又何者为陈拾遗,又何为李、杜,又何为孟,为储,为二王,为高、岑,为常、刘、韦、柳,为韩、李、张、王、元、白、郊、岛之制。辨尽诸家,剖析毫芒,方是作者。(QMSH, p.2973)

高棅在此提出一种分辨诗歌鉴赏力的经典方法,将作品隐去姓名,识辨其风格归属。这里首度提出的初、盛、中、晚唐诗分期,既是时间上的划分,更是风格、气象的区分。对于作诗者来说,既要尊尚盛唐,也要能辨尽各家风格。

何景明(1483—1521)《艺薮谈宗·与空同先生》:

> 夫意象应曰合,意象乖曰离,是故乾坤之卦,体天地之撰,意象尽矣。(QMSH, p.2974)

天地万物的变化都包举在乾坤易象的生演中,何景明在此几乎把文学的"意象"与"易象"相等同,以见穷形尽相之意。

谢榛(1495—1579)《四溟诗话》:

> 诗乃模写情景之具,情融乎内而深且长,景耀乎外而远且大。当知神龙变化之妙,小则入乎微罅,大则腾乎天宇。此惟李杜二老知之。古人论诗,举其大要,未尝喋喋以泄真机,但恐人小其道尔。诗固有定体,人各有悟性。夫有一字之悟,一篇之悟,或由小以扩乎大,因著以入乎

微,虽小大不同,至于浑化则一也。或学力未全,而骤欲大之。若登高台而摘星,则廓然无着手处。若能用小而大之之法,当如行深洞中,扪壁尽处,豁然见天,则心有所主,而夺盛唐律髓,追建安古调,殊不难矣。(QMSH, p.1370)

这里再次申明诗歌模写情景的功能,强调情与景的互动结合,从大小各层面形容诗中变化妙处,并且指明诗体之悟有小大,而学诗者当由小而大,循序渐进,便可从盛唐追步建安古调。

王樉(活跃于明万历年间)《诗法指南》:

> 诗之义意虽有不一,要其归,不过情与景而已。情景兼者上也,偏到者次之。情景兼者,如"露从今夜白,月是故乡明"是也。情到者,如"长拟即见面,反致久无书"是也。景到者,如"日华川上动,风光草际浮"是也。又如"水流心不竞,云在意俱迟",景中之情也;"卷帘惟白水,隐几亦青山",情中之景也。"感时花溅泪,恨别鸟惊心",情景相融而莫分也。"白首多年病,秋天昨夜凉",一句情,一句景也。若一联景,一联情,亦是。或四句、六句皆景,但情结之,惟情可以全篇。言苟无法,易如流俗。故曰融情于景物之中,托思于风云之表者,难之。(QMSH, p.2426)

这里从虚实的角度阐述诗的情景结合,并例举多联诗句说明情、景互动的不同类型,而其最推崇的模式,当属融情于景,虚实交映。

【第八章第一节参考书目】

陈国球著：《明代复古派唐诗论研究》，北京：北京大学出版社，2007年。

廖可斌著：《明代文学复古运动研究》，上海：上海古籍出版社，1994年。

郑利华著：《王世贞研究》，第1版，上海：学林出版社，2002年。参第四章《复古与求真》，第166—194页。

郑利华著：《前后七子研究》，第1版，上海：上海古籍出版社，2015年。参第四章《前七子的文学思想》，第116—189页；第九章《后七子的文学思想》，第440—571页。

Tu, Ching-I. "Neo-Confucianism and Literary Criticism in Ming China: the Case of T'ang Shun-chih (1507 – 1560)." *Tamkang Review* 15.1 – 4 (1984 – 1985): 547 – 560.

Wong, Siu-kit. "A Reading of the *Ssu-ming shih-hua*." *Tamkang Review* 2.2 – 3.1 (1971/72).

第二节　反复古派的至文说：真事、真境、真情的直接书写

以李贽、徐渭、公安派袁氏三兄弟为代表的反复古派一方面鞭挞严羽《沧浪诗话》的文学史观，但是同时又接受了他的顿悟说。徐渭以人学鸟语及鸟学人语作喻，批评了当时复古的风气（见《文学论评选》§110）。从前的模仿派认为天下至文在以前的某个历史时期，因此只有通过模仿才可以达到至文。而模仿的时候，有的人认为应机械模仿，有的人强调模仿古人之心。李贽则全盘否定了模仿派的观点，其《童心说》（见《文学论评

选》§111)打破了严氏的文学史观,天下至文不在任何一个历史时期:"诗何必古选,文何必先秦……不可得而时势先后论也。"在文学创作上,他认为"世之真能文者,此其初皆非有意于为文也"(见《文学论评选》§111),而是因为胸中有不吐不快的感情才可写文。而且,李贽还强调所谓"至文"不在于文辞技艺之工巧,须深入人心方为至善之文。所以,李贽打破了严氏的"经"与"纬"中关于渐悟的部分。又如汤显祖也对复古有所批评,他认为唐人以后之文亦可读;在创作方法上,则肯定直接抒发的情及其力量(见《文学论评选》§116)。袁宗道则是对拟古的学诗方法展开了全盘批判(见《文学论评选》§117),既批评复古的文学史观又批评复古派学诗的方法,袁宏道有同样的观点(见《文学论评选》§118)。之后的竟陵派则调和了复古和反复古两大阵营,一方面强调模仿古人精神的艺术模仿,另一方面强调自我感情的流露。在对复古派的批判中,反复古派从文学观到创作技巧、师法对象、语言风格等都另辟蹊径,包括学文贵在达、以平易俚俗之语洗脱蹈袭窠臼等观点,都颇有树立,但也难免有矫枉过正之嫌。

徐渭(1521—1593)《叶子肃诗序》:

> 人有学为鸟言者,其音则鸟也,而性则人也。鸟有学为人言者,其音则人也,而性则鸟也。此可以定人与鸟之衡哉?今之为诗者,何以异于是。不出于己之所自得,而徒窃于人之所尝言,曰某篇是某体,某篇则否,某句似某人,某句则否,此虽极工逼肖,而已不免于鸟之为人言矣。

> 若吾友子肃之诗则不然,其情坦以直,故语无晦,其情散以博,故语无拘,其情多喜而少忧,故语虽苦而能遣其情,好高而耻下,故语虽俭而实丰。盖所谓出于己之所自得,而不窃于人之所尝言者也。就其所自得,以论其所自鸣,规其微疵而约于至纯,此则渭之所献于子肃者也。若曰某篇不似某体,某句不似某人,是乌知子肃者哉?(XWJ, juan 19, pp.519 – 520)

这里借人学鸟言、鸟学人言之喻,批评当时复古诗家崇尚模仿古人的习气,将其视为徒剽窃人言而未改本性之举。相比之下,他主张直抒胸臆无所拘忌,只要发乎内心所得,即使语有瑕疵,也胜过窃于人言者。

李贽(1527—1602)《童心说》:

> 龙洞山农叙《西厢》末语云:"知者勿谓我尚有童心可也。"夫童心者,真心也。若以童心为不可,是以真心为不可也。夫童心者,绝假纯真,最初一念之本心也。若失却童心,便失却真心;失却真心,便失却真人。人而非真,全不复有初矣。
>
> 童子者,人之初也;童心者,心之初也。夫心之初曷可失也!然童心胡然而遽失也?盖方其始也,有闻见从耳目而入,而以为主于其内而童心失。其长也,有道理从闻见而入,而以为主于其内而童心失。其久也,道理闻见日以益多,则所知所觉日以益广,于是焉又知美名之可好也,而

务欲以扬之而童心失；知不美之名之可丑也，而务欲以掩之而童心失。夫道理闻见，皆自多读书识义理而来也。古之圣人，曷尝不读书哉！然纵不读书，童心固自在也，纵多读书，亦以护此童心而使之勿失焉耳，非若学者反以多读书识义理而反障之也。夫学者既以多读书识义理障其童心矣，圣人又何用多著书立言以障学人为耶？童心既障，于是发而为言语，则言语不由衷；见而为政事，则政事无根柢；著而为文辞，则文辞不能达。非内含于章美也，非笃实生辉光也，欲求一句有德之言，卒不可得。所以者何？以童心既障，而以从外入者闻见道理为之心也。

夫既以闻见道理为心矣，则所言者皆闻见道理之言，非童心自出之言也。言虽工，于我何与？岂非以假人言假言，而事假事文假文乎？盖其人既假，则无所不假矣。由是而以假言与假人言，则假人喜；以假事与假人道，则假人喜；以假文与假人谈，则假人喜。无所不假，则无所不喜。满场是假，矮人何辩也？然则虽有天下之至文，其湮灭于假人而不尽见于后世者，又岂少哉！何也？天下之至文，未有不出于童心焉者也。苟童心常存，则道理不行，闻见不立，无时不文，无人不文，无一样创制体格文字而非文者。诗何必古选，文何必先秦。降而为六朝，变而为近体；又变而为传奇，变而为院本，为杂剧，为《西厢曲》，为《水浒传》，为今之举子业，皆古今至文，不可得而时势先后论也。故吾因是而有感于童心者之自文也，更说甚么《六经》，更说甚么《语》《孟》乎？

> 夫《六经》《语》《孟》,非其史官过为褒崇之词,则其臣子极为赞美之语。又不然,则其迂阔门徒,懵懂弟子,记忆师说,有头无尾,得后遗前,随其所见,笔之于书。后学不察,便谓出自圣人之口也,决定目之为经矣,孰知其大半非圣人之言乎?纵出自圣人,要亦有为而发,不过因病发药,随时处方,以救此一等懵懂弟子,迂阔门徒云耳。药医假病,方难定执,是岂可遽以为万世之至论乎?然则《六经》《语》《孟》,乃道学之口实,假人之渊薮也,断断乎其不可以语于童心之言明矣。呜呼!吾又安得真正大圣人童心未曾失者而与之一言文哉!(FSXFS, juan 3, pp.98-99)

整个明代文学批评的方向都受到前后七子的重大影响,特别是前七子中的李梦阳、何景明和后七子中的李攀龙、王世贞、谢榛。他们一直在复古理论的建树、模仿方法的设计、对诗文经典的确定和时期划分诸方面相互竞争。他们热衷于这些极为具体、实际的问题,没有发展出令人瞩目的新文学论。想要了解新鲜的、有创意的文学主张,我们必须转向另外一些评论家,他们抨击前后七子的复古实践,信奉自发创新的观念。

晚明反传统的思想家李贽(1527—1602),对复古实践以及作为其理论基础的新儒家文学论进行了最无情和最猛烈的攻击。他认为新儒家的文道观念正是创作"至文"的障碍。新儒家的"道学"不过是对童心的玷污,让言辞变得虚假而伪善。按照他的观点,先贤之所以能够创造"至文",不是因为他们喋喋不休地谈论道和讲究文辞,仅仅是因为他们具有童心并自然而然地脱口而出。李贽相信,如果世人能从道学的桎梏中解脱出来,重返童心,至文就能自发地从胸中涌出,并发之于口。

李贽《杂说》:

> 且吾闻之:追风逐电之足,决不在于牝牡骊黄之间;声应气求之夫,决不在于寻行数墨之士;风行水上之文,决不在于一字一句之奇。若夫结构之密,偶对之切;依于理道,合乎法度;首尾相应,虚实相生:种种禅病,皆所以语文,而皆不可以语于天下之至文也。杂剧院本,游戏之上乘也。《西厢》《拜月》,何工之有! 盖工莫工于《琵琶》矣。彼高生者,固已殚其力之所能工,而极吾才于既竭。惟作者穷巧极工,不遗余力,是故语尽而意亦尽,词竭而味索然亦随以竭。吾尝揽《琵琶》而弹之矣:一弹而叹,再弹而怨,三弹而向之怨叹无复存者。此其故何耶? 岂其似真非真,所以入人之心者不深耶? 盖虽工巧之极,其气力限量只可达于皮肤骨血之间,则其感人仅仅如是,何足怪哉!《西厢》《拜月》,乃不如是。意者宇宙之内,本自有如此可喜之人,如化工之于物,其工巧自不可思议尔。(FSXFS, juan 3, p.97)

李贽认为天下之至文决不体现于一字一句、结构偶对等种种工巧技艺层面,而在于感情充盈足够感染人心。因此,《西厢》《拜月》等杂剧,即使文辞不工,也因其感人至深而能有不可思议之影响。

焦竑(1540—1620)《文坛列俎序》:

孔子曰："夫言岂一端而已。"言者心之变，而文其精者也。文而一端，则鼓舞不足以尽神，而言将有时而穷。《易》有之："物相杂曰文。"相杂则错之综之，而不穷之用出焉。宋王介甫守其一家之说，群天下而宗之，子瞻讥为黄茅白苇，弥望如一，斯亦不足贵已。近代李氏倡为古文，学者靡然从之，不得其意，而第以剽略相高；非是族也，摈为非文。噫，何其狭也！譬之富人鼎俎，山贡其奇，海效其错，四善八珍，三脔七菹，切如绣集，累如雾杂，而又陆杜隩黍，嘉鲂美蚶，魏国之枣，巨野之菱，衡曲之黄梨，汶垂之苍栗，三雅百味，叠陈而递进，乃有婆人子者，得一味以自多，忘百羞之足御，不亦悲乎。（*TYJ*, p.781）

这里引《礼记》和《周易》为据，藉以说明文学图景体类应富有多样性，学诗的参照也应转益多师，并进而批评王安石、苏轼及当代李梦阳的诗学主张过于单一，甚至狭隘极端，流于剽窃。

焦竑《与友人论文》：

窃谓君子之学，凡以致道也。道致矣，而性命之深窅与事功之曲折，无不了然于中者，此岂待索之外哉。吾取其了然者，而抒写之文从生焉。故性命事功其实也，而文特所以文之而已。惟文以文之，则意不能无首尾，语不能无呼应，格不能无结构者，词与法也，而不能离实以为词与法也。《六经》、四子无论已，即庄、老、申、韩、管、晏之书，岂至如后世之空言哉？庄、老之于道，申、韩、管、晏之于事功,皆心之所契,身之所履,无丝粟之疑。而其为言也,如倒囊出物。借书于手,而天下之至文在焉,其实胜也。(*TYJ*, pp.92-93)

李贽的童心说无疑代表了对新儒家文学论的完全否定。晚明另一位评论家焦竑(1540—1620)也强调自发的情感表达,以此来反击道学对文学创作的有害影响。没有让自发的情感表达和教条的"道学"作正面较量,焦竑机智地将"道学"重新定义为对万物内在法则的直观把握,而不仅是单纯的新儒家之道。他提出,只需描绘个人对这些法则的内在认知,即可创造出世上的至文。在他看来,令人信服地揭示这些内在法则的不仅仅是儒家典籍,还包括《老子》《庄子》《韩非子》以及其它哲学、政治和历史著作。因此,这些著作都成为后世不同类型的至文典范。对焦竑而言,儒家六经不再像刘勰所说的那样,是各类"文"独一无二的典范;甚至不再是贯道论者所宣称的那样,是古文的唯一范本。尽管焦竑有关"道学"和"至文"的观念并不像李贽那样公然对抗传统,但无疑也等同于对新儒家文学论的背叛。

汤显祖(1550—1616)《牡丹亭记题词》:

> 天下女子有情宁有如杜丽娘者乎。梦其人即病,病即弥连,至手画形容传于世而后死。死三年矣,复能溟莫中求得其所梦者而生。如丽娘者,乃可谓之有情人耳。情不知所起。一往而深,生者可以死,死可以生。生而不可与

死,死而不可复生者,皆非情之至也。梦中之情,何必非真。天下岂少梦中之人耶。必因荐枕而成亲,待挂冠而为密者,皆形骸之论也。

传杜太守事者,仿佛晋武都守李仲文、广州守冯孝将儿女事。予稍为更而演之。至于杜守收考柳生,亦如汉睢阳王收考谈生也。

嗟夫,人世之事,非人世所可尽。自非通人,恒以理相格耳。第云理之所必无,安知情之所必有邪。(TXZJ, p.1093)

对世俗情感价值的肯定成为明中晚期文艺思潮的重要力量,汤显祖在此大力称赞现世男女之情足以超越生死。这种直接原发的情感,并不在圣人礼法的限定范围,因此也具有突出的反传统意义。

汤显祖《点校虞初志序》:

昔李太白不读非圣之书,国朝李献吉亦劝人弗读唐以后书。语非不高,然未足以绳旷览之士也。何者?盖神丘火穴,无害山川岳渎之大观;飞橐秀荨,无害豫章竹箭之美殖;飞鹰立鹘,无害祥麟威凤之游栖。然则稗官小说,奚害于经传子史?游戏墨花,又奚害于涵养性情耶?东方曼倩以岁星入汉,当其极谏,时杂滑稽;马季长不拘儒者之节,鼓琴吹笛,设绛纱帐,前授生徒,后列女乐;石曼卿野饮狂呼,巫医皂隶徒之游。之三子,曷尝以调笑损气节,奢乐堕儒行,任诞妨贤达哉!读书可譬已。太白故頹然自放,有而不取,此天授,无假人力;若献吉者,诚陋矣!虞初一书,罗唐人传记百十家,中略引梁沈约十数则,以奇僻荒诞,若灭若没,可喜可愕之事,读之使人心开神释,骨飞眉舞。虽雄高不如史汉,简澹不如世说,而婉缛流丽,洵小说家之珍珠船也。其述飞仙盗贼,则曼倩之滑稽;志佳冶窈窕,则季长之绛纱;一切花妖木魅,牛鬼蛇神,则曼卿之野饮。意有所荡激,语有所托归,律之风流之罪人,彼固欿然不辞矣。使呫呫读古,而不知此味,即日垂衣执笏,陈宝列俎,终是三馆画手,一堂木偶耳,何所讨真趣哉!余暇日特为点校之,以借世之奇隽沈丽者。(TXZJ, juan 50, p.1482)

与焦竑的观点相似,这里也对当时复古派所谓的"弗读唐以后书"做出否定,直言后世稗官小说、游戏墨花非但不会损害经传子史,无碍颐养性情,还同样能够流丽激荡,使人心开神释。

袁宗道(1560—1600)《论文》:

口舌代心者也,文章又代口舌者也。展转隔碍,虽写得畅显,已恐不如口舌矣,况能如心之所存乎?故孔子论文曰:"辞达而已。"达不达,文不文之辨也。唐、虞、三代之文,无不达者。今人读古书,不即通晓,辄谓古文奇奥,今人下笔不宜平易。夫时有古今,语言亦有古今。今人所诧谓奇字奥句,安知非古之街谈巷语耶?……

或曰:"信如子言,古不必学耶?"余曰:"古文贵达,学达即所谓学古也。学其意不必泥其字句也。"今之圆领方袍,所以学古人之缀叶蔽皮也;今之五味煎熬,所以学古人之茹毛饮血也。何也? 古人之意期于饱口腹,蔽形体。今人之意亦期于饱口腹,蔽形体,未尝异也。彼摘古字句入己著作者,是无异缀皮叶于衣袂之中,投毛血于榖核之内也。大抵古人之文,专期于达;而今人之文,专期于不达。以不达学达,是可谓学古者乎?……

余少时喜读沧溟、凤洲二先生集。二集佳处,固不可掩,其持论大谬,迷误后学,有不容不辨者。沧溟赠王序,谓"视古修词,宁失诸理"。夫孔子所云辞达者,正达此理耳,无理则所达为何物乎? 无论《典》《谟》《语》《孟》,即诸子百氏,谁非谈理者? 道家则明清净之理,法家则明赏罚之理,阴阳家则述鬼神之理,墨家则揭俭慈之理,农家则叙耕桑之理,兵家则列奇正变化之理,汉、唐、宋诸名家,如董、贾、韩、柳、欧、苏、曾、王诸公,及国朝阳明、荆川,皆理充于腹而文随之。彼何所见,乃强赖古人失理耶? 凤洲《艺苑卮言》,不可具驳,其赠李序曰:"《六经》固理薮已尽,不复措语矣。"沧溟强赖古人无理,而凤洲则不许今人有理,何说乎?
(*BSZLJ*, *juan* 20, pp.283 – 286)

这里首先指出古今人言语已存在语感上的差异,所以学古不必拘泥于习其言语。古文所贵在于辞达,学古即学达,若泥于字句反而奇奥难晓。因此,当世复古派诸子的学古观念及其方法皆只是流于表面,而未及其深意。在此基础上,袁宗道还进一步认为,所谓的古文修辞及学理,亦未必仅限于儒家六经。先秦诸子及后世百家皆各言物事之理,都值得取法。这种通脱开放的文学观亦与复古派大异其趣。

袁宏道(1568—1610)《雪涛阁集序》:

> 近代文人,始为复古之说以胜之。夫复古是已,然至以剿袭为复古,句比字拟,务为牵合,弃目前之景,摭腐滥之辞,有才者诎于法,而不敢自伸其才,无之者,拾一二浮泛之语,帮凑成诗。智者牵于习,而愚者乐其易,一唱亿和,优人驺子,皆谈雅道。吁,诗至此,抑可羞哉! 夫即诗而文之为弊,盖可知矣。
>
> 余与进之游吴以来,每会必以诗文相励,务矫今代蹈袭之风。进之才高识远,信腕信口,皆成律度,其言今人之所不能言,与其所不敢言者。或曰:"进之文超逸爽朗,言切而旨远,其为一代才人无疑。诗穷新极变,物无遁情,然中或有一二语近平近俚近俳,何也?"
>
> 余曰:"此进之矫枉之作,以为不如是,不足矫浮泛之弊,而阔时人之目也。"然在古亦有之,有以平而传者,如"睫在眼前人不见"之类是也;有以俚而传者,如"一百饶一下,打汝九十九"之类是也;有以俳而传者,如"迫窘诘曲几穷哉"之类是也。古今文人,为诗所困,故逸士辈出,为脱其粘而释其缚。不然,古之才人,何所不足,何至取一二浅易之语,不能自舍,以取世嗤哉? 执是以观,进之诗其为大家无疑矣。诗凡若干卷,文凡若干卷,编成,进之自题曰《雪涛阁集》,而石公袁子为之叙。(*YHDJJJ*, *juan* 18, pp.710 - 711)

这篇序文矛头直指当时的复古创作思潮,尤其批评该风气引起的蹈袭恶习,令智者才气受牵制,而天分平平者率易滥制,以至成为一代诗弊。袁氏兄弟力图矫正蹈袭浮泛之弊,乃至以平近俚俗之语洗脱此风,正为脱除所谓复古的桎梏。

袁宏道《文漪堂记》:

> 夫天下之物,莫文于水,突然而趋,忽然而折,天回云昏,顷刻不知其几千里。细则为罗縠,旋则为虎眼,注则为天绅,立则为岳玉。矫而为龙,喷而为雾,吸而为风,怒而为霆。疾徐舒蹙,奔跃万状。故天下之至奇至变者,水也。
>
> 夫余水国人也。少焉习于水,犹水之也。已而涉洞庭,渡淮海,绝震泽,放舟严滩,探奇五泄,极江海之奇观,尽大小之变态,而后见天下之水,无非文者。既官京师,闭门构思,胸中浩浩,若有所触。前日所见澎湃之势,渊洄沦涟之象,忽然现前。然后取迁、固、甫、白、愈、修、洵、轼诸公之编而读之,而水之变怪,无不毕陈于前者。或束而为峡,或回而为澜,或鸣而为泉,或放而为海,或狂而为瀑,或汇而为泽。蜿蜒曲折,无之非水。故余所见之文,皆水也。今夫山高低秀冶,非不文也,而高者不能为卑,顽者不能为媚,是为死物。水则不然。故文心与水机,一种而异形者也。(*YHDJJJ, juan* 17, pp.685-686)

这里将"文心"与"水机"相类比,用意颇深。水可尽天下之至奇至变,文亦当如此。作文行文也应无拘无束,有高低、缓急等变化,博取包容之量,若如当世一味求复古、尊某一体者,所成之作便难免沦为"死物"。参看§083 韩愈(768—824)《答李翊书》中以水喻文的论述。

【第八章第二节参考书目】

左东岭著:《李贽与晚明文学思想》,第一版,天津:天津人民出版社,1997 年,第三节《童心说与李贽的人生价值观》,一、童心说内涵与主旨辨析,第 160—166 页。

郭绍虞著:《照隅室古典文学论集》,第一版,上海:上海古籍出版社,1983 年,《性灵说》,第 447—467 页。

陈广宏著:《竟陵派研究》,上海:复旦大学出版社,2006 年,第七章《竟陵派的文学思想》,第 317—415 页。

Chou Chih-p'ing. *Yüan Hung-tao and the Kung-an School*. Cambridge Studies in Chinese History, Literature, and Institutions. Cambridge [Cambridgeshire]; New York: Cambridge University Press, 1988, Chapter 2 "The literary theories of the three Yuan brothers", pp.27–69.

Rebecca Handler-Spitz. *Symptoms of an Unruly Age: Li Zhi and Cultures of Early Modernity*. Seattle: University of Washington Press, 2017. Chapter 1, Transparent Language: Origin Myths and Early Modern Aspirations of Recovery, pp.19–43.

第九章　清代初、中期文学论

入清以来,明代复古与反复古、模拟与反模拟的论争慢慢消退了,但是对"至文"的讨论仍然在延续。大多数清代批评家仍然在严羽《沧浪诗话》以史为经、以学诗为纬的框架中讨论"至文",试图在过去的历史中寻找"至文"的典范。他们有的依然着眼于明人所推崇的历史时期,努力寻找新的艺术特征并对"至文"的审美和创作方法加以新的阐发,有的则超越明人"文必秦汉、诗必盛唐"的樊篱,转向上古《诗经》的风教传统。在阐发自己对"至文"的见解时,他们都力图对明代论文论诗的偏颇流弊加以纠正。上述论述主要见于诗文集序言、书信、专论、诗话。

无论是明末郝敬重尊"毛序"温柔敦厚之旨,还是黄宗羲对诗中"一时之性情"与"万古之性情"的区分,或是清初沈德潜编《古诗源》溯源唐前诗歌格调,并及张惠言、陈廷焯等人以比兴寄托来为词体升格,清代初期至中期的诗学词学论都纷纷越过唐宋,直溯于上古《诗经》的美刺风教传统。这无疑是对明代以来围绕复古与反复古诗学风气的总结与调整。而且,这些并非机械性地回归到原先比附政治道德的诗学框架,而是将温柔敦厚的诗教重塑为兼具道德性与艺术性的双重标准。

也正是在这一背景下,清代诗学的唯美倾向也较为突出,且未全然独以某一朝诗学风气或某一人的造诣为尊,而是对唐前古诗乃至唐后各朝诗都有深入的体察,并在论诗过程中融入了清代考据学的方法和观念。这其中,有关情景关系的论述进入到更深入的层面,不仅量化到近体诗写作的各联互动,还结合情与景、虚与实等多种维度,建构起颇具系统性的情景关系理论。这方面尤以叶燮建树最巨,他将情—景关系拆分出"理""事""情"的三重客观维度,和"才""胆""识""力"的四重主观要素,进而具体分析主客体间的多维互动,以作出天下之"至文"。

值得一提的是,贯穿了唐宋的文统、道统论以及古文创作,在清代桐城派手中得到全方位的深化。方苞(1668—1749)、刘大櫆(1698—1780)、姚鼐(1732—1815)三人均从不同方面对唐宋古文贯道派的理论加以继承和发展。不同于唐宋古文家对养气、学圣的侧重,桐城派在提倡古文过程中不但重申文章的神、理、气,还先后对具体创作的方法论作出系统化的阐发,涵盖到篇法结构、字句音节等巨细各面。而且,在阐述文道关系方面,桐城派亦有不少斩获。刘勰联系"文"与"道"是为了说明文学的起源和文体的发展,与文学作品没有直接关系,唐宋贯道派谈论文道主要是从道德伦理方面入手,而姚鼐则把宇宙运作规则与具体文学作品的特征相互联系在一起,则将至文视为阳刚之美与阴柔之美的完美结合。

在古文的发展脉络外,清人还为六朝以后相对沉潜不显的骈文正名。以往作为批判对象的骈文被阮元、袁枚等人放入宗经的理论体系。阮元从骈文的声韵文辞之美入手,将其与《易传·文言》相挂钩,推尊其为千古文章之祖。同时,袁枚、李兆洛等人则从骈文的结构特点入手,将其比类于天地阴阳自然之"道"。如此一来,由《易传·文言》到《文选》乃至清代的骈文新文统得以被体认和重建。

第一节　唯美至文说的理论总结:叶燮《原诗》

清代是诗话写作的鼎盛时期。虽然力主"温柔敦厚"的诗教派势力很大,但大部分诗话作者仍旧显示了明显的唯美倾向,像明代复古派那样专心探索诗歌艺术。不过,他们不再盲目笼统地推崇盛唐,而是试图对不同时期的诗歌进行更加深入的分析,并由此找出他们心目中的至文。清初王夫之(1619—1692)就是一个典型的代表。他编有《古诗评选》《唐诗评选》《明诗评选》,虽然并不特别推崇某个时期,但似乎对唐宋之前的古诗较为注意。王夫之言:"身之所历,目之所见,是铁门限。"强调好诗必定直接描写亲身体验的景物。他最为推崇触景生情,挥笔而成之作,并借用佛教唯识学术语"现量"来加以褒扬。王士禛(1634—1711)则步明人的后尘,推崇盛唐诗,但独尊王维、孟浩然这一派的诗歌,并对其审美境界作出比明人更为精辟的阐述,被誉为"神韵说"。除此之外,当时翁方纲(1733—1818)"肌理说"另开一派,没有依照明复古派的文学史观框架,而是将清代考据学引入诗论中。

虽然诗话作者没有刻意探究文学论方面的议题,但他们对情景关系的论述精辟而周全,近乎形成一种唯美的文学本质论。例如,王夫之沿着后七子谢榛的路子对情景关系进行了更加详尽的阐述。李重华(1682—1755)《贞一斋诗说》(见《文学论评选》§135)和朱庭珍(1841—1903)《筱园诗话》(见《文学论评选》§137)则集中讨论近体诗各联中情和景的互动。朱庭珍的"四实四虚之法",就是指在律诗四联中安排情语和景语的八种不同方法。朱氏对情景关系的描述较为机械,和王夫之动态地阐述情景关系、并且与宇宙阴阳相联系的做法是不一样的。在清代诗话中,最有理论深度、最有系统性的著作非叶燮《原诗》莫属。如果说王夫之、王士禛等人通过评点诗句来讨论情景关系,叶燮则是通过和现代文论较为类似的分析性语言来分析情和景在诗歌中如何互动,创造出"至文"。

叶燮在哲学的层次上重构传统"情"和"景"的概念,将两者分别拓展为"才、胆、识、力"四个关键内在主观因素,和"理、事、情"三大外在客观因素。叶燮"理、事、情"三个概念意思较为特殊,这里稍加解释。按照叶燮的定义,理即事物本身发生的可能性,事即具体现象,情即具体现象千姿百态的外在面貌。叶燮认为,天下"至文"无不展现出这两组主、客观因素的最佳互动。在对杜甫五律名句进行详细分析之后,他从理论的高度总结了创造"至文"的方法:"要之,作诗者,实写理、事、情,可以言,言可以解,解即为俗儒之作。惟不可名言之理,不可施见之事,不可径达之情,则幽渺以为理,想象以为事,惝恍以为情,方为理至、事至、情至之语。"因此,诗必须呈现"不可名言之理,不可施见之事,不可径达之情",方能被称为"至文"(见《文学论评选》§133)。与严沧浪论诗的语言相比,很明显叶燮没有停留在印象式的语言上,而是将理论分析和审美评论二者有机地结合在一起。

吴乔(1611—1695)《围炉诗话》:

> 问曰:"言情叙景若何?"答曰:"诗以道性情,无所谓景也。《三百篇》中之兴'关关雎鸠'等,有似乎景,后人因以成烟云月露之词,景遂与情并言,而兴义以微。然唐诗犹自有兴,宋诗鲜焉。明之瞎盛唐,景尚不成,何况于兴?"
>
> 古诗多言情,后世之诗多言景,如《十九首》中之"孟冬寒气至",建安中之子建《赠丁仪》"初秋凉气发"者无几。日盛一日,梁、陈大盛,至唐末而有清空如话之说,绝无关于性情,画也,非诗也。夫诗以情为主,景为宾。景物无自生,惟情所化。情哀则景哀,情乐则景乐。唐诗能融景入情,寄情于景。如子美之"近泪无乾土,低空有断云",沈下贤之"梨花寒食夜,深闭翠微宫",严维之"柳塘春水漫,花坞夕阳迟",祖咏之"迟日园林好,清明烟火新",景中哀乐之情宛然,唐人胜场也。弘、嘉人依盛唐皮毛以造句者,本自无意,不能融景;况其叙景,惟欲阔大高远,于情全不相关,如寒夜以板为被,赤身而挂铁甲。(QSHXB, p.478)

在吴乔看来,诗歌以情为主,景为次,且上古之诗无所谓景,诗在道性情的过程中化出景物,且景的情感色彩由其所承载的情决定。然而,后人却日渐将情、景并言,乃至专务风云月露,使所作之诗无情无兴。至于明代复古诸子,只学盛唐皮毛,而更不识情景相融之理。

吴乔《围炉诗话》:

> 余与友人说诗曰:"古人有通篇言情者,无通篇叙景者,情为主,景为宾也。情为境遇,景则景物也。"又曰:"七律大抵两联言情,两联叙景,是为死法。盖景多则浮泛,情多则虚薄也。然顺逆在境,哀乐在心,能寄情于景,融景入情,无施不可,是为活法。"又曰:"首联言情,无景则寂寥矣,故次联言景以畅其情。首联叙景,则情未有着落,故次联言情以合乎景,所谓开承也。此下须转情而景,景而情,或推开,或深入,或引古,或邀宾,须与次联不同收,或收第三联,或收至首联,看意之所在而收之,又有推开暗结者。轻重虚实,浓淡深浅,一篇中参差用之,偏枯即不佳。"又曰:"意为情景之本,只就情景中有通融之变化,则开承转合不为死法,意乃得见。"又曰:"子美诗云:'晚节渐于诗律细。'律为音律,拗句诗不必学。"(QSHXB, p.480)

这里再次强调诗以情为主,景为宾,且专门分析七律各联的情景布置,并指出其中的死法,点明寄情于景、融景于情的活法。

王夫之(1619—1692)《古诗评选》:

> 言情则于往来动止、缥缈有无之中,得灵蚃而执之

有象；取景则于击目经心、丝分缕合之际，貌固有而言之不欺。而且情不虚情，情皆可景；景非滞景，景总含情。(CSQS, vol.14, p.736)

这里将诗歌情与景的生成过程描述得比较完整，情在心绪往来动止中流露，且虚幻无形；景在应目会心间被捕捉到，且形貌具体。情与景之间相互支持，真实之情皆能包容外景，而景只要不冗余，便也会承载诗情。

王夫之《夕堂永日绪论内编》：

> 情景名为二，而实不可离。神于诗者，妙合无垠。巧者则有情中景，景中情。景中情者，如"长安一片月"，自然是孤栖忆远之情；"影静千官里"，自然是喜达行在之情。情中景尤难曲写，如"诗成珠玉在挥毫"，写出才人翰墨淋漓、自心欣赏之景。凡此类，知者遇之；非然，亦鹘突看过，作等闲语耳。(JZSHJZ, juan 2, p.72)

> 不能作景语，又何能作情语邪？古人绝唱句多景语，如"高台多悲风"，"胡蝶飞南园"，"池塘生春草"，"亭皋木叶下"，"芙蓉露下落"，皆是也，而情寓其中矣。以写景之心理言情，则身心中独喻之微，轻安拈出。谢太傅于《毛诗》取"訏谟定命，远猷辰告"，以此八字如一串珠，将大臣经营国事之心曲，写出次第；故与"昔我往矣，杨柳依依；今我来思，雨雪霏霏"，同一达情之妙。(JZSHJZ, juan 2, pp.91-92)

这里再次强调情与景不可分离,二者相合,实则无界限,并举出各种写景诗语,揭示其间所蕴之情。而且,王夫之指出,作不出景语也免不了无法作情语,古人绝唱往往藉由景语抒发。

王夫之《姜斋诗话》:

> 兴在有意无意之间,此亦不容雕刻。关情者景,自与情相为珀芥也。情景虽有在心在物之分,而景生情,情生景,哀乐之触,荣悴之迎,互藏其宅。天情物理,可哀而可乐,用之无穷,流而不滞;穷且滞者不知尔。"吴楚东南坼,乾坤日夜浮",乍读之若雄豪,然而适与"亲朋无一字,老病有孤舟"相为融浃。(JZSHJZ, juan 1, pp.33-34)

> 夫景以情合,情以景生,初不相离,唯意所适。截分两橛,则情不足兴,而景非其景。(JZSHJZ, juan 2, p.76)

这里指出,情的关切点虽在内心,但其触发物却是外界之景,景虽属于外物,却足以引人生情,故而诗之景总关情,情则应乎景。如果将二者截断为二物,则情感生发便丢失了兴起之景,这时的景也不再是含情之景了。

叶燮(1627—1703)《原诗》:

> 自开辟以来,天地之大,古今之变,万汇之赜,日星河岳,赋物象形,兵刑礼乐,饮食男女,于以发为文章,形为诗赋,其道万千,余得以三语蔽之,曰理、曰事、曰情,不出乎此而已。然则诗文一道,岂有定法哉?先揆乎其理,揆之

于理而不谬,则理得。次征诸事,征之于事而不悖,则事得。终絜诸情,絜之于情而可通,则情得。三者得而不可易,则自然之法立。故法者当乎理,确乎事,酌乎情,为三者之平准,而无所自为法也。……则夫子所云辞达。达者通也,通乎理,通乎事,通乎情之谓。而必泥乎法,则反有所不通矣。辞且不通,法更于何有乎?(QSH, pp.574-576)

在《原诗》中,叶燮对文和宇宙之道之间的互动进行了细致的分析研究。和萧统一样,他并不明确谈论道,即使他的注意力集中在作者对宇宙过程的处理上。这一点似乎是叶氏的自觉选择,其目的大约在划清自己和新儒家道学之间的界限。确实,在整部《原诗》中,叶氏从未讨论任何教化问题,也从未使用任何让我们联想起新儒家文道观的概念和术语。不过,与刘勰和萧统不同的是,叶氏并没有为证实文学的神圣起源而考察宇宙过程。他主要的目标在于探讨文学创作的动力,即探究"至文"是怎样产生于作者与宇宙过程的交往互动的。

曰理、曰事、曰情三语,大而乾坤以之定位,日月以之运行,以至一草一木一飞一走。三者缺一,则不成物。文章者,所以表天地万物之情状也;然具是三者,又有总而持之、条而贯之者,曰气。事、理、情之所为用,气为之用也。譬之一木一草,其能发生者,理也。其既发生,则事也。既发生之后,夭乔滋植,情状万千,咸有自得之趣,则情也。苟无气以行之,能若是乎?又如合抱之木,百尺干霄,纤叶微柯以万计,同时而发,无有丝毫异同,是气之为也。苟断其根,则气尽而立萎,此时理、事、情俱无从施矣。吾故曰:三者藉气而行者也。得是三者,而气鼓行于其间,细缊磅礴,随其自然,所至即为法,此天地万象之至文也。(QSH, p.576)

曰理、曰事、曰情,此三言者足以穷尽万有之变态。凡形形色色,音声状貌,举不能越乎此。此举在物者而为言,而无一物之或能去此者也。曰才、曰胆、曰识、曰力,此四言者所以穷尽此心之神明。凡形形色色,音声状貌,无不待于此而为之发宣昭著。此举在我者而为言,而无一不如此心以出之者也。以在我之四,衡在物之三,合而为作者之文章。大之经纬天地,细而一动一植,咏叹讴吟,俱不能离是而为言者矣。(QSH, p.579)

为了揭开至文产生的奥秘,叶氏运用了传统文论中少见的分析方法。他把所有事物的发展分成三个阶段:理、事、情。理,决定事物发生的内在原理;事,自然和人世中的实际存在;情,事物外在形式的生动体现。叶氏认为,理、事、情三阶段的依次发展依赖于宇宙的气。如果气充满并鼓荡着理、事、情,则三者都将得到充分发展。对叶燮来说,正是这一自然、神奇的发展过程产生了天地之"至文"。叶燮认为,要在文学作品中创造"至文",作者必须在其想象世界中揣摩理、事、情三者的动态关系,他能否成功取决于他如何运用四种内在力量:才、胆、识、力。

> 诗之至处,妙在含蓄无垠,思致微渺,其寄托在可言不可言之间,其指归在可解不可解之会;言在此而意在彼,泯端倪而离形象,绝议论而穷思维,引人于冥漠恍惚之境,所以为至也。……要之,作诗者,实写理、事、情,可以言,言可以解,解即为俗儒之作。惟不可名言之理,不可施见之事,不可径达之情,则幽渺以为理,想象以为事,惝恍以为情,方为理至、事至、情至之语。(QSH, pp.584, 587)

如果作者能够有效地运用才、胆、识、力来表现外在的理、事、情,他就能创造出和天地之至文相匹敌的文学"至文"来。实际上,和刘勰一样,叶氏相信这样的至文甚至高于天地之至文。如果说刘勰通过重复《易传》制作的神话支持这一主张,那么叶氏则基于文学"至文"无与伦比的审美效果来提供理性解释。

因为诗中的理、事、情与其说是真实的,倒不如说是虚构的,诗人不可能用指示性的语言将其实际地描述出来。只有听任其想象力徜徉在朦胧的超验之域,他才有望捕捉理、事、情模糊的、无法形容的形态,并创造出能够产生无尽审美愉悦的文学"至文"。简言之,叶燮从文学创作的角度重新探讨文道关系,根据其审美效果证实人文的优越性,他给我们提供了高度原创性的审美文学论。

叶燮《己畦集·与友人论文书》:

> 仆尝有《原诗》一编,以为盈天地间,万有不齐之物、之数,总不出乎理、事、情三者。故圣人之道自格物始,盖格

夫凡物之无不有理、事、情也。为文者,亦格之文之为物而已矣。夫备物者莫大于天地,而天地备于六经。六经者,理、事、情之权舆也。合而言之,则凡经之一句一义,皆各备此三者,而互相发明;分而言之,则《易》似专言乎理,《书》《春秋》《礼》似专言乎事,《诗》似专言乎情。此经之原本也。而推其流之所至,因《易》之流而为言,则议论、辨说等作是也;因《书》《春秋》《礼》之流而为言,则史传、纪述、典制等作是也;因《诗》之流而为言,则辞赋、诗歌等作是也。数者条理各不同,分见于经,虽各有专属,其适乎道则一也。而理者与道为体,事与情总贯乎其中,惟明其理,乃能出之而成文。六经之后,其得此意者,则庶乎唐宋以来诸大家之文,为不悖乎道矣。(*JQJ*, *juan* 13, pp.444－445)

这里再度申明,天地万物皆统摄于理、事、情三种客观要素,文亦如此。而万物最巨者当推天地,天地之理则以六经为备,于是,六经的章句经义,都各自申发最根本的理、事、情,六经对这三种客观因素的阐发各有专属,却都合乎道。唐宋大家之文几乎能像六经那样呈现天地之道,即万物的理、事、情。

李重华(1682—1755)《贞一斋诗说》:

诗有情有景,且以律诗浅言之:四句两联,必须情景互换,方不复沓;更要识景中情,情中景,二者循环相生,即变化不穷。(*QSH*, p.931)

这里同样认为情、景循环相生而不穷,作诗、评诗皆须识得景中情、情中景,并使二者参差互换而不重复。

阙名《静居绪言》:

> 子桓曰:"文章,经国之大业,不朽之盛事。年寿有时而尽,荣乐止乎其身,二者必至之常期,未若文章之无穷。"钟嵘曰:"灵祇待之以致飨,幽微藉之以昭告,动天地,感鬼神,莫近于诗。"仆谓即未必然,亦及一生作用:穷险绝奇,诗以入之;幽景玄象,诗以出之;块垒郁塞,诗以破之;死生契阔,诗以通之;真居仙馆,诗以游之;豪情逸思,诗以发之;闲心古貌,诗以状之;愁惊恨绪,诗以诉之;病缘梦境,诗以达之。(QSHXB, p.1651)

这里在前人称赞文章经国不朽、动天地感鬼神之外,还强调了文学对作对个体的人一生的作用。其间既包括各种见闻处境,也涵括一系列情感状态。无论正面还是负面的作用,它们都可用诗传达而出。

朱庭珍(1841—1903)《筱园诗话》:

> 自周氏论诗,有四实四虚之法,后人多拘守其说,谓律诗法度,不外情景虚实。或以情对情,以景对景,虚者对虚,实者对实,法之正也。或以景对情,以情对景,虚者对实,实者对虚,法之变也。于是立种种法,为诗之式。以一虚一实相承,为中二联法。或前虚后实,或前景后情,此为

定法。以应虚而实,应实而虚,应景而情,应情而景,或前实后虚,前情后景,及通首言情,通首写景,为变格、变法,不列于定式。援据唐人诗以证其说,胪列甚详。予谓以此为初学说法,使知虚实情景之别,则其说甚善,若名家则断不屑拘拘于是。诗中妙谛,周氏未曾梦见,故泥于迹相,仅从字句末节着力,遂以皮毛为神骨,浅且陋矣。夫律诗千态百变,诚不外情景虚实二端。然在大作手,则一以贯之,无情景虚实之可执也。写景,或情在景中,或情在言外。写情,或情中有景,或景从情生。断未有无情之景,无景之情也。又或不必言情而情更深,不必写景而景毕现,相生相融,化成一片。情即是景,景即是情,如镜花水月,空明掩映,活泼玲珑。其兴象精微之妙,在人神契,何可执形迹分乎? 至虚实尤无一定。实者运之以神,破空飞行,则死者活,而举重若轻,笔笔超灵,自无实之非虚矣。虚者树之以骨,炼气镕滓,则薄者厚,而积虚为浑,笔笔沈著,亦无虚之非实矣。又何庸固执乎? 总之诗家妙悟,不应著迹,别有最上乘功用,使情景虚实各得其真可也,使各逞其变可也,使互相为用可也,使失其本意而反从吾意所用,亦可也。此固不在某联宜实,某联宜虚,何处写景,何处言情,虚实情景,各自为对之常格恒法。亦不在当情而景,当景而情,当虚而实,当实而虚,及全不言情,全不言景,虚实情景,互相易对之新式变法。别有妙法活法,在吾方寸,不可方物。六祖语曰:"人转法华,勿为法华所转。"此中消息,亦如是矣。(*QSHXB*, pp.2336 – 2337)

这段诗话先肯定了情景虚实作为律诗法度的合理性,并且认可种种情与景、虚与实的组合法式。但朱庭珍随后指出,以上仅能作为初学说法,若为名家,断不可拘泥于此字句末节。因为律诗程式实则千态百变,情景二者也是相生相融,不可割裂处理。若一味营造布置,便落入下乘。只有掌握诗家妙悟之境,方能不着痕迹,使情景虚实各得其所,相得益彰。

【第九章第二节参考书目】

郭绍虞著:《中国文学批评史》,第 1 版,北京:中华书局,1961 年,第 30 章"叶燮与沈德潜",第 430—447 页。

蒋寅著:《原诗笺注》(增订本),上海:上海古籍出版社,2023 年。

萧驰著:《圣道与诗心:中国思想与抒情传统》,台北:联经出版事业公司,2012 年。

蔡宗齐著:《明清以情为主的创作论——以华兹华斯和艾略特情感论之争为借鉴》,《文艺研究》2024 年第 1 期,第 17—31 页。

Owen, Stephen, ed. *Readings in Chinese Literary Thought*. Chapter 10 & 11. Cambridge: Harvard University Press, 1992.

Pohl, Karl-Heinz. "*Ye Xie's 'On the Origin of Poetry' (Yuan Shi): A Poetic of the Early Qing.*" T'oung Pao 78.1‑3 (1992): 1‑32.

Sun, Cecile. *Pearl from the Dragon's Mouth: Evocation of Scene and Feeling in Chinese Poetry*. Ann Arbor: Michigan Center for Chinese Studies, 1995.

Wong, Siu-kit. "*Ch'ing* and *Ching* in the Critical Writings of Wang Fu-chih." In *Chinese Approaches to Literature from Confucius to Liang Ch'i-ch'ao*, edited by Adele Austin Rickett, 121‑150. Princeton: Princeton University Press, 1978.

第二节　融入诗教的至文：沈德潜格调说和常州词派寄托说

　　诗学词学回归《诗经》的诗教美刺传统，是清代文学论的一个重要发展。这一回归可以追溯到明末郝敬（1557—1639）提出"温柔敦厚"的诗学理论。作为当时《诗经》学尊毛序派的重要人物，郝敬通过肯定《毛序》的风教传统，来抵制明末以诗论《诗》的倾向，确立温柔敦厚为诗歌创作的圭臬，不仅是一种道德伦理，同时也是最高的艺术原则。明末清初之际，陈子龙（1608—1647）已然反对盛唐诗而肯定古诗和《诗经》传统（见《文学论评选》§120）。黄宗羲（1610—1695）则认为"有一时之性情，有万古之性情"，而"孔子删之以合乎兴观群怨、思无邪之旨，此万古之性情也"（见《文学论评选》§122）。黄宗羲尖锐地指出，前后七子所推崇的唐诗只是"一时之性情"的宣泄，只有《诗经》才是"万古之性情"的楷模。随后，沈德潜（1673—1769）编纂《古诗源》，溯源整理唐以前的古诗作品，藉以建立他自己的"格调说"。明人推崇盛唐诗，不重视"格"，所以沈德潜则用"格"来纠正这一传统，从而回到儒家的诗教传统（艺术性和政治性合而为一体）。如他认为"诗之为道，可以理性情，善伦物，感鬼神，设教邦国，应对诸侯，用如此其重也"（见《文学论评选》§124），并且批评诗必盛唐的立场，主张回到诗教传统："诗至有唐为极盛，然诗之盛，非诗之源也。"（见《文学论评选》§123）然而，沈德潜对诗教传统的回归和宋人诗学又不一样，宋代道学盛行,诗常被宋人视为学道的工具。但沈氏强调格与调的结合。"格"说的是道德内容,而"调"所指则是艺术风格。"格"与"调"的融合,也就是政治性与艺术性的融合。沈说应该受到了郝敬"温柔敦厚"说的影响。"温柔敦厚"的传统在常州词派中也得以发扬光大,张惠言(1761—1802)强调风骚传统,陈廷焯(1853—1892)以"沉郁"论词,况周颐(1859—1926)讲究寄托,无不是这一传统的延续。

陈子龙(1608—1647)《六子诗序》:

> 余幼而好诗,颇有张率限日之僻,于今十余年矣。始未尝不见其甚易,而后未尝不见其甚难也。乐府谣诵,调古而旨近,似其音节侧笔可追。然而太文则弱,太率则俗,太达则肤,太坚则讹,太合则袭,太离则野,此一难也。五言古诗,苏、李而下,潘、陆而上,意存温厚,辞本婉淡,声调上口,便欲揣摹。然集彼常谈,侈为新制,宛然成章,实见少味。至于宗六季者,多组已谢之华,法盛唐者,每溢格外之语,此一难也。七言古诗,初唐四家,极为靡沓,元和而后,亦无足观。所可法者,少陵之雄健低昂,供奉之轻扬飘举;李颀之隽逸婉㜢。然学甫者近拙,学白者近俗,学颀者近弱。要之体兼《风》《雅》,意主深劲,是为工耳,此一难也。(*CZLWJ*, *juan* 25, pp.372-373)

这里先是从正面逐个分析拟乐府、拟五古七古、追摹盛唐等创作风气的利弊,尤其突出学唐诸家所易出现的问题,最终顺势指出学诗仍须以《诗经》的风雅传统为正法。这种观念虽看似仍出于复古的路径,却在斟酌评比之间显示出更为包容、客观的态度,并未偏执一端。

陈子龙《白云草自序》:

> 文章之道,既以其才,又以其遇,不其然哉。我尝与李子言之矣,诗者,非仅以适己,将以施诸远也。《诗》三百篇,虽愁喜之言不一,而大约必极于治乱盛衰之际,远则怨,怨则爱;近则颂,颂则规。怨之与颂,其文异也;爱之与规,其情均也。……今之为诗者,我惑焉,当其放形山泽之中,意不在远,适境而止,又曰:我恐以言为戮也。一旦历玉阶,登清庙,则详缓其步,坐论公卿,彼柔翰徒滑我神,何益殿最?为如是,则国家之文,安能灿然与三代比隆,而人主何所采风存褒刺哉!(CZLWJ, juan 26, pp.445–447)

此处再度淡化了诗的个人化功能定位,强调其更深远的社会影响,由此标举《诗三百》的美刺讽喻、风雅正变传统,并强调其间作品虽情感色彩不一,其内在的政治教化之情却是统一的。以此反观当代,陈子龙不由对时人作诗境界的分殊不一感到怀疑与不满。

黄宗羲(1610—1695)《马雪航诗序》:

> 诗以道性情,夫人而能言之。然自古以来,诗之美者多矣,而知性者何其少也。盖有一时之性情,有万古之性

情。夫吴歈越唱，怨女逐臣，触景感物，言乎其所不得不言，此一时之性情也；孔子删之，以合乎兴、观、群、怨、思无邪之旨，此万古之性情也。吾人诵法孔子，苟其言诗，亦必当以孔子之性情为性情，如徒逐逐于怨女逐臣，逮其天机之自露，则一偏一曲，其为性情亦末矣。故言诗者，不可以不知性。夫性岂易知也，先儒之言性者，大略以镜为喻，百色妖露，镜体澄然，其澄然不动者为性，此以空寂言性。而吾人应物处事，如此则安，不如此则不安，若是乎有物于中，此安不安之处，乃是性也。镜是无情之物，不可为喻。又以人物同出一原，天之生物有参差，则恶亦不可不谓之性，遂以疑物者疑及于人。夫人与万物并立于天地，亦与万物各受一性，如姜桂之性辛，稼穑之性甘，鸟之性飞，兽之性走，或寒或热，或有毒无毒。古今之言性者，未有及于本草者也。故万物有万性，类同则性同。人之性则为不忍，亦犹万物所赋之专一也。物尚不与物同，而况同人于物乎？

程子言性即理也，差为近之。然当其澄然在中，满腔子皆恻隐之心，无有条理可见，感之而为四端，方可言理。理即率性之为道也，宁可竟指道为性乎？晦翁以为天以阴阳五行化生万物，而理亦赋焉，亦是兼人物而言。夫使物而率其性，则为触为啮为蠹为婪，万有不齐，亦可谓之道乎？故自性说不明，后之为诗者，不过一人偶露之性情。彼知性者，则吴、楚之色泽，中原之风骨，燕、赵之悲歌慷慨，盈天地间，皆恻隐之流动也。而况于所自作之诗乎！

秣陵马雪航介余族象一请序其诗。余读之,清裁骏发,
牍映篇流,不为雅而为风,余从象一得其为人,以心之安不
安者定其出处,其得于性情者深矣。如是则宋景濂之五
美,又何必拘拘而拟之也。(HZXQJ, vol.10, pp.95-97)

这里虽然认同诗歌是用来表现性情的,但却对所表达的性情对
象做出层级区分,所谓"一时之性情"与"万古之性情",其本质
便是对文学情感个人化的否定。所谓怨女逐臣、触景感物等情
感,出于一时一地一人,较之已然经典化的《诗经》,其承载情感
道德教化的典范性便远远不及。

沈德潜(1673—1769)《古诗源序》:

诗至有唐为极盛,然诗之盛非诗之源也。今夫观水者
至观海止矣,然由海而溯之,近于海为九河,其上为泲水,
为孟津。又其上由积石以至昆仑之源。《记》曰:"祭川者
先河后海。"重其源也。唐以前之诗,昆仑以降之水也。汉
京魏氏,去风雅未远,无异辞矣。即齐梁之绮缛,陈隋之轻
艳,风标品格,未必不逊于唐,然缘此遂谓非唐诗所由出,
将四海之水非孟津以下所由注,有是理哉?有明之初,承
宋元遗习,自李献吉以唐诗振,天下靡然从风,前后七子,
互相羽翼,彬彬称盛。然其敝也,株守太过,冠裳土偶,学
者咎之。由守乎唐而不能上穷其源,故分门立户者得从而
为之辞。则唐诗者宋元之上流;而古诗又唐人之发源也。
予前与树滋陈子辑唐诗成帙,窥其盛矣。兹复溯隋陈而

上,极乎黄轩,凡《三百篇》、楚骚而外,自郊庙乐章,讫童谣里谚,无不备采,书成,得一十四卷。不敢谓已尽古诗,而古诗之雅者略尽于此,凡为学诗者导之源也。昔河汾王氏,删汉魏以下诗,继孔子《三百篇》后,谓之续经。天下后世群起攻之曰僭。夫王氏之僭,以其儗圣人之经,非谓其录删后诗也。使误用其说,谓汉魏以下学者不当搜辑,是惩热羹而吹齑,见人噎而废食,其亦颛颛拘拘之见尔矣。予之成是编也,于古逸存其概,于汉京得其详,于魏晋猎其华,而亦不废夫宋齐后之作者。既以编诗,亦以论世,使览者穷本知变,以渐窥风雅之遗意,犹观海者由逆河上之以溯昆仑之源,于诗教未必无少助也夫!(GSY, pp.1-2)

这里借用水流的譬喻指出,唐诗之盛虽势如江海,然世人若一味推崇其盛,未免遗忘其本源,而诗之本源,则被溯至先秦两汉以前的《诗三百》、古歌诗谣谚,并兼取魏晋齐梁等,从而有源有流,穷本知变,最终实现儒家诗教传统与唯美艺术传统的融合。

沈德潜《说诗晬语》:

诗之为道,可以理性情,善伦物,感鬼神,设教邦国,应对诸侯,用如此其重也。秦、汉以来,乐府代兴;六代继之,流衍靡曼。至有唐而声律日工,托兴渐失,徒视为嘲风雪,弄花草,游历燕衎之具,而诗教远矣。学者但知尊唐而不上穷其源,犹望海者指鱼背为海岸,而不自悟其见之小也。

今虽不能竟越三唐之格,然必优柔渐渍,仰溯《风》《雅》,诗道始尊。

事难显陈,理难言罄,每托物连类以形之;郁情欲舒,天机随触,每借物引怀以抒之;比兴互陈,反复唱叹,而中藏之欢愉惨戚,隐跃欲传,其言浅,其情深也。倘质直敷陈,绝无蕴蓄,以无情之语而欲动人之情,难矣。王子击好《晨风》,而慈父感悟;裴安祖讲《鹿鸣》,而兄弟同食;周盘诵《汝坟》,而为亲从征。此三诗别有旨也,而触发乃在君臣、父子、兄弟,唯其可以兴也。读前人诗而但求训诂,猎得词章记问之富而已,虽多奚为?(QSH, pp.523-524)

沈德潜开头即直陈诗之本义当为理性情、善伦物,乃至感鬼神、设教邦国、应对诸侯。由小及大,皆在重申儒家诗教的传统,因此也反衬出六代以后诗风靡漫,比兴寄托渐失,诗沦落为流连光景的艺术品,早已忘记诗教为本。于是,沈氏例举《诗经》之作,揭示其言浅意深,对君臣、父子、兄弟之义的兴寄之功。

余集(1738—1823)《聊斋志异序》:

嗟夫!世固有服声被色,俨然人类;叩其所藏,有鬼蜮之不足比,而豺虎之难与方者。下堂见蚕,出门触蜂,纷纷沓沓,莫可穷诘。惜无禹鼎铸其情状,蠲镂决其阴霾,不得已而涉想于杳冥荒怪之域,以为异类有情,或者尚堪晤对;鬼谋虽远,庶其警彼贪淫。呜呼!先生之志荒,而先生之心苦矣!昔者三闾被放,彷徨山泽,经历陵庙,呵壁问天,神灵怪物,琦玮僪佹,以泄愤懑,抒写愁思。释氏悯众生之颠倒,借因果为筏喻,刀山剑树,牛鬼蛇神,罔非说法,开觉有情。然则是书之恍惚幻妄,光怪陆离,皆其微旨所存,殆以三闾侘傺之思,寓化人解脱之意欤?使第以媲美《齐谐》,希踪《述异》相诧嬹,此井蠡之见,固大戾于作者;亦岂太守公传刻之深心哉!夫《易》筮载鬼,传纪降神,妖祥灾异,炳于经籍。天地至大,无所不有;小儒视不越几席之外,履不出里巷之中,非以情揣,即以理格,是泥泥者又甚于井蠡之见也。太守公曰:"子之说,可以传先生矣。"遂书以为序。(LZZY, pp.6-7)

志怪小说往往被视为稗官野史之类,其文学与世教价值皆不被世人看重。余集却将《聊斋志异》的内容意旨与屈原、释迦牟尼等人的见闻与抒写相类比,认为其同样寓化人解脱之意。并且,序文还肯定了妖祥灾异在古今天地间存在的合理性,若如区区小儒一样视之为怪力乱神,未免见识短浅。

张惠言(1761—1802)《词选序》:

词者,盖出于唐之诗人,采乐府之音,以制新律,因系其词,故曰"词"。传曰:"意内而言外,谓之词。"其缘情造端,兴于微言,以相感动,极命风谣里巷男女哀乐,以道贤人君子幽约怨悱不能自言之情,低徊要眇,以喻其致。盖《诗》之比兴,变风之义,骚人之歌,则近之矣。然以其文小,其声哀,放者为之,或跌荡靡丽,杂以昌狂俳优,然要其

至者,莫不恻隐盱愉,感物而发,触类条鬯,各有所归,非苟为雕琢曼辞而已。(CX, pp.6-7)

张惠言论词,既将其体溯至唐乐府新律,又主张其要旨为《诗经》的比兴寄托,故而可借男女哀乐来寄托贤人君子的幽约怨悱之情。如此便用儒家诗教传统提升了词体格调,使其不只是流连光景雕琢曼辞之作。

潘德舆(1785—1839)《诵芬堂诗序》:

> 伊古及今,胜衣童子初入塾受经,无不知诗为性情之教;及其能为诗也,吾惑焉,标纲宗,立坛坫,争妍、斗博、使气三者而已。三者又迭焉胜负,士日攘臂于其中,未有从事于性情者。然亦有之,空灵以为性,而不知其为仙、佛之邪说;流动以为情,而不知其为声色之丑行。诗主性情之说愈盛,而诗教亦愈敝。盖今之性情,非古之性情也。古之所谓性情者,吾于周诗得一言焉,曰:"柔惠且直。"美矣哉! 此性情之圭臬也。晚近之诗,于己矜而褊,非柔惠也;于人伪而诐,非直也。夫柔惠,仁也;直,义也。二者参和而时发,韩子所谓"仁义之人,其言蔼如"者也。自周以来之诗,吾尝遍衡之,合乎此,则为诗人,虽野人妇孺,片章断句,吾反复而不厌;不合乎此,则非诗人,虽晋、唐名家,照耀千古者,吾亦唾弃之不顾。何也? 人之性情之达于诗者,必知此乃有用而无害,虞廷"言志"、孔门"可以兴"之法,实在此。后世论诗者,歧涂百出,积案盈箱,均之无用

而有害，则均之可拉杂摧烧之也。余持是论久，疑信者参半。（YYZJ, juan 18, p.450）

这里论诗仍以性情为本，然而今之性情已非古之性情，不再柔惠仁义，反而偏狭放纵，以诗歌为声色争妍之器，如此便愈丧其本，失古人性情之正。

【第九章第一节参考书目】

王宏林著：《沈德潜诗学思想研究》，北京：人民出版社，2010 年。
黄志浩著：《常州词派研究》，北京：中国社会科学出版社，2008 年。
张健著：《清代诗学研究》，第 1 版，北京：北京大学出版社，1999 年。
　　参第十一章《传统诗学体系的再修正与总结：沈德潜的诗学》，第 511—570 页。
Chao, Chia-ying Yeh. "*The Ch'ang-chou School of Tz'u Criticism.*" *Harvard Journal of Asiatic Studies* 35（1975）：101–132. Also in *Chinese Approaches to Literature from Confucius to Liang Ch'i-ch'ao*, edited by Adele Austin Rickett, 151–188.

第三节　桐城派至文说：宇宙之道与文章结构和审美原则

　　桐城派论文，最广为人知的是该派创始人方苞提出的"义法"说。方苞自称"学行继程朱之后，文章介韩欧之间"，其最有名的为"义法"之论。"义"即文章内容，"法"即创作方法，因此"义法"指的便是文章的内容与方法结合。与唐宋古文家比较，唐宋古文家主要讨论如何学圣人书以养气,主要讨论道德修养、养气等,认为言可贯道,并未谈及具体的创作方法。而桐城派论文的重点则不在于自我的道德修养、养气、学圣等,而在于对"法"的阐发。

方苞、刘大櫆、姚鼐三位桐城派大师对"法"的理解又大为不同。方苞的理解相对较为机械,他强调"篇法",对文章的结构、材料的取舍、繁简的掌握、古文的语言等方面均做了实在明确的讨论(见《文学论评选》§139—141)。刘大櫆则是将唐宋古文家"气"的理论与文学作品的方方面面联系起来(见《文学论评选》§142)。唐宋八大家说的"气"是从作者自我修养的角度出发,而刘大櫆讲的则是文章内在的"气",谈论作者如何掌握运用文章内在的"气"去创造至文。换言之,刘大櫆将"气"看做是文章中文字与审美境界之间的关系,这和前人谈论"气"大为不同。曹丕最早谈论"气",认为"气"是作品的个人风格;唐宋古文家则以孟子"浩然之气"为圭臬,认为"气"体现了作者道德身心的培养与文学作品的关系。刘大櫆则以气论文章的本质,认为"气"贯穿了文章的不同层次。第一层次是字句的使用,第二层次是音节,通过朗诵字句便可揣摩文章内在之"气"。换言之,作为抽象表意工具的文字,通过朗诵产生节奏,就可表达文章之"气"。同时,刘大櫆又提出"神"的概念,认为"行文之道,神为主,气辅之",在气的运作中有"神"。"神"即艺术上不可言说的美感,是最高的层次,其次较为具体的层次便是"气",再其次较具体的即"音节",随后最为具体的即"字句"。刘大櫆由此建立了多个层次的文章框架,从最具体到最抽象,从最机械的表意层次到艺术意境的感受层次,并且将每一层次都解释清楚了。

姚鼐有关"至文"的讨论,也是从文章与最高宇宙原则关系的角度展开的。在《复鲁絜非书》中(见《文学论评选》§143),他将文分成阳刚、阴柔二类,认为有的文章以"阴"为主,有的以"阳"为主。由于"阴阳"与"气"有关,"气"又和"道"有关,姚鼐就巧妙地将"道""气""文"三者都落实到具体文章风格之中。虽然姚鼐也谈论文道关系,然而他是从文学作品出发。通过分析文学作品,他认为不同的文学作品有两种不同的美感,这两种不同的美感之中又有不同的种类。而他认为这些不同是阴阳二气不同的搭配所造成的。只有圣人文章可以做到阳刚为主,阴柔为辅,两者达到最佳平衡。

魏禧(1624—1681)《论世堂文集叙》:

> 地县于天中,万物毕载,然上下无所附,终古而不坠,所以举之者气也。人之能载万物者莫如文章。天之文,地之理,圣人之道,非文章不传;然而无以举之,则文之散灭也已久。故圣人不作,六经之文绝,然其气未尝绝也。圣人之气,如天之四时,分之而为十有二月,又分之而为二十有四气。得其一气,则莫不可以生物。六经以下为周诸子,为秦汉,为唐宋大家之文。苟非甚背于道,则其气莫不载之以传。《书》《诗》《易》《礼》《春秋》之气,得其一皆足以自名。而世之言气,则惟以浩瀚蓬勃,出而不穷,动而不止者当之,于是而苏轼氏乃以气特闻。子瞻之自言曰:"吾

文如万斛泉源,不择地皆可出,在平地一日千里无难;及其与山石曲折,随物赋形而不自知也。行乎其所当行,止乎其所不得不止。"而乃以气特闻。(WSZWJWB, juan 8, p.245)

魏禧指出,天文地理与圣人之道皆依托文章而传,并由"气"承举。这里的气既通于六经文章之气,亦可分而为宇宙四时的自然之气。文章顺乎道,则其文气可得以传承延续,并各自以其气盛而闻名。

方苞(1668—1749)《古文约选序》:

> 太史公《自序》,年十岁,诵古文,周以前书皆是也。自魏、晋以后,藻绘之文兴,至唐韩氏起八代之衰,然后学者以先秦、盛汉辨理论事,质而不芜者为古文。盖六经及孔子、孟子之书之支流余肄也。……盖古文所从来远矣,六经、《语》、《孟》其根源也。得其枝流,而义法最精者,莫如《左传》《史记》,然各自成书,具有首尾,不可以分裂。其次《公羊》《穀梁传》《国语》《国策》,虽有篇法可求,而皆通纪数百年之言与事,学者必览其全而后可取精焉。惟两汉书疏及唐宋八家之文,篇各一事,可择其尤。而所取必至约,然后义法之精可见。故于韩取者十二,于欧十一,余六家或二十三十而取一焉。两汉书疏,则百之二三耳。学者能切究于此,而以求《左》《史》《公》《穀》《语》《策》之义法,则触类而通,用为制举之文,敷陈论策,绰有余裕矣。虽

然,此其末也。先儒谓韩子因文以见道,而其自称,则曰:"学古道,故欲兼通其辞。"群士果能因是以求六经、《语》、《孟》之旨,而得其所归,躬蹈仁义,自勉于忠孝,则立德立功以仰答我皇上爱育人材之至意者,皆始基于此。是则余为是编,以助流政教之本志也夫!(FBJ, juan 4, pp.612 - 613)

这段主要说了方苞编古文选时所推崇的古文样板以及选择的准则。他认为《左传》《史记》"义法最精",然而二者都"具有首尾,不可以分剟",即有较为缜密的首尾圆合的结构。排在其次的是《公羊传》《穀梁传》《国语》《国策》,通纪数百年之事,需遍览方可取精。因此方苞选择标准是"所取必至约,然后义法之精可见",即方苞选择的是体现"义法之精"的文章。另外,这里方苞还认为学习古文可以帮助人们考试:"学者能切究于此,而以求《左》《史》《公》《穀》《语》《策》之义法,则触类而通,用为制举之文,敷陈论策,绰有余裕矣。"因此方苞也谈到了学习古文与写作时文的关系。

方苞《古文约选凡例》:

> 一:《三传》《国语》《国策》《史记》为古文正宗,然皆自成一体,学者必熟复全书,而后能辨其门径,入其窔奥。故是编所录,惟汉人散文及唐宋八家专集,俾承学治古文者,先得其津梁,然后可溯流穷源,尽诸家之精蕴耳。
>
> 一:周末诸子,精深闳博,汉、唐、宋文家皆取精焉。但其著书,主于指事类情,汪洋自恣,不可绳以篇法。其篇法

完具者,间亦有之,而体制亦别,故概弗采录。览者当自得之。

一:在昔议论者,皆谓古文之衰,自东汉始,非也。西汉惟武帝以前之文,生气奋动,倜傥排宕,不可方物,而法度自具。昭、宣以后,则渐觉繁重滞涩,惟刘子政杰出不群,然亦绳趋尺步,盛汉之风,邈无存矣。是编自武帝以后至蜀汉,所录仅三之一,然尚有以事宜讲问,过而存之者。

一:韩退之云:"汉朝人无不能为文。"今观其书疏吏牍,类皆雅饬可诵。兹所录仅五十余篇,盖以辨古文气体,必至严乃不杂也。既得门径,必纵横百家而后能成一家之言。退之自言"贪多务得,细大不捐"是也。

一:古文气体,所贵清澄无滓。澄清之极,自然而发其光精,则《左传》《史记》之瑰丽浓郁是也。始学而求古求典,必流为明七子之伪体,故于《客难》《解嘲》《答宾戏》《典引》之类,皆不录。虽相如《封禅书》亦姑置焉。盖相如天骨超俊,不从人间来,恐学者无从窥寻,而妄摹其字句,则徒敝精神于蹇浅耳。

一:子长《世表》《年表》《月表序》,义法精深变化。退之、子厚读经子,永叔史志论,其源并出于此。孟坚《艺文志·七略序》,淳实渊懿,子固序群书目录,介甫序《诗》《书》《周礼》义,其源并出于此,概弗编辑,以《史记》《汉书》,治古文者必观其全也。独录《史记·自序》,以其文虽载家传后,而别为一篇,非《史记》本文耳。

一:退之、永叔、介甫,俱以志铭擅长。但序事之文,义法备于《左》《史》。退之变《左》《史》之格调,而阴用其义法;永叔摹《史记》之格调,而曲得其风神;介甫变退之之壁垒,而阴用其步伐。学者果能探《左》《史》之精蕴,则于三家志铭,无事规橅,而自与之并矣。故于退之诸志,奇崛高古清深者皆不录,录马少监、柳柳州二志,皆变调,颇肤近。盖志铭宜实征事迹,或事迹无可征,乃叙述久故交亲。而出之以感慨,马志是也;或别生议论,可兴可观,柳志是也。于永叔独录其叙述亲故者,于介甫独录其别生议论者,各三数篇,其体制皆师退之,俾学者知所从入也。

一:退之自言所学,在"辨古书之真伪,与虽正而不至焉者",盖黑之不分,则所见为白者,非真白也。子厚文笔古隽,而义法多疵;欧、苏、曾、王亦间有不合,故略指其瑕,俾瑜者不为揜耳。

一:《易》《诗》《书》《春秋》及四书,一字不可增减,文之极则也。降而《左传》、《史记》、韩文,虽长篇,句字可薙芟者甚少。其余诸家,虽举世传诵之文,义枝辞冗者,或不免矣。未便削去,姑钩划于旁,俾观者别择焉。(*FBJ*, *juan* 4, pp.613-616)

方苞认为《左传》《史记》是义法最精的模范文章,但学习古文不用直接学习先秦之文,以防沦落至前后七子之机械模仿的境界:"始学而求古求典,必流为明七子之伪体。"在这里他举出了自己取舍文章的范围。首先,他不收周末诸子的文章,因为"其著书主于指事类情,汪洋自恣,不可绳以篇法",即不可以"篇法"的概念来解释这类文章,如《庄子》一类的文章每段一个故事,没有篇法结构。其次,汉代文章不收西汉武帝之后的,因武帝之前的文"不可方物,而法度自具"。不过如司马相如、扬雄等人古文也不选,因这些文章写得精妙,艺术性极高,不可用以范文:"盖相如天骨超俊,不从人间来,恐学者无从窥寻,而妄摹其字句,则徒敝精神于塞浅耳。"然后,方苞提出自己所推崇的司马迁之文法,认为韩愈、柳宗元、欧阳修、王安石等人所写的不同文体均受到《左传》《史记》的影响。最后,方苞认为"《易》《诗》《书》《春秋》及四书,一字不可增减,文之极则也。降而《左传》、《史记》、韩文,虽长篇,句字可薙芟者甚少"。他认为文章需要简洁易懂,古文"不可入语录中语、魏晋南北朝藻丽俳语、汉赋中板重字法、诗歌中隽语、《南北史》佻巧语"(沈廷芳《书方望溪先生传后》)。方苞从而提出"雅洁"的作文规范,认为古文不用偏字杂字,文笔简单清新易懂最好。

方苞《又书货殖传后》:

> 《春秋》之制义法,自太史公发之,而后之深于文者亦具焉。义即《易》之所谓"言有物"也,法即《易》之所谓"言有序"也。义以为经而法纬之,然后为成体之文。是篇两举天下地域之凡,而详略异焉。其前独举地物,是衣食之源,古帝王所因而利道之者也;后乃备举山川境壤之支凑,以及人民谣俗、性质、作业,则以汉兴,海内为一,而商贾无所不通,非此不足以征万货之情,审则宜类,而施政教也。两举庶民经业之凡,而中别之。前所称农田树畜,乃本富

也；后所称贩鬻僦贷，则末富也。上能富国者，太公之教诲，管仲之整齐是也；下能富家者，朱公、子赣、白圭是也。计然则杂用富家之术以施于国，故别言之，而不得侪于太公、管仲也。然自白圭以上，皆各有方略，故以能试所长许之。猗顿以下，则商贾之事耳，故别言之，而不得侪于朱公、子赣、白圭也。是篇大义与《平准》相表里，而前后措注，又各有所当如此。是之谓"言有序"，所以至赜而不可恶也。夫纪事之文，成体者莫如《左氏》，及其后则昌黎韩子，然其义法，皆显然可寻。惟太史公《礼》《乐》《封禅》三书，及《货殖》《儒林传》，则于其言之乱杂而无章者寓焉。岂所谓定、哀之际多微辞者邪？（*FWXQJ*, p.29）

方苞论文的特点在于结合具体作品分析来提出自己的理解，这一段便是明显的例子。方苞首先借用《系辞传》解释自己"义法"的概念："义即《易》之所谓'言有物'也，法即《易》之所谓'言有序'也。"说的是有明确内容的言以及有条理的言，因此"义为经而法纬之，然后为成体之文"。随后方苞分析司马迁《货殖传》的结构来解释自己的观点。他指出《货殖传》首先说山川地理，然后说各种各样商业活动，庶民活动，各类人的活动，最后加以总结。这段是方苞文本细读的范例，通过具体分析来讨论为何司马迁的这篇文章极有"义法"。除此之外，方苞也分析过韩愈的古文作品来解释自己的"义法"思想。

刘大櫆（1698—1779）《论文偶记》：

> 行文之道,神为主,气辅之。曹子桓、苏子由论文,以气为主,是矣。然气随神转,神浑则气灏,神远则气逸,神伟则气高,神变则气奇,神深则气静,故神为气之主。至专以理为主者,则犹未尽其妙也。盖人不穷理读书,则出词鄙倍空疏。人无经济,则言虽累牍,不适于用。故义理、书卷、经济者,行文之实,若行文自另是一事。譬如大匠操斤,无土木材料,纵有成风尽垩手段,何处设施?然即土木材料,而不善设施者甚多,终不可为大匠。故文人者,大匠也;义理、书卷、经济者,匠人之材料也。(*LWOJ*, p.3)

这段中,刘大櫆在曹丕、唐宋贯道派等人论"气"的基础上,提出了"神"的概念,将"神"放到更高的层次,因此"行文之道,神为主,气辅之",气是由神决定的。但是刘大櫆并没有用言语解释"神",神应是无法以言语解释的创作要素。

方苞讨论"义法",而刘大櫆在这里讨论的是"义理",故意避开了"法"一字,但其讨论的"神气、音节",依然还是属于"法"的范围。而刘大櫆在这段中所说的"神",可以理解为是"无法之法",超乎"法"之法。刘大櫆关注的是如何"行文",而非文章的内容,即"义理、书卷、经济"一类,他认为"义理、书卷、经济者,行文之实,若行文自另是一事",虽未言及"法"字,但实质上讨论的却是"法"的具体内容。

> 古人文字最不可攀处,只是文法高妙。
> 神者,文家之宝。文章最要气盛;然无神以主之,则气

> 无所附,荡乎不知其所归也。神者气之主,气者神之用。神只是气之精处。古人文章可告人者惟法耳。然不得其神而徒守其法,则死法而已。要在自家于读时微会之。李翰云:"文章如千军万马;风恬雨霁,寂无人声。"此语最形容得气好。论气不论势,文法总不备。(*LWOJ*, p.4)

这里可以很明显地看出刘大櫆所说的"神"是活法,跟法相比是无法解释的,是超乎语言的神妙的艺术原则,因此"然不得其神而徒守其法,则死法而已"。随后刘大櫆引用李翰之语讨论了文章的动态之"势",认为"论气不论势,文法总不备"。

> 文章最要节奏;譬之管弦繁奏中,必有希声窈渺处。
> 神气者,文之最精处也;音节者,文之稍粗处也;字句者,文之最粗处也。然论文而至于字句,则文之能事尽矣。盖音节者,神气之迹也;字句者,音节之矩也。神气不可见,于音节见之;音节无可准,以字句准之。(*LWOJ*, pp.5-6)

这段中刘大櫆在更为具体的层次上讨论了文章的"气",谈论了"神气""音节""字句"三者的关系。超乎言语无法解释的"神"可以通过"气"表达,而文章之"气"则又是通过"音节"体现的,通过阅读文章的音节可以看到"神气之迹",因此"神气者,文之最精处也;音节者,文之稍粗处也;字句者,文之最粗处也"。

> 音节高则神气必高,音节下则神气必下,故音节为神气之

> 迹。一句之中,或多一字,或少一字;一字之中,或用平声,或用仄声;同一平字仄字,或用阴平、阳平、上声、去声、入声,则音节迥异,故字句为音节之矩。积字成句,积句成章,积章成篇,合而读之,音节见矣;歌而咏之,神气出矣。(*LWOJ*, p.6)

这段中刘大櫆讨论的依然是具体层面的问题,从音节谈到篇章。字数多少,平仄之别,在平仄之中亦可细分,通过音节变换,可以"积字成句,积句成章,积章成篇",然后通过咏唱可以看到文章间的"神气",即"合而读之,音节见矣;歌而咏之,神气出矣"。刘大櫆通过具体逻辑性的有层次的分析,讨论了字句、音节与神气的关系。

> 近人论文,不知有所谓音节者;至语以字句,则必笑以为末事。此论似高实谬。作文若字句安顿不妙,岂复有文字乎?但所谓字句、音节,须从古人文字中实实讲贯过始得,非如世俗所云也。
>
> 文贵奇,所谓"珍爱者必非常物"。然有奇在字句者,有奇在意思者,有奇在笔者,有奇在邱壑者,有奇在气者,有奇在神者。字句之奇,不足为奇;气奇则真奇矣;神奇则古来亦不多见。次第虽如此,然字句亦不可不奇,自是文家能事。扬子《太玄》《法言》,昌黎甚好之,故昌黎文奇。
>
> 奇气最难识;大约忽起忽落,其来无端,其去无迹。读古人文,于起灭、转接之间,觉有不可测识,便是奇气。奇,正与平相对。气虽盛大,一片行去,不可谓奇。奇者,于一

气行走之中,时时提起。

　　文贵变。《易》曰:"虎变文炳,豹变文蔚。"又曰:"物相杂,故曰文。"故文者,变之谓也。一集之中篇篇变,一篇之中段段变,一段之中句句变,神变,气变,境变,音节变,字句变,惟昌黎能之。(LWOJ, pp.6-8)

这里可以看出,刘大櫆较为强调文章中的变化。字句的变化、音节的变化便造成了神气的变化。前人谈论"气"均较为抽象,而刘大櫆则通过字句、音节将"气"的讨论落到实处,从而便利了学古文的人,通过学习文章的字句、音节便可学习"神气",从而揣摩古人精神。

　　理不可以直指也,故即物以明理;情不可以显出也,故即事以寓情。即物以明理,《庄子》之文也;即事以寓情,《史记》之文也。

　　凡行文多寡短长,抑扬高下,无一定之律,而有一定之妙,可以意会,而不可以言传。学者求神气而得之于音节,求音节而得之于字句,则思过半矣。其要只在读古人文字时,便设以此身代古人说话,一吞一吐,皆由彼而不由我。烂熟后,我之神气即古人之神气,古人之音节都在我喉吻间,合我喉吻者,便是与古人神气音节相似处,久之自然铿锵发金石声。(LWOJ, p.12)

这两段讲了学者以音节察文章之"神气",而通过"字句"则可知

"音节",将"字句"连成章节便可以知"神气":"学者求神气而得之于音节,求音节而得之于字句,则思过半矣。"读古人文字之时,刘大櫆强调"便设以此身代古人说话",这反映出科举时代"代圣人立言"观念的影响,科举考试时往往要求考生对圣人或经书上一句或一段话加以阐发。刘大櫆认为读古文时,通过朗读,通过音节的变换,进入古人的神气,因此"我之神气即古人之神气,古人之音节都在我喉吻间,合我喉吻者,便是与古人神气音节相似处,久之自然铿锵发金石声"。

姚鼐(1731—1815)《复鲁絜非书》:

> 鼐闻天地之道,阴阳刚柔而已。文者,天地之精英,而阴阳刚柔之发也。惟圣人之言,统二气之会而弗偏,然而《易》《诗》《书》《论语》所载,亦间有可以刚柔分矣。……其得于阳与刚之美者,则其文如霆,如电,如长风之出谷,如崇山峻崖,如决大川,如奔骐骥。……其得于阴与柔之美者,则其文如升初日,如清风,如云,如霞,如烟,如幽林曲涧,如沦,如漾,如珠玉之辉,如鸿鹄之鸣而入寥廓。……观其文,讽其音,则为文者之性情形状,举以殊焉。且夫阴阳刚柔,其本二端,造物者糅而气有多寡进绌,则品次亿万,以至于不可穷,万物生焉。故曰:一阴一阳之为道。夫文之多变,亦若是已。糅而偏胜可也,偏胜之极,一有一绝无,与夫刚不足为刚、柔不足为柔者,皆不可以言文。(XBXSWJ, juan 6, pp.93 - 94)

桐城派谈论文道关系时,从文出发,这里姚鼐用道来解释文的种类和艺术风格。文道关系已经被谈论了几千年,《文心雕龙》虽谈论了"原道",但是分析具体作品的艺术风格时没有与"道"相联系,而唐宋古文家谈论"明道",说的是如何学习圣人掌握"道",在学道过程中自然而然兼顾文辞,将"学道"与文学创作挂钩。这里姚鼐将道看做是具体文学美感分类标准,天下文章风格众多,千姿百态,然而均不出阴阳之道的不同搭配,因此"夫阴阳刚柔,其本二端,造物者糅而气有多寡进绌",所以文的变化和万物变化一样也是因道的变化,即阴阳变化造成的:"夫文之多变,亦若是已"。所以姚鼐在这里以阴阳来描绘文章的这两类艺术境界。而恰好这两种境界在西方美学中也可找到对应物,西方美学中的两种境界为"sublime"与"beauty"。前者为崇高壮美之概念,而后者为宁静平和之美,姚鼐在这里讨论的阳刚、阴柔之美与西方美学的两种概念不谋而合。这篇文章从美学高度总结了明清二代对至文的追求,并且将至文归类为阳刚、阴柔两大类,圣人之文则兼顾了阴阳二者:"惟圣人之言,统二气之会而弗偏"。刚柔二者也可以某一者为主,但是不可"偏胜之极,一有一绝无"。正如阴阳交互影响,一类成分也可以超过另一类,但绝不可能"一有一绝无"。如戏剧中往往有"comic relief",在紧张的情节中加入纾缓紧张情绪的喜剧元素。因此在姚鼐看来,文章须刚柔相济,这样才能达到"至文"。

姚鼐《海愚诗钞序》:

> 吾尝以谓文章之原,本乎天地。天地之道,阴阳刚柔

而已。苟有得乎阴阳刚柔之精，皆可以为文章之美。阴阳刚柔，并行而不容偏废，有其一端而绝亡其一，刚者至于偾强而拂戾，柔者至于颓废而闇幽，则必无与于文者矣。然古君子称为文章之至，虽兼具二者之用，亦不能无所偏优于其间。其故何哉？天地之道，协合以为体，而时发奇出以为用者，理固然也。其在天地之用也，尚阳而下阴，伸刚而绌柔，故人得之亦然。文之雄伟而劲直者，必贵于温深而徐婉。温深徐婉之才，不易得也。然其尤难得者，必在乎天下之雄才也。夫古今为诗人者多矣，为诗而善者亦多矣，而卓然足称为雄才者，千余年中，数人焉耳。甚矣，其得之难也。（XBXSWJ, juan 4，p.48）

桐城派以维护程朱理学正统和模拟唐宋古文而著称，姚鼐是该派著名的领袖人物。作为服膺理学的学者和作家，他积极宣导义理、考据和词章的统一。尽管如此，建立自己的文学理论时，他能够不囿于自己的理学信仰，将文学的起源和本质与宇宙之道（而不是载道派之道）相联系。姚氏将文追溯到道，想要实现的却是和刘勰、萧统及叶燮完全不同的目标。如果说刘勰和萧统的目的在于证明文的神圣起源，叶燮意在揭示文学创造的动力，那么姚鼐则致力于建立以道为基础的两大审美类型。在"天地之道，阴阳刚柔而已"的范围内，姚鼐认为脱胎于道的文的所有形式，无论是古老的儒家典籍还是后代的纯文学作品，都具有阳刚之美和阴柔之美。唐代以来，审美经验的分类愈来愈琐碎繁杂，姚氏以简代繁，划分出阳刚美和阴柔美两大类型，有效地解决了美感分类的问题。文的表现和特质缤纷多彩,但都可以纳入这两个宽泛的审美类型。将两大分类建立于道的基础上,姚鼐由此树立了一套新的美学判断的重要法则。因为"一阴一阳之为道",他推论好的文学作品必然包含着这两方面的因素。他认为,如果一部文学作品中刚柔的相互作用几乎和道中阴阳的互动一样神奇,那么该作品就是"通乎神明"的至文。和叶燮不一样,姚鼐主要从文学接受的角度来探讨文道关系。尽管如此,他的文学审美观和叶燮的一样,总体上是原创而又缜密的。叶燮和姚鼐从文学创作和接受两个相对的角度重新思考文道关系,他们的文学论看来很好地补充了对方的不足。

章学诚(1738—1801)《与朱少白论文》:

> 道混沌而难分,故须义理以析之。道恍惚而难凭,故须名数以质之。道隐晦而难宣,故须文辞以达之。三者不可有偏废也。义理必须探索名数,必须考订,文辞必须闲习。皆学也,皆求道之资,而非可执一端谓尽道也。(ZXCYS, *juan* 29, pp.335 - 336)

随着乾嘉时期考证学的兴起,翁方纲(1733—1818)、焦循(1763—1820)把载道的支持者作为批评对象。他们认为,受文、道对立这种错误观念的束缚,宋代载道派严重忽略了文学的审美特征,把诗文作品变成了其哲学语录的拼凑。为了改变这种对文辞的忽略,翁方纲和焦循宣导将哲学思考融入到诗文中去。对其他评论家来说,这种对文的重新定义又走向了另一个极端。为了矫正对宋代载道论的过激反应,章学诚倡议将义理、名数和文辞合而为一。

章学诚《文史通义》:

> 子贡曰:"夫子之文章,可得而闻也。夫子之言性与天道,不可得而闻也。"盖夫子所言,无非性与天道,而未尝表而著之曰,此性此天道也。故不曰性与天道,不可得闻;而曰言性与天道,不可得闻也。所言无非性与天道,而不明著此性与天道者,恐人舍器而求道也。夏礼能言,殷礼能言,皆曰"无征不信"。则夫子所言,必取征于事物,而非徒托空言,以为明道也。曾子真积力久,则曰:"一以贯之。"子贡多学而识,则曰:"一以贯之。"非真积力久,与多学而识,则固无所据为一之贯也。训诂名物,将以求古圣之迹也,而侈记诵者,如货殖之市矣。撰述文辞,欲以阐古圣之心也,而溺光采者,如玩好之弄矣。异端曲学,道其所道,而德其所德,固不足为斯道之得失也。记诵之学,文辞之才,不能不以斯道为宗主,而市且弄者之纷纷忘所自也。宋儒起而争之,以谓是皆溺于器而不知道也。夫溺于器而不知道者,亦即器而示之以道,斯可矣。而其弊也,则欲使人舍器而言道。夫子教人博学于文,而宋儒则曰:"玩物而丧志。"曾子教人辞远鄙倍,而宋儒则曰:"工文则害道。"夫宋儒之言,岂非末流良药石哉?然药石所以攻脏腑之疾耳。宋儒之意,似见疾在脏腑,遂欲并脏腑而去之。将求

性天,乃薄记诵而厌辞章,何以异乎?然其析理之精,践履之笃,汉唐之儒,未之闻也。(WSTYJZ, pp.139-140)

章学诚在此既不赞成侈于记诵训诂名物,也未完全同意宋儒斥博学于文为害道,他倡议将义理、名数和文辞合而为一,这种文道观主张言有征于事物而忌空言,主张积学多识但不执于记诵,而是以此考求圣人之迹,将文、才、道一以贯之。对于宋儒多加贬损的文辞之学,他也提出不可溺于器,只要撰述文辞能阐明古圣之心即可。

【第九章第三节参考书目】

姚永朴著:《文学研究法》,长春:时代文艺出版社,2019年。

张少康,刘三富著:《中国文学理论批评发展史》(第四编明清时期),第1版,北京:北京大学出版社,1995年,第二十八章《桐城派的文论和章学诚、阮元的文学观》,第442—469页。

何天杰著:《桐城文派:文章法的总结与超越》,第1版,广州:广州文化出版社,1989年,第四章《"叛逆者"的开拓之功——刘大櫆》,第57—73页。

许福吉著:《义法与经世方苞及其文学研究》,第1版,上海:学林出版社,2001年。参第四节《方苞古文义法说阐述》,第57—80页;第六节《方苞文章审美观析论述》,第129—162页。

山口久和著:《章學誠の知識論:考證學批判を中心として》,东京:创文社,1998年。

王达敏著:《姚鼐与乾嘉学派》,北京:学苑出版社,2007年。

Phelan, Timothy S. "Yao Nai's Classes of *Ku-wen* Prose A Translation of the Introduction." In *Parerga 3: Two Studies in Chinese Literary*

Criticism, 37 – 65. Seattle: Institute for Comparative and Foreign Area Studies, University of Washington, 1976.

Wang, John C. Y. "Liu Ta-k'uei on Literature." In *Chinese Literary Criticism of the Ch'ing Period* (1644 – 1911), edited by John C. Y. Wang, 97 – 126. Hong Kong: University of Hong Kong Press, 1993.

第四节　骈文家至文说：宇宙之道与骈体至尊的地位

自从中唐古文运动兴起以降，骈文一直是被批判攻击的对象，是属于弱势的文章流派。虽然骈文写作从未停止，唐宋时期还发展出独特的体式和风格，但在文论的领域却没有人大胆地站出来为骈文鸣冤叫屈，讲述它存在的价值和意义，更莫说要打擂台，与古文争高低。但到了清代，阮元(1764—1849)、袁枚(1716—1798)等文坛领袖开始为骈文的复兴大声疾呼，纷纷撰写专文和骈文集序，大讲特讲骈文无上荣光的渊源。为此，他们从刘勰《文心雕龙》找到了两个极佳的策略，一是以《文心雕龙·宗经》模式，重构骈文的谱系，一直溯源到孔圣编撰的《易传·文言》(阮元《文言说》，见《文学论评选》§148)，从而破击所有对骈文思想内容的攻击。二是模仿《文心雕龙·俪辞》的作法，将骈文结构原则与天地自然现象(袁枚《胡稚威骈体文序》，见《文学论评选》§150)、宇宙最高原则的"道"挂钩(李兆洛[1769—1841]《骈体文钞序》，见《文学论评选》§151)，从而彻底推翻骈文矫揉造作的观点，为骈文的艺术形式正名。

阮元(1764—1849)《文韵说》：

福问曰："《文心雕龙》云：'今之常言，有文有笔。以为无韵者笔也；有韵者文也。'据此，则梁时恒言，有韵者乃可谓之文，而昭明《文选》所选之文，不押韵脚者甚多，何也？"

曰："梁时恒言所谓韵者，固指押脚韵，亦兼谓章句中之音韵，即古人所言之宫羽，今人所言之平仄也。"

福曰："唐人四六之平仄，似非所论于梁以前。"

曰："此不然。八代不押韵之文，其中奇偶相生，顿挫抑扬，咏叹声情，皆有合乎音韵宫羽者；《诗》《骚》而后，莫不皆然。而沈约矜为创获，故于《谢灵运传论》曰：'夫五色相宣，八音协畅，由乎元黄律吕，各适物宜。欲使宫羽相变，低昂舛节；若前有浮声，则后须切响；一简之内，音韵尽殊；两句之中，轻重悉异。妙达此旨，始可言文。'又曰：'自灵均以来，此秘未睹。至于高言妙句，音韵天成，皆暗于理合，匪由思至。'又沈约《答陆厥书》云：'韵与不韵，复有精粗，轮扁不能言之，老夫亦不尽辨。'休文此说，乃指各文章句之内有音韵宫羽而言，非谓句末之押脚韵也。（原注：即如"雌霓连蜷"霓字必读仄声是也。）是以声韵流变，而成四六，亦只论章句中之平仄，不复有押脚韵也。四六乃有韵文之极致，不得谓之为无韵之文也。昭明所选不押韵脚之文，本皆奇偶相生有声音者，所谓韵也。休文所矜为创获者，谓汉、魏之音韵，乃暗合于无心；休文之音韵，乃多出于意匠也。岂知汉、魏以来之音韵，溯其本原，亦久出于经哉？

孔子自名其言《易》者曰'文',此千古文章之祖。《文言》固有韵矣,而亦有平仄声音焉。即如'湿燥龙虎睹'上下八句,何等声音,无论'龙虎'二句,不可颠倒,若改为'龙虎燥湿睹',即无声音矣。无论'其德''其明''其序''其吉凶'四句不可错乱,若倒'不知退'于'不知亡''不知丧'之后,即无声音矣。此岂圣人天成暗合,全不由于思至哉?由此推之,知自古圣贤属文时,亦皆有意匠矣。然则此法肇开于孔子,而文人沿之,休文谓'灵均以来,此秘未睹',正所谓文人相轻者矣。

不特《文言》也;《文言》之后,以时代相次,则及于卜子夏之《诗大序》。序曰:'情发于声,声成文,谓之音。'又曰:'主文而谲谏。'又曰:'长言之不足,则嗟叹之。'郑康成曰:'声谓宫、商、角、徵、羽也。声成文者,宫商上下相应。主文,主与乐之宫商相应也。'此子夏直指《诗》之声音而谓之文也,不指翰藻也。然则孔子《文言》之义益明矣。盖孔子《文言》《系辞》,亦皆奇偶相生,有声音嗟叹以成文者也。声音即韵也。《诗·关雎》,鸠、洲、逑押脚有韵,而女字不韵;得、服、侧押脚有韵,而哉字不韵,此正子夏所谓'声成文'之宫羽也。此岂诗人暗于韵合,匪由思至哉?(原注:王怀祖先生云:"三百篇用韵,有字字相对极密,非后人所有者,如有弥有鷺、济盈雉鸣,不求、濡其、轨牡;凤凰梧桐,鸣矣生矣,于彼于彼,高冈朝阳;华华雍雍,萋萋喈喈,无一字不相韵。"此岂诗人天成暗合,全无意匠于其间哉? 此即子夏所谓"声成文"之显然可见者。)子夏此序,《文选》选之，亦因其中有抑扬咏叹之声音，且多偶句也。（原注：乡人、邦国偶一；风、教偶二；为志、为诗偶三；手之、足之偶四；治世、乱世、亡国偶五；天地、鬼神偶六；声教、人伦、教化、风俗偶七八；化下、刺上偶九；言之、闻之偶十；礼义、政教偶十一；国异、家殊偶十二；伤人伦、哀刑政偶十三；发乎情、止乎礼义偶十四；谓之风、谓之雅偶十五；系之周、系之召偶十六；正始、王化偶十七；哀窈窕、思贤才偶十八。其偶之长者，如周公、召公，即比也。后世四书文之比，基于此。）

综而论之，凡文者，在声为宫商，在色为翰藻。即如孔子《文言》云龙风虎一节，乃千古宫商翰藻奇偶之祖；非一朝一夕之故一节，乃千古嗟叹成文之祖。子夏《诗序》情文声音一节，乃千古声韵性情排偶之祖。吾固曰：韵者即声音也，声音即文也。（原注：韵字不见于《说文》，而王复斋《楚公钟》篆文内实有韵字，从昔从匀，许氏所未收之古文也。）然则今人所便单行之文，极其奥折奔放者，乃古之笔，非古之文也。沈约之说，或可横指为八代之衰体，孔子、子夏之文体，岂亦衰乎？

是故唐人四六之音韵，虽愚者能效之；上溯齐梁，中材已有所限；若汉魏以上，至于孔、卜，此非上哲不能拟也。"

乙酉三月，阅兵香山，阻风舟中，笔以训福。（*YJSXJ*, pp.126–128）

这篇论说以设为问答的形式，层层解释阮元对所谓"文韵"的理解。他提出"韵"并不限于齐梁时讲求的平仄声律,而应该包举所有具有抑扬顿挫语感,句式奇偶变化的文字,这种"文韵"只需满足广义上的声情标准。他还一一援引谢灵运、沈约等前人判断,指出各文章句皆有其内在音韵宫羽,对美文之韵的追求不能拘泥于句尾的押韵。在这种视野下,他将文章有韵的传统上溯至《周易·文言传》,以为孔子《文言》已有平仄声音,并且此后的《诗大序》也强调声之宫商嗟叹以成文,成文关键在于声音,而非辞藻。于是,阮元推《文言》为宫商翰藻奇偶之祖,以《诗大序》为千古性情排偶之祖,最终为骈文及其声韵传统正名清源。

阮元《文言说》:

> 古人无笔砚纸墨之便,往往铸金刻石,始传久远;其著之简策者,亦有漆书刀削之劳;非如今人下笔千言,言事甚易也。许氏《说文》:"直言曰言,论难曰语。"《左传》曰:"言之无文,行之不远。"此何也?古人以简策传事者少,以口舌传事者多,以目治事者少,以口耳治事者多,故同为一言,转相告语,必有愆误。是必寡其词,协其音,以文其言,使人易于记诵,无能增改,且无方言俗语杂于其间,始能达意,始能行远。此孔子于《易》所以著《文言》之篇也。古人歌、诗、箴、铭、谚语,凡有韵之文,皆此道也。《尔雅·释训》,主于训蒙,"子子孙孙"以下,用韵者三十二条,亦此道也。孔子于《乾》《坤》之言,自名曰"文",此千古文章之祖也。为文章者,不务协音以成韵,修词以达远,使人易诵易

记,而惟以单行之语,纵横恣肆,动辄千言万字,不知此乃古人所谓"直言之言,论难之语",非言之有文者也,非孔子之所谓"文"也。《文言》数百字,几于句句用韵,孔子于此发明乾坤之蕴,诠释四德之名,几费修词之意,冀达意外之言。……不但多用韵,抑且多用偶。……"直内方外",偶也。"通理居体",偶也。凡偶,皆文也。于物两色相偶而交错之,乃得名曰"文"。文,即象其形也。然则千古之文,莫大于孔子之言《易》。孔子以用韵比偶之法,错综其言,而自名曰"文"。何后人之必欲反孔子之道,而自命曰"文",且尊之曰古也?(YJSQJ, vol.3, juan 2, p.362)

这里从上古语言的沟通传播切入,指出在无纸墨简策之便下,言的流传很大程度上须依托传声达意,于是言之声需协,辞须凝练准确,这便是有韵之文产生的最初缘由。以此类推,古人歌、诗、箴、铭、谚语,富有声韵辞采,皆沿袭此道。阮元因此推孔子《文言》为千古文章之祖,以其协音成韵、修词达远,不仅具有艺术价值,还具有易诵易记的实用价值,故而为推崇骈文立本。相较之下,单行散句的散文便既不具备以上的实用性,也未与《周易·文言传》的韵文学传统相联,故而同时失去"古"的属性而沦为不正之体。

阮元《书梁昭明太子文选序后》:

昭明所选,名之曰"文",盖必文而后选也,非文则不选也。经也,子也,史也,皆不可专名之为文也,故《昭明文选序》后三段特明其不选之故。必沈思翰藻,始名之为文,始以入选也。或曰:昭明必以沈思翰藻为文,于古有征乎?曰:事当求其始。凡以言语著之简策,不必以文为本者,皆经也,子也,史也。言必有文,专名之曰文者,自孔子《易·文言》始。传曰:"言之无文,行之不远。"故古人言贵有文。孔子《文言》实为万世文章之祖。此篇奇偶相生,音韵相和,如青白之成文,如咸韶之合节,非清言质说者比也,非振笔纵书者比也,非佶屈涩语者比也。是故昭明以为经也,子也,史也,非可专名之为文也;专名为文,必沈思翰藻而后可也。(YJSQJ, vol.3, juan 2, p.363)

阮元亦不遗余力地谋求提高骈体文的地位,但他采取的策略和制订的目标与袁枚和李兆洛有所不同。袁、李二人以骈、散体类比附道之阴阳、偶奇之数,从而论定骈体文与古文实无伯仲之分。阮氏则试图用重新定义文、圣人之文的手法,来恢复骈俪之文昔日独霸文坛的地位。阮元首先高调地肯定萧统将"文"定义为"沈思""翰藻",并把经、史、子排除在《文选》之外的作法。唐宋以来,萧氏对"文"的这种唯美主义观点,犹如老鼠过街,饱受鞭挞围剿,如此明目张胆地为它彻底翻案,阮元大概是第一个。

接下来,阮元还有"偷梁换柱"之举,石破天惊之语。他把圣人明道之文由六经一举统摄于《易·文言》,又称后者为"万世文章之祖"。这样一来,刘勰所建立的、唐宋以来贯道派和载道派一直信奉的"原道——征圣——宗经"的庞大"文统"谱系全被废弃,取而代之的是由骈俪的《文言》到《文选》再到清代骈体文复兴的新"文统"。阮氏建立这一新文统,无疑是要为骈体文的复辟廓清道路。然而,把《文言》以外的儒家经典、非骈体的文体统统排除在"文"的传统之外,显然不符合文章或说泛文学发展的事实。如此偏激的论点难以得到广泛的认同,所以最终没有成为一种有持久影响力的文学论。

袁枚(1716—1797)《胡稚威骈体文序》：

> 文之骈,即数之偶也,而独不近取诸身乎？头,奇数也；而眉目,而手足,则偶矣。而独不远取诸物乎？草木,奇数也；而由蕚而瓣鄂,则偶矣。山峙而双峰,水分而交流,禽飞而并翼,星缀而连珠,此岂人为之哉？
>
> 古圣人以文明道,而不讳修词。骈体者,修词之尤工者也。六经滥觞,汉、魏延其绪,六朝畅其流。论者先散行后骈体,似亦尊乾卑坤之义。然散行可蹈空,而骈文必征典,骈文废,则悦学者少,为文者多,文乃日敝。(*XCSFSWJ*, *juan* 11, p.1398)

清代评论家更乐于不动声色地挑战唐宋新儒家的文学论,为传播和实现自己的文学理念拓展空间。譬如,袁枚(1716—1798)、阮元(1764—1849)、李兆洛(1769—1841)等人就对贯道论者所持的圣人之文即古文的观念持有异议。他们认为骈文也是圣人之文的固有部分,由此试图恢复长期受新儒家压制的骈文传统。

袁枚《胡稚威骈体文序》指出，所有自然现象，近取诸身或远取诸物，无不奇偶相错，互映生辉。此奇偶之数呈现于人文，就是文章之散、骈两体。所以，骈文与贯道派所推崇的散体古文绝无尊卑之分，两者同源于自然，"岂人为之哉！"毋庸置疑，袁氏的观点是从刘勰有关骈体文的论述中推演出来的。《文心雕龙·丽辞》云："造化赋形，支体必双；神理为用，事不孤立。"而袁氏将骈体文与人体和草木山川之偶数相类比。《文心雕龙·原道》云："道沿圣以垂文，圣因文而明道。"而袁氏比刘勰更进一步，不仅将骈体文与"造化赋形"相等同，而且试图把它与圣人明道之文相提并论。

李兆洛（1769—1841）《骈体文钞序》：

> 天地之道，阴阳而已。奇偶也，方圆也，皆是也。阴阳相并俱生，故奇偶不能相离，方圆必相为用。道奇而物偶，气奇而形偶，神奇而识偶。孔子曰："道有变动，故曰爻；爻有等，故曰物；物相离，故曰文。"又曰："分阴分阳，迭用柔刚，故《易》六位而成章，相杂而迭用。"文章之用，其尽于此乎！六经之文，班班具存，自秦迄隋，其体递变，而文无异名。自唐以来，始有古文之目，而目六朝之文为骈俪。而为其学者，亦自以为与古文殊。（*PTWC*, p.19）

比起袁枚，李兆洛《骈体文钞序》则更加直截了当地把骈体文与天地之道挂钩。李氏认为骈文俪对在这里与天地阴阳相生之道相通，并直接以《周易》卦爻的组合迭变，推论到文章之用，由此暗批唐以后兴起的古文创作风气渊源浅薄。

【第九章第四节参考书目】

张健著:《清代诗学研究》,第1版,北京:北京大学出版社,1999年。
　　参第十六章《古典与近代之间:袁枚的性灵说》,第726—781页。
曹虹著:《清代骈文学上的自然论》,《苏州大学学报》2021年第4期,第132—140页。
曹虹著:《阳湖文派研究》,北京:中华书局,1996年。
吕双伟著:《清代骈文研究》,上海:上海古籍出版社,2018年。
Hegel, Robert G. "Sui-T'ang yen-I and the Aesthetics of the Seventeenth-Century Su-chou Elite." In *Chinese Narrative: Critical and Theoretical Essays*, edited by Andrew Plaks, 124–159. Princeton: Princeton University Press, 1977.
Porter, Deborah. "Setting the Tone: Aesthetic Implications of Linguistic Patterns in the Opening Section of *Shui-hu chuan*." *Chinese Literature: Essays, Articles, Reviews* 14 (1992): 51–75.

第十章　晚清文学论

进入晚清以后,文学论的发展出现了重大转向。文学的政教功用又再次成为文学论的核心议题。从明代到清代中期,文学的本质,即何为至文,一直是文论家最为关心、争论不休的议题。一方面,前后七子奉严羽所标榜的盛唐"玲珑透彻"之诗为"至文",提出"诗必盛唐,文必秦汉"这类复古的至文说,认为只有通过模仿古人才能写出至文。另一方面,以徐渭、李贽为代表的反复古派则认为至文源于自我的心灵,或称之为"童心",或称之为"一往"之情,倾诉出来,付诸语言,便是至文。在复古和反复古派有关"至文"的论辩中,文学政教作用的议题被束之高阁了。虽然清初黄宗羲、沈德潜等人重新提倡"温柔敦厚"之诗教,但带有明显唯美倾向的至文追求仍代表了文坛的主流。

进入晚清后,龚自珍对文学政教传统发起强烈的抨击,多番谴责此传统诗教对个人情感抒发的压抑,主张情感出乎本性,无法被除灭。天地宇宙山川万物也非圣人所造,而是作为独具个性的"我"的自造。这种对自我情感与价值的推崇正与晚清时代变革的洪流相汇聚,成为除旧布新的先声。

自从鸦片战争以后,国运急转直下,内忧外患接踵而来,将中华民族推到灾难深渊的边缘。对民族生存的焦虑犹如无法拨开的愁云,笼罩在每一位有血气、忧国忧民的文人心头。在这种充满悲情的语境之下,往昔唯美至文的追求自然要退出文坛的中心,而文学的政教功用自然又再次成为文学论的中心议题。然而,这并不是简单的历史轮回。其间用于探究文学政教功用的理论框架不断被革新,先是龚自珍(1792—1841)等人基于儒家今文派经世致用思想的情感论,接着是梁启超(1873—1929)等人引入的西方进化论,还有鲁迅(1881—1936)所崇尚的拜伦的唯意志革命论,令人应接不暇。在强调文学对政治和社会的积极作用这点上,这些锐意革新的批评家无疑继承了历代儒家文学论的立场。但龚自珍之后的大部分批评家所追求的"政"和"教",与儒家所说的政教是截然不同的。在他们心目中,"政"是民主开明的政治社会,而"教"是开发民智,为此政治社会培养合格的公民。

这些新的"政教"观的出现,不仅仅带来了评价作品内容的新标准,而且还颠覆了延续了几千年的文类观。诗歌历来在文坛中占有最高的地位,散文次之,而戏剧和小说常被视为难登大雅之堂、仅有消闲游戏价值的文类。然而,由于传统诗歌难以助力现代社会的建设,所以要么被梁启超等改良派批评家所遗忘,要么被鲁迅视为阻碍中国政治社会进步、必须借西方魔罗诗力来击破的绊脚石。相反,较之其他文类,小说更为适合用来灌输现代科学知识、政治理念、伦理价值,故被梁启超等人提高到至高无上的地位,甚至被称为改造中国社会的关键之关键。时人不仅强调小说在文体特色、思想内容、读者接受等层面高出其它文体的优越性,还以西方小说创作风潮为例,指出小说当具有明确的社会关怀,并大力倡导积极创作关乎群治改良的新小说。

第一节　龚自珍、鲁迅论诗：促进政治改革和造就革命者之神器

晚清文人论诗十分标举个人化的抒情。这方面尤以龚自珍最为突出。他曾多番在书序题跋和专论中批评传统诗学的政教伦理观念对个人情感的压抑。这类文学传统产出的作品和塑造的人格就如《病梅馆记》中的病梅一般,盲目追求病态化的审美,令自身的天然本性被剪灭、剥夺。与之相呼应的是,龚自珍对个人的情感价值做出了极大肯定,认为其出乎本性,不可磨灭,且将"自我"置于宇宙天地间。"我理造文字言语,我气造天地,我天地又造人",这种对终极自我的抒写对古代以圣人为尊、以道德伦理为尚的诗学传统提出强有力的挑战。这种对旧传统的批判与挑战同样存在于章炳麟、鲁迅等人的论述中。章炳麟《革命军序》已敏锐感知到世风突变下旧的温柔敦厚诗教观必须被破除,才能顺应时变。鲁迅更是直接呼唤极具破坏力的摩罗诗力,来促成除旧与革新。

龚自珍(1792—1841)《书汤海秋诗集后》:

> 人以诗名,诗尤以人名。……皆诗与人为一,人外无诗,诗外无人,其面目也完。益阳汤鹏,海秋其字,有诗三

千余篇,芟而存之二千余篇,评者无虑数十家,最后属龚巩祚一言,巩祚亦一言而已,曰:完。

何以谓之完也?海秋心迹尽在是,所欲言者在是,所不欲言而卒不能不言在是,所不欲言而竟不言,于所不言求其言亦在是。要不肯拸扯他人之言以为己言,任举一篇,无论识与不识,曰:此汤益阳之诗。(GZZQJ, p.241)

这里龚自珍论述了他的文学理念,尤其是诗歌理念,就是"人外无诗,诗外无人"。汤鹏能够实现这一理想,是因为他没有遵从数百年来按儒家道德伦理在诗歌中摒除个人情感的表现。这一传统从汉代《诗大序》开始,后来被宋、明诗教派热烈追捧。相反,汤鹏在他的诗作中,自觉或不自觉地放任了对其个人情感和思想的表现,并且能够语自己出。考虑到他所处的19世纪早期这一历史背景,龚自珍这里无畏地支持文学表现个人情感,毫无疑问是对桐城古文派和程朱理学正统的蔑视。

龚自珍《病梅馆记》:

江宁之龙蟠,苏州之邓尉,杭州之西谿,皆产梅。或曰:梅以曲为美,直则无姿;以欹为美,正则无景;梅以疏为美,密则无态。固也。此文人画士,心知其意,未可明诏大号,以绳天下之梅也;又不可以使天下之民,斫直,删密,锄正,以夭梅、病梅为业以求钱也。梅之欹、之疏、之曲,又非蠢蠢求钱之民,能以其智力为也。

有以文人画士孤癖之隐,明告鬻梅者,斫其正,养其旁条,删其密,夭其稚枝,锄其直,遏其生气,以求重价;而江、浙之梅皆病。文人画士之祸之烈至此哉!予购三百盆,皆病者,无一完者,既泣之三日,乃誓疗之、纵之、顺之,毁其盆,悉埋于地,解其棕缚;以五年为期,必复之全之。予本非文人画士,甘受诟厉,辟病梅之馆以贮之。呜呼!安得使予多暇日,又多闲田,以广贮江宁、杭州、苏州之病梅,穷予生之光阴以疗梅也哉?(GZZQJ, pp.186-187)

这里龚自珍对当时主流的文学和文学传统的挑战比前文更加显而易见。文中特别喜好病梅的文人画家即代表程朱理学的正统,正是他们对诗文中表现个人的情感加以非难。龚自珍想要拯救的病梅,所比喻的则是所有为主流政治和文学正统所压抑的情感和思想。他希望为病梅树寻一容身之处,表明他向压抑个人情感和思想的文学政治传统宣战的决心。

龚自珍《宥情》:

如今闲居时,如是鞠已,则不知此方圣人所诃欤?西方圣人所诃欤?甲、乙、丙、丁、戊五氏者,孰党我欤?孰诟我欤?姑自宥也,以待夫覆鞠之者。作《宥情》。(GZZQJ, p.90)

龚自珍所说的宥情,是他对感情完全肯定的一种理解。他把感情看作是人性本源的一部分,不仅否定了乙所代表的新儒家对情感的完全否定,而且也否定了丙、丁、戊对情感的负面看法。不过这里龚自珍没有明确宣称他自己对情感的支持。

龚自珍《长短言自序》：

> 情之为物也,亦尝有意乎锄之矣；锄之不能,而反宥之；宥之不已,而反尊之。……是非欲尊情者耶？且惟其尊之,是以为《宥情》之书一通；且惟其宥之,是以十五年锄之而卒不克。（GZZQJ, p.232）

这里再次申明个人情感不可泯灭、铲除,作为人性本身的一部分,情感非但不能如锄草一样抹灭,还需予以肯定、尊重,这才是合乎情理的举措。

龚自珍《壬癸之际胎观第一》：

> 天地,人所造,众人自造,非圣人所造。圣人也者,与众人对立,与众人为无尽。众人之宰,非道非极,自名曰我。我光造日月,我力造山川,我变造毛羽肖翘,我理造文字言语,我气造天地,我天地又造人,我分别造伦纪。众人也者,骈化而群生,无独始者。（GZZQJ, pp.12-13）

将这里的宇宙观与现存的宇宙观区别开来的,是作为终极现实的"我"。众所周知,道家之"道"、儒家之"道"以及新儒家的"理"都代表着终极现实,属于自然和人的个体属性泯灭于其中。与此相反,作为终极现实的"我"则是对每一个自我的完全实现。这里"我"这个词是被特别挑选出来的,以强调终极现实与每一个个体个性之间的直接、同源关系。基于此种与终极现实之间直接、无中介的联系,龚自珍强调,"众人"能够宣称他自己——而非圣人——就是造物者。他的这种观点无疑受到魏晋玄学家如嵇康、阮籍一派"越名教而任自然"思想的影响,而其思想的近源则是李贽的个性论。

章炳麟(1869—1936)《革命军序》:

> 今者,风俗臭味少变更矣。然其痛心疾首,恳恳必以逐满为职志者,虑不数人。数人者,文墨议论,又往往务为蕴藉,不欲以跳踉搏跃言之。虽余亦不免是也。嗟乎!世皆罥昧而不知话言。主文讽切,勿为动容。不震以雷霆之声,其能化者几何!(ZTYZLXJ, p.193)

章炳麟在此指出世风虽有所转变,但时人仍极为需要突破传统温柔敦厚等教化,务求具有震撼力的雷霆之声,来带动革命的势头,砸碎旧传统的思想禁锢。

鲁迅(1881—1936)《摩罗诗力说》:

> 嗟夫,古民之心声手泽,非不庄严,非不崇大,然呼吸不通于今,则取以供览古之人,使摩挲咏叹而外,更何物及其子孙?否亦仅自语其前此光荣,即以形迩来之寂寞,反不如新起之邦,纵文化未昌,而大有望于方来之足致敬也。(LXQJ, vol.1, p.57)

这里鲁迅所说的"新起之邦"即欧洲诸国,"新声"即摩罗派之诗作。根据他的解释,"摩罗"这个概念借自天竺,意思是"天魔",欧洲人所谓"撒旦",早先被用来称呼拜伦。可见鲁迅所谓"摩罗派",指的是以拜伦为首的欧洲浪漫派诗人群体,他们都显示出对疯狂甚至毁灭的喜好。鲁迅说拜伦是这群人的宗主,而以匈牙利的摩迦为殿军。他之所以将这些人归为一类,其标准在于:"立意在反抗,指归在动作,而为世所不甚愉悦者悉入"。

> 大都不为顺世和乐之音,动吭一呼,闻者兴起,争天拒俗,而精神复深感后世人心,绵延至于无已。(*LXQJ*, vol.1, p.59)

这里鲁迅赞美摩罗派诗歌的反抗精神。

> 惟自知良懦无可为,乃独图脱屣尘埃,惝恍古国,任人群堕于虫兽,而己身以隐逸终。思士如是,社会善之,咸谓之高蹈之人,而自云我虫兽我虫兽也。其不然者,乃立言辞,欲致人同归于朴古,老子之辈,盖其枭雄。老子书五千语,要在不撄人心;以不撄人心故,则必先自致槁木之心,立无为之治;以无为之为化社会,而世即于太平。(*LXQJ*, vol.1, pp.60-61)

这里鲁迅断言,只有"使归于禽虫卉木原生物,复由渐即于无情",道家的太平理想才有可能实现。不幸的是,人生在世,无人不为生存而竞争,未来亦然。进化的过程也许会放慢或者暂停,但生物不可能倒退到原始状态。因此,追求道家的太平理想，如"祈逆飞而归弦，为理势所无有"。

盖诗人者，撄人心者也。凡人之心，无不有诗，如诗人作诗，诗不为诗人独有，凡一读其诗，心即会解者，即无不自有诗人之诗。无之何以能解？惟有而未能言，诗人为之语，则握拨一弹，心弦立应，其声澈于灵府，令有情皆举其首，如睹晓日，益为之美伟强力高尚发扬，而污浊之平和，以之将破。平和之破，人道蒸也。虽然，上极天帝，下至舆台，则不能不因此变其前时之生活；协力而夭阏之，思永保其故态，殆亦人情已。故态永存，是曰古国。惟诗究不可灭尽，则又设范以囚之。如中国之诗，舜云言志；而后贤立说，乃云持人性情。三百之旨，无邪所蔽。夫既言志矣，何持之云？强以无邪，即非人志。许自繇于鞭策羁縻之下，殆此事乎？然厥后文章，乃果辗转不逾此界。其颂祝主人，悦媚豪右之作，可无俟言。即或心应虫鸟，情感林泉，发为韵语，亦多拘于无形之囹圄，不能舒两间之真美；否则悲慨世事，感怀前贤，可有可无之作，聊行于世。倘其啜嚅之中，偶涉眷爱，而儒服之士，即交口非之。况言之至反常俗者乎？惟灵均将逝，脑海波起，通于汨罗，返顾高丘，哀其无女，则抽写哀怨，郁为奇文。茫洋在前，顾忌皆去，怼世俗之浑浊，颂己身之修能，怀疑自遂古之初，直至百物之琐末，放言无惮，为前人所不敢言。然中亦多芳菲凄恻之音，而反抗挑战，则终其篇未能见，感动后世，为力非强。……（*LXQJ*, vol.1, pp.61-62）

对鲁迅来说,只有诗人当得起天才的名号。他能鼓动读者内心深处的情感,并由此导向自我解放和社会革命的英雄举动。这样的诗人拥有伟大的改造能力,因为他不但能唤起人们深藏内心的情感,而且还能说出这些苦于表达者的心声。

> 迨有裴伦,乃超脱古范,直抒所信,其文章无不函刚健抗拒破坏挑战之声。平和之人,能无惧乎?于是谓之撒但。(*LXQJ*, vol.1, p.67)

这里鲁迅希望中国诗人能够效法拜伦,变成"疯狂"的诗人。他认为,拜伦之所以被谴责是"疯狂"甚或"撒旦",正在于离经叛道。叛道之人,无论他所背离的是基督教教义还是中国传统社会的伦理道德,都将面临"人群共弃,艰于置身"的后果,"非强怒善战豁达能思之士,不任受也"。在鲁迅看来,"撒旦"(他可能是堕落的天使,也可能是人类的叛徒)的此种特质,正是中国人在为自我解放和民族救亡而斗争时需要发展的本质属性。这样,他就将用来非议拜伦的"撒旦"一词变成了一个赞语,用来赞美那些敢于挑战绝对权威、否认社会风俗和公众舆论,并且为所有人的个性解放而斗争的人。

当然,晚清时期唯美派诗论并没有销声匿迹。王国维(1877—1927)引入西方哲学的主、客观范畴,对传统的情景说作出了崭新的阐述,其中也运用了源自佛教的境界观。他的《人间词话》言:

> 有造境,有写境,此理想与写实二派之所由分。然二者颇难分别,因大诗人所造之境必合乎自然,所写之境亦必邻于理想故也。(WGWQJ, vol.1, p.461)
>
> 诗人对宇宙人生,须入乎其内,又须出乎其外。入乎其内,故能写之。出乎其外,故能观之。入乎其内,故有生气。出乎其外,故有高致。美成能入而不能出,白石以降,于此二事皆未梦见。(WGWQJ, vol.1, p.478)

所谓"造境"与"写境",各自侧重于主观内在感受和客观外在景象,王国维认为"大诗人所造之境必合乎自然,所写之境必邻于理想",流露出情景合一,情境内外相通的观念,因而主张诗人之于宇宙人生,既要深入其内细细体味,又要超脱其外有所观照,这种入乎其内、出乎其外,也正是古典诗词评论所推重的境界。

王国维《文学小言》:

> 文学者,游戏的事业也。人之势力用于生存竞争而有余,于是发而为游戏。婉娈之儿,有父母以衣食之,以卵翼之,无所谓争存之事也,其势力无所发泄,于是作种种之游戏。逮争存之事亟,而游戏之道息矣。唯精神上之势力独优而又不必以生事为急者,然后终身得保其游戏之性质。而成人以后,又不能以小儿之游戏为满足,于是对其自己之情感及所观察之事物而摹写之,咏叹之,以发泄所储蓄之势力。故民族文化之发达,非达一定之程度,则不能有文学。而个人之汲汲于争存者,决无文学家之资格也。……

> 文学中有二原质焉,曰景,曰情。前者以描写自然及人生之事实为主,后者则吾人对此种事实之精神的态度也。故前者客观的,后者主观的也;前者知识的,后者感情的也。自一方面言之,则必吾人之胸中洞然无物,而后其观物也深,而其体物也切。即客观的知识,实与主观的感情为反比例。自他方面言之,则激烈之感情,亦得为直观之对象、文学之材料,而观物与其描写之也,亦有无限之快乐伴之。要之,文学者,不外知识与感情交代之结果而已,苟无锐敏之知识与深邃之感情者,不足与于文学之事。此其所以但为天才游戏之事业,而不能以他道劝者也。(*WGWQJ*, vol.14, pp.92‑93)

这里提出一种与西方文学起源论相呼应的"游戏说",认为文学创作的动机原发于人类年少无拘时的势力发泄,在成年以后,文学则继续存在于无生存之忧的精神游戏者之间。且成年之人会对其游戏创作的对象与表达方式做出更高要求,以此逐渐促进一国一族文学的发展。对于文学的组成要素,这里主要关注景和情二者,并解析二者在主客观性、内外在性、知识性与情感性的关联与差异,而所谓文学的形成,正是情、景之间知识与感情交互的结果,二者缺一不可。

第二节 梁启超等人论小说:开发民智、促进社会进步之神功

小说的文体价值早在明代晚期袁于令等人的评点题词中

已逐渐得到肯定。袁于令称赞《西游记》寓真于幻,既含三教五行之理,又兼辞采精妙,已在思想与艺术这两个层面提升了当时一批出色小说的地位。至清晚期,随着社会改良呼声的响起,小说的社会功用被前移到文学批评最显眼的位置。就文体价值而言,狄葆贤等人认为小说比其它文体更能处理好繁简、古今、雅俗、虚实等问题。从新民改良而言,梁启超等人更致力于标榜小说多社会、政治、风俗、道德的改良之功,指出其风格的浅易、内容的趣味性并及摹写情状的感染力,在当时都具有无可匹敌的优势,足以成为改良群治的最佳文体,并为此同时展开一系列创作实践。吴沃尧等人也直接在创办小说报刊中申明藉小说助德育的目的。这种推崇还将本土小说与西方小说创作风潮联系起来,倡导创作新小说。虽然这场小说的升格活动仍以政治功用而非文体艺术价值为本位,但它也着实藉此风潮推进了近世小说的发展。(文学论中小说开发民智,促进社会进步等内容,与理解论中晚清人的读小说法可互相参照,见《理解论评选》§164—165、§167—168。)

* 袁于令(1592—1674)《西游记题辞》:

> 文不幻不文,幻不极不幻。是知天下极幻之事,乃极真之事;极幻之理,乃极真之理。故言真不如言幻,言佛不如言魔。魔非他,即我也。我化为佛,未佛皆魔。魔与佛力齐而位逼,丝发之微,关头匪细。摧挫之极,心性不惊。此《西游》之所以作也。说者以为寓五行生克之理,玄门修炼之道。余谓三教已括于一部,能读是书者于其变化横生

之处引而伸之,何境不通?何道不洽?而必问玄机于玉匮,探禅蕴于龙藏,乃始有得于心也哉?至于文章之妙,《西游》《水浒》实并驰中原。今日雕空凿影,画脂镂冰,呕心沥血,断数茎髭而不得惊人只字者,何如此书驾虚游刃,洋洋洒洒数百万言,而不复一境,不离本宗,日见闻之,厌饫不起,日诵读之,颖悟自开也!故闲居之士,不可一日无此书。(XYJ, p.1)

这段题词分别从思想性与文学性两个层面肯定了《西游记》小说的价值,一方面称赞其寓真于幻,统括三教五行之理,另一方面欣赏其文章之妙,以为日日诵读可令人颖悟自开,世人不可无此书。这段评价已说明早在明晚期,小说的社会地位已得到明显提升。

狄葆贤(1873—1941)《论文学上小说之位置》:

小说为文学之最上乘,亦有说乎?曰:彼具二种德、四种力,足以支配人道左右群治者,时贤既言之矣。至以文学之眼观察之,则其妙谛犹不止此。凡文章,常有两种对待之性质,苟得其一而善用之,则皆可以成佳文。何谓对待之性质?一曰,简与繁对待;二曰,古与今对待;三曰,蓄与泄对待;四曰,雅与俗对待;五曰,实与虚对待。而两者往往不可得兼。于前五端,既用其一,则不可兼用其余四,于后五端亦然。而所谓良小说者,即禀后五端之菁英以鸣于文坛者也。故取天下古今种种文体而中分之,小说占其位置之一半,自余诸种,仅合占其位置之一半。伟哉小说!
(*WQWXCC*, *juan* 1, p.28)

这里开头即推举小说为文学最上乘之文体,足以改良群治,并指出出色的小说更能同时处理好繁简、古今、蓄泄、雅俗、虚实这五端问题,为其它众文体所不及。

梁启超(1873—1929)《论小说与群治之关系》:

> 欲新一国之民,不可不先新一国之小说。故欲新道德必新小说;欲新宗教必新小说;欲新政治必新小说;欲新风俗必新小说;欲新学艺必新小说;乃至欲新人心,欲新人格,必新小说。何以故? 小说有不可思议之力支配人道故。
>
> 吾今且发一问:人类之普通性,何以嗜他书不如其嗜小说? 答者必曰:以其浅而易解故,以其乐而多趣故。是固然。虽然,未足以尽其情也。文之浅而易解者,不必小说,寻常妇孺之函札,官样之文牍,亦非有艰深难读者存也,顾谁则嗜之? 不宁惟是,彼高才赡学之士,能读坟典索邱,能注虫鱼草木,彼其视渊古之文与平易之文,应无所择,而何以独嗜小说? 是第一说有所未尽也。小说之以赏心乐事为目的者固多,然此等顾不甚为世所重,其最受欢迎者,则必其可惊、可愕、可悲、可感,读之而生出无量噩梦,抹出无量眼泪者也。夫使以欲乐故而嗜此也。而何为偏取此反比例之物而自苦也? 是第二说有所未尽也。吾

冥思之,穷鞫之,殆有两因:凡人之性,常非能以现境界而自满足者也;而此蠢蠢躯壳,其所能触、能受之境界,又顽狭短局而至有限也;故常欲于其直接以触以受之外,而间接有所触有所受,所谓身外之身、世界外之世界也。此等识想,不独利根众生有之,即钝根众生亦有焉。而导其根器,使日趋于钝,日趋于利者,其力量无大于小说。小说者,常导人游于他境界,而变换其常触常受之空气者也。此其一。人之恒情,于其所怀抱之想象,所翻阅之境界,往往有行之不知,习矣不察者。无论为哀、为乐、为怨、为怒、为恋、为骇、为忧、为惭,常若知其然而不知其所以然;欲摹写其情状,而心不能自喻,口不能自宣,笔不能自传。有人焉,和盘托出,澈底而发露之,则拍案叫绝曰:善哉善哉!如是如是!所谓"夫子言之,于我心有戚戚焉"。感人之深,莫此为甚。此其二。此二者,实文章之真谛,笔舌之能事。

梁启超将小说地位提升至关乎新民、改良政治宗教风俗道德等层面,既出于其文体风格浅而易解,内容乐而多趣,更因为在他看来,小说足以引导世人突破现实世界的框条束缚,在精神层面实现新的理想境界之遨游,而且小说摹写情状感人至深,足以移人。就此而言,他认为小说是当时改良群治的最佳文体。小说的文体地位也由此得到飞跃。

在具体的表述上,我们很难不注意到梁启超对《大学》的模仿,如风格之简练、因果推理之连续性,尤其是那种席卷一切的精密的论述方式——从思想到行动、从个人到社会。通过模仿《大学》,梁启超试图表明,小说之于当前的民族革命任务,正如过去"格物致知"之于所有新儒家的社会道德复兴大业。他认为我们应当依靠小说,而非儒家典籍,作为民族复兴的主要手段,因为小说能对个人思想和行动的方式以及社会发展其价值、理想和习惯的方式打上更深刻的烙印。

> 苟能批此窾、导此窍,则无论为何等之文,皆足以移人。而诸文之中能极其妙而神其技者,莫小说若。故曰:小说为文学之最上乘也。由前之说,则理想派小说尚焉。由后之说,则写实派小说尚焉。小说种目虽多,未有能出此两派范围外者也。(WQWXCC, juan 1, pp.14 – 16)

这里梁启超对小说改造个人心灵和社会的能力进行了分析。在具体的分析中,他向各种佛教宗派借用了心理学的和宇宙观的洞察力,并且采用了四个佛教术语——熏(熏陶,在习惯中培养)、浸(浸润,沉入)、刺(刺激,唤起某种感觉)、提(从自身出发,化身其中),以对小说影响个人心灵和改造社会的方式加以具体描述(参《理解论评选》§168)。

> ……人之读一小说也,不知不觉之间,而眼识为之迷漾,而脑筋为之摇扬,而神经为之营注;今日变一二焉,明日变一二焉;刹那刹那,相断相续;久之而此小说之境界,遂入其灵台而据之,成为一特别之原质之种子。

> 有此种子故,他日又更有所触所受者,旦旦而熏之,种子愈盛,而又以之熏他人。故此种子遂可以遍世界。

这里梁启超对小说如何影响个人心灵进行了生动的描述,这个过程就是他所谓的"熏"。由此他不仅展示了在小说阅读过程中的心理影响,而且揭示出此种影响是如何逐日累积,最终实现对个人心灵的改造的。梁启超通过进一步分析指出,这一"特别原质之种子"对外在世界产生一种反向改造。这正解释了小说是如何通过对个人心灵的改造来影响整个社会。正是由于此具有新原质之种子产生出新的风貌,并且改变了现有种子的形态,对个人心灵的改造才能反过来影响其他人,导向改变世界的新思想和行动。

> ……四曰提……凡读小说者,必常若自化其身焉。入于书中,而为其书之主人翁。……文字移人,至此而极。然则吾书中主人翁而华盛顿,则读者将化身为华盛顿,主人翁而拿破仑,则读者将化身为拿破仑,主人翁而释迦、孔子,则读者将化身为释迦、孔子。(WQWXCC, juan 1, pp.16-17)

这里梁启超使用术语"提",描述了读者是如何在阅读过程中化身为小说人物的。梁启超认为,读者的"化身"并非一个转瞬即逝的美学体验,其间发生了个人品性的恒久转变。这种转变如同一新原质的种子,将导致外部世界的变化。

梁启超《译印政治小说序》：

> 六经不能教，当以小说教之；正史不能入，当以小说入之；语录不能谕，当以小说谕之；律例不能治，当以小说治之。（*WQWXCC, juan* 1, p.13）

这里梁启超提出，应当将小说变成道德教育的工具。他指出，以此种高尚目的为出发点，小说将较其它形式的创作产生更好的道德和社会影响。也正因为小说在道德教育和转型方面具有如此奇迹般的影响力，梁启超认为应当"增七略而为八，蔚四部而为五"，谓在传统的目录分类中独立小说类，予小说应有的地位。当然，对梁启超来说，拥有如此荣耀之小说，并非传统的《水浒传》《红楼梦》，而是他所谓的"政治小说"，是以西方 18、19 世纪小说为典范的。并且他将美、英、德、法、澳、意、日诸国在社会和政治方面的迅速发展归功于政治小说，宣称"小说为国民之魂"。

吴沃尧（1866—1910）《月月小说序》：

> 善教育者，德育与智育本相辅，不善教育者，德育与智育转相妨。此无他，诐与正之别而已。吾既持此小说以分教员之一席，则不敢不慎审以出之。历史小说而外，如社会小说，家庭小说，及科学、冒险等，或奇言之，或正言之，务使导之以入于道德范围之内。即艳情小说一种，亦必轨于正道乃入选焉。庶几借小说之趣味之感情，为德育之一

助云尔。呜呼,吾有涯之生已过半矣!负此岁月,负此精神,不能为社会尽一分之义务,徒播弄此墨床笔架为嬉笑怒骂之文章,以供谈笑之资料,毋亦揽须眉而一恸也夫!(*WQWXCC*, *juan* 2, p.154)

这篇序言直接以德育、智育作为编刊小说的宗旨,无论何种题材的小说,皆须合乎道德教育的标准。

王钟麒(1880—1913)《中国历代小说史论》:

呜呼!观吾以上所言,则中国数千年来小说界之沿革,略尽于是矣。吾谓吾国之作小说者,皆贤人君子,穷而在下,有所不能言、不敢言、而又不忍不言者,则姑婉笃诡谲以言之。即其言以求其意之所在,然后知古先哲人之所以作小说者,盖有三因:一曰:愤政治之压制。……二曰:痛社会之混浊。……三曰:哀婚姻之不自由。……呜呼!吾国有翟铿士、托而斯太其人出现,欲以新小说为国民倡者乎?不可不自撰小说,不可不择事实之能适合于社会情状者为之,不可不择体裁之能适宜于国民之脑性者为之。天僇生生平无他长,惟少知文学,苟幸而一日不死者,必殚精极思,著为小说,借手以救国民,为小说界中马前卒。世有知我者,其或恕我狂也。(*WQWXCC*, *juan* 1, pp.35-37)

这里将中国小说创作传统与西方近现代小说风潮联系起来,提出古小说创作的三种社会性动因:政治压制、社会混浊、婚姻不自由,这些动机亦与西方狄更斯、托尔斯泰等人创作小说的背景、意图相通,故而王氏呼吁时人亦当积极创作新小说,从而改良国民与群治,他本人也以此为己任。

陶祐曾(1886—1927)《论小说之势力及其影响》:

> 小说!小说!诚文学界中之占最上乘者也。其感人也易,其入人也深,其化人也神,其及人也广。是以列强进化,多赖稗官,大陆竞争,亦由说部,然则小说界之要点与趣意,可略睹一班矣。西哲有恒言曰:小说者,实学术进步之导火线也,社会文明之发光线也,个人卫生之新空气也,国家发达之大基础也。举凡宙合之事理,有为人群所未悉者,庄言以示之,不如微言以告之;微言以告之,不如婉言以明之;婉言以明之,不如妙譬以喻之;妙譬以喻之,不如幻境以悦之:而自来小说大家,皆具此能力者也。尽彼小说之义务,振彼小说之精神。必使芸芸之人群,胥含有一种黏液小说之大原质,乃得以膺小说界无形之幸福。于文学黑暗之时代,放一线之光明。(WQWXCC, juan 1, pp.39-40)

这里以情绪颇为激扬的文字主张小说为文学界最上乘之文体,并且同样盛赞其感人易、入人深、移风化俗效果醒目。这些社会功用论的话语,此前实曾用以称赞诗歌,至此则被附加在小说文体上。在陶氏看来,宇宙万物事理的传达和接受,通过小说营造的虚实情境,无疑能产生最大作用。小说因此被视为传统与现代交替间,文学黑暗时代下的一线光明。

【第十章参考书目】

刘诚著,陈伯海,蒋哲伦编:《中国诗学史·清代卷》,第1版,厦门:鹭江出版社,2002年。参第六章《新旧交替之际的诗学》,第243—256页;第七章《中国古典诗学的终结》,第293—303、313—336页。

王元化著:《清园论学集》,第1版,上海:上海古籍出版社,1994年。参《龚自珍思想笔谈》,第254—263页。

童庆炳著:《中国现代文学理论价值观的演变》,第1版,北京:北京大学出版社,2005年。参第一章《梁启超:求"真"与向"美"的矛盾与调适》,"二 前期政治参与期:重塑真、善的内容",第18—26页。

Cai, Zong-qi. "The Rethinking of Emotion: The Transformation of Traditional Chinese Literary Criticism in the Late Qing Era," *Monumenta Serica* 45 (1997): 63–110.

Huters, Theodore. "A New Way of Writing: the Possibilities for Literature in Late Qing China, 1895–1908." *Modern China*, 14.3 (1988): 243–276.

Von Kowallis, Jon Eugene. *The Lyrical Lu Xun: A Study of His Classical-Style Verse*. Honolulu: University of Hawaii Press, 1996.

文学论要略
引录典籍书目

BJYJJJ	［唐］白居易撰，朱金城笺校：《白居易集笺校》，上海：上海古籍出版社，2020年。
BSZLJ	［明］袁宗道：《白苏斋类集》，上海：上海古籍出版社，1989年。
CLSHJS	［宋］严羽著，郭绍虞校释：《沧浪诗话校释》，北京：人民文学出版社，1983年。
CQFLYZ	［汉］董仲舒，［清］苏舆义证：《春秋繁露义证》，北京：中华书局，1992年。
CQZZZY	［晋］杜预注，［唐］孔颖达正义：《春秋左传正义》，《十三经注疏》，北京：中华书局，1980年。
CSQS	［清］王夫之：《船山全书》，长沙：岳麓书社，1988年。
CSXWC	陈世骧：《陈世骧文存》，台北：志文出版社，1972。
CX	［清］张惠言：《词选》，北京：中华书局影印四库备要本，1957年。
CZLWJ	［明］陈子龙：《陈忠裕公全集》，收入《陈子龙文集》，上海：华东师范大学出版社，1988年。
ECJ	［宋］程颢、程颐：《二程集》，北京：中华书局，1981年。
FBJ	［清］方苞：《方苞集》，上海：上海古籍出版社，2009年。

续　表

FSXFS	［清］李贽：《焚书、续焚书》，北京：中华书局，1975年。
FYYS	［汉］扬雄撰，汪荣宝疏：《法言义疏》，北京：中华书局，1987年。
GDCJJDJ	李零：《郭店楚简校读记》，北京：中国人民大学出版社，2007年。
GDWXYJa	南京大学古典文献研究所编：《古典文献研究：1988》，南京：南京大学出版社，1989年。
GDWXYJb	南京大学古典文献研究所编：《古典文献研究：1991—1992》，南京：南京大学出版社，1994年。
GSY	［清］沈德潜：《古诗源》，北京：中华书局，1963年。
GYJ	［宋］吕南公：《灌园集》，《文渊阁四库全书》第1123册，上海：上海古籍出版社，1987年。
GYJJ	徐元诰：《国语集解》，北京：中华书局，2002年。
GZZQJ	［清］龚自珍：《龚自珍全集》，上海：上海古籍出版社，1999年。
HFZXJZ	［战国］韩非子著，陈奇猷校注：《韩非子新校注》，上海：上海古籍出版社，2000年。
HNHLJJ	［汉］刘安撰，刘文典集解：《淮南鸿烈集解》，北京：中华书局，1989年。
HS	［汉］班固撰，［唐］颜师古注：《汉书》，北京：中华书局，1962年。
HSYWZZSHB	［汉］班固撰，陈国庆编：《汉书艺文志注释汇编》，北京：中华书局，1983年。
HCLWJJZ	［唐］韩愈著，马其昶校注，马茂元整理：《韩昌黎文集校注》，上海：上海古籍出版社，2021年。
HZXQJ	［清］黄宗羲：《黄宗羲全集》，杭州：浙江古籍出版社，2005年增订版。

续 表

JQJ	[清]叶燮:《己畦集》,《清代诗文集汇编》第104册,上海:上海古籍出版社,2010年。
JLZSJZ	[南朝梁]萧绎撰,陈志平、熊清元疏证校注:《金楼子疏证校注》,上海:上海古籍出版社,2014年。
JYJJZ	[宋]苏洵,曾枣庄、金成礼笺注:《嘉祐集笺注》,上海:上海古籍出版社,1993年。
JZSHJZ	[清]王夫之著,戴鸿森笺注:《姜斋诗话笺注》,北京:人民文学出版社,1981年。
LCXSWJ	[宋]王安石:《临川先生文集》,上海:中华书局上海编辑所,1959年。
LHJS	[汉]王充著,黄晖校:《论衡校释》,北京,中华书局,1990年。
LJYJ	[宋]陆九渊:《陆九渊集》,北京:中华书局,1980年。
LJZY	[汉]郑玄注,[唐]孔颖达正义:《礼记正义》,《十三经注疏》,北京:中华书局,1980年。
LWOJ	[清]刘大櫆:《论文偶记》,香港:商务印书馆,1963年。
LXQJ	鲁迅:《鲁迅全集》第一卷,北京:人民文学出版社,1973年。
LYYZ	杨伯峻:《论语译注》,北京:中华书局,1980年。
LZJ	[宋]王柏:《鲁斋集》,北京:中华书局,1985年。
LZYZ	辛战军:《老子译注》,北京:中华书局,2008年。
LZZY	[清]蒲松龄撰,张友鹤辑校:《聊斋志异》,上海:上海古籍出版社,1986年。
MSZY	[汉]毛亨传,[汉]郑玄笺,[唐]孔颖达正义:《毛诗正义》,《十三经注疏》,北京:中华书局,1980年。
MZJG	[清]孙诒让:《墨子间诂》,北京:中华书局,1954年。

续表

NYJ	[宋]赵湘:《南阳集》,北京:中华书局,1993年。
PTWC	李兆洛选辑:《骈体文钞》,郑州:中州古籍出版社,1990年。
QMSH	周维德编:《全明诗话》,济南:齐鲁书社,2005年。
QSH	丁福保辑:《清诗话》,上海:上海古籍出版社,1978年。
QSHXB	郭绍虞:《清诗话续编》,上海:上海古籍出版社,1983年。
QSW	《全隋文》,《全上古三代秦汉三国六朝文》,北京:中华书局,1958年。
QTW	[清]董诰等编:《全唐文》,上海:上海古籍出版社,1990年。
SCLJ	[宋]石介:《石徂徕集》,北京:中华书局,1985年。
SJ	[汉]司马迁撰,[宋]裴骃集解,[唐]司马贞索引,[唐]张守节正义:《史记》,北京:中华书局,1959年。
SJS	严万里校:《商君书》,北京:中华书局,1954年。
SJZ	[宋]朱熹:《诗集传》,北京:中华书局,1958年。
SMWGJBNJZ	[宋]司马光撰,李之亮笺注:《司马温公集编年笺注》,成都:巴蜀书社,2009年。
SPZ	[南朝]钟嵘著,郭绍虞注:《诗品注》,北京:人民文学出版社,1961年。
SSZY	[汉]孔安国撰,[唐]孔颖达正义:《尚书正义》,《十三经注疏》,北京:中华书局,1980年。
SWJZZ	[汉]许慎撰,[清]段玉裁注,许惟贤整理:《说文解字注》,南京:凤凰出版社,2015年。
SYJ	[宋]邵雍:《邵雍集》,北京:中华书局,2010年。
SYJZ	[汉]刘向撰,向宗鲁校证:《说苑校证》,北京:中华书局,1987年。

续　表

TXZJ	［明］汤显祖：《汤显祖集》，上海：上海古籍出版社，1973年。
TYJ	［明］焦竑著，李剑雄校释：《澹园集》，北京：中华书局，1999年。
WGWQJ	王国维：《王国维全集》，杭州，广州：浙江教育出版社，广东教育出版社，2009年。
WJMFL	［日］弘法大师撰，王利器校注：《文镜秘府论》，北京：中国社会科学出版社，1983年。
WJNBCWLX	郁沅、张明高编：《魏晋南北朝文论选》，北京：人民文学出版社，1996年。
WQWXCC	阿英编：《晚清文学丛钞·小说戏曲研究卷》，北京：中华书局，1962年。
WSTYJZ	［清］章学诚撰，叶瑛校注：《文史通义校注》，北京：中华书局，1985年。
WX	［梁］萧统编，［唐］李善注：《文选》，上海：上海古籍出版社，1992年。
WXDLZ	［南朝］刘勰著，范文澜注：《文心雕龙注》，北京：人民文学出版社，1958年。
WSZWJWB	［清］魏禧：《魏叔子文集外编》，《清代诗文集汇编》第92册，上海：上海古籍出版社，2010年。
WYDQJ	闻一多：《闻一多全集》，北京：三联书店，1982年。
XBXSWJ	［清］姚鼐：《惜抱轩诗文集》，上海：上海古籍出版社，1992年。
XCSFSWJ	［清］袁枚：《小仓山房诗文集》，上海：上海古籍出版社，1988年。
XWJ	［明］徐渭：《徐渭集》，北京：中华书局，1983年。
XYJ	［明］吴承恩：《西游记》，上海：上海古籍出版社，1994年。

续 表

XZJJ	［清］王先谦：《荀子集解》，北京：中华书局，1988年。
YHDJJJ	［明］袁宏道撰，钱伯城笺校：《袁宏道集笺校》，上海：上海古籍出版社，2008年。
YJSQJ	［清］阮元：《揅经室全集》，台湾：商务印书馆影印四部丛刊初编本，1965年。
YJSXJ	［清］阮元：《揅经室续集》，北京：中华书局，1985年。
YSJXJJ	［南朝］颜之推撰，王利器集解：《颜氏家训集解》，北京：中华书局，1993年。
YXJJZ	［汉］扬雄著，张震泽校注：《扬雄集校注》，上海：上海古籍出版社，1993年。
YYZJ	［清］潘德舆：《养一斋集》，《清代诗文集汇编》第548册，上海：上海古籍出版社影印清道光二十九年（1849）刻本，2010年。
ZDYJ	［宋］周敦颐著、陈克明点校：《周敦颐集》，北京：中华书局，1990年。
ZS	［唐］王通：《中说》，台北：中华书局影印明世德堂四部备要聚珍仿宋版，1979年。
ZTYZLXJ	章炳麟：《章太炎政论选集》，北京：中华书局，1977年。
ZXCYS	［清］章学诚：《章学诚遗书》，北京：文物出版社影印吴兴嘉业堂刘承幹刻本，1985年。
ZYZY	［晋］王弼注，［唐］孔颖达正义：《周易正义》，《十三经注疏》，北京：中华书局，1980年。
ZZJZJY	陈鼓应：《庄子今注今译》，北京：中华书局，1983年。
ZZQS	［宋］朱熹：《朱子全书》，上海：上海古籍出版社，2002年。